淘寶黃金手

卷一 一鳴驚人

羅曉 著

目錄

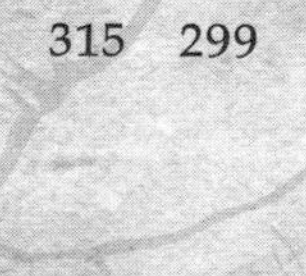

淘寶黃金手

第一章
深潛奇遇

周宣游得太費力，朦朧朧朧中睡著了。
就在這個時候，周宣不知道，
自己左手上的血水沾到那金黃色的石塊上時，
石塊忽然泛起一片耀眼的金光來，
接著便是迅速吸著他手指上的血水，
那金光也越來越盛！

烈日下的海灘邊，沙子曬得滾燙，魚鱗狀的海水起伏波蕩，不時反射一縷陽光。

男女老少上千人在這片海灘上遊樂，天太熱了，身著泳裝的女人和小孩戴著各種樣式的救生圈在淺水處折騰，男人們則游得遠一些。

周宣懶洋洋地躺在折疊椅上半瞇著眼，亮眼的女人很多，上下都露著，除了胸口那兩團和胯下的三角地帶，不得不說是飽了眼福。

奈何女人再漂亮，身材再誘人，那都還是別人家的。

周宣今年已經二十六歲了，老家在湖北，高中畢業後差了幾分名落孫山，又因為家裏也不寬裕，乾脆南下，成了百萬出外打工族的一員。

從十八歲到二十六歲，八年的打工時間，除了賺回吃穿住用的開支外，銀行裏也就只存到可憐的五千塊錢，人生對他來說，算是挺失敗的。自然，女朋友一詞對周宣來說，那是相當的遙遠。

要說周宣長得雖然不能與潘安、宋玉之流相比，但臉相還是挺耐看的，再配上一米七八的個子，稱得上是一表人才，奈何現在的女孩子絕大多數都是只看荷包不看臉的，囊中羞澀的周宣就不好說什麼了。

周宣現在的工作是救生員外加替補潛水教練，這工作還是朋友介紹的，才剛幹了三個來月。

周宣擁有一套很不錯的潛水技術，一般人水性好的，潛水能有一分半鐘已經算是不錯的了，可是周宣能在十米深的水裏潛水到三分鐘甚至四分鐘，當然，他可不想太過驚世駭俗。不懂的人還以為，潛水嘛，水深水淺都一樣。其實不然，水淺沒有壓力，潛水的人胸腔受壓迫小，自然就潛得久，如果水深深度超過一定程度，壓力變大，胸腔受的壓迫變強，那潛水的難度就大了。所以說，在超過十米深的水裏徒手潛水能達兩分鐘的，基本上都是世界頂尖選手了。

深水裏潛水靠的是胸腔的肺活量，比如有些歌手肺活力超強，一口氣能唱三分鐘，在陸地上也有能憋氣達三分鐘的，但都是在沒有壓力的情況下，與在深水裏自然沒法比。

周宣小的時候，曾跟武當山的一個老道士練過一點練氣口訣，七八年下來，走山路挑擔子氣不喘身不顫的，在山溪裏潛水抓魚更是練就了一身好潛水技術。

沖口是個海邊度假村，度假村裏像周宣這樣的海邊救生員有二十多個，不過基本上都沒什麼事，下水的遊客基本上都會游泳，不會游的都拿有救生圈，而且大多只在淺水裏過過癮。

周宣很想做正式的潛水教練，一是喜歡這份工作，二是工資要比救生員高出好幾倍。但潛水教練是要有資格證書的，這玩意兒可不好拿，而且要錢才辦得到，可是周宣除了水性好，什麼都沒有。

到了交班的時間，接替周宣的同事一到，周宣便笑顏逐開。天太熱了，老早就想到水裏潛一潛，上班時間不准隨便離開崗位，這會兒就不同了。

周宣慢慢走進水裏，海水漸漸從腳淹到大腿，一直到腹部頭部，直到完全沉到海水裏，水波舒服地緩解了太陽光對皮膚的灼射，他這才一個猛子向更遠的深水裏扎去。

其間有幾個潛水員正在教遊客潛水，是採一對一的教學，遊客付出的報酬可也不便宜，潛水器材加上教練的費用，潛一次，短短十來分鐘就得花上好幾百塊。

再潛了十多米遠，這兒已經是二十來米深的海底了，那些潛水教練一般不會帶遊客到這一個區域來。

此時，周宣游弋在一些漂亮的小海魚邊，海底有些淺淺的珊瑚，可能是近年來生態破壞得太厲害，大珊瑚基本都見不到了。周宣深深吸了口氣後，又往深水裏潛下去，水光蕩漾中，忽然看到有一隻烏龜在眼前掠過。

周宣手臂一划，飄過去仔細瞧了瞧，這隻烏龜很奇怪，頭頂有兩對前額鱗，上頜鉤曲。背面的角質板覆瓦狀排列，表面光滑，有褐色和淡黃色相間的花紋，四肢呈鰭足狀，樣子看起來像度假村裏那個超大水池裏養的兩隻玳瑁，當然，這隻可要遠遠大過水池裏養的那兩隻，起碼有一米多長。而且，四肢和頭全是金黃色，好像他見過的純銅一樣。

聽水池飼養員說，玳瑁一般只會在深水裏出現，淺水海域裏基本上不出現，那麼，這東西會不會是他說的玳瑁？

周宣一好奇，就跟得近了一點，那海龜似乎察覺到有危險，立即往左側爬開，別看烏龜在陸地上爬得比蝸牛都慢，但在水裏，牠們可是動作迅速，腳蹼扇動著，幾乎比周宣還游得快。

周宣覺得有趣，也緊緊跟著，那烏龜沒幾下便游到前邊一個小岩壁的小洞口鑽了進去。

周宣游到那個洞口對著裏面望去，洞似乎不深，只有米許，而那鑽進洞裏的烏龜正兩隻豆眼骨碌碌盯著他呢。

周宣覺得好笑，這傢伙有點敵視他。

此時，那烏龜伏在一塊比巴掌大不了多少的黃色石頭上不動，石頭邊還有一個小圓形的東西，光線不太好，看得不是很清楚，樣子就像個小銅錢的模樣。

周宣心中一動，想著把左手伸進洞口裏去拿。誰知那烏龜見周宣一伸手，隨即張嘴狠狠一口咬在周宣的食指上。

周宣頓時一陣劇痛，甩了一下竟然甩不脫，那隻烏龜咬得很緊。

他急切間找不到武器，身上又沒帶什麼可用的東西，於是就左手拖著烏龜，右手伸進洞去摸那塊石頭，一下卻先摸到了那個像小錢幣一樣的東西。他順手塞到嘴裏含著，然後又伸手到烏龜身下抓出那塊石頭，順手就在烏龜背上猛砸一下。

龜嘴似乎放鬆了一下，但仍然咬著周宣的手指，周宣一急，竟然從鼻中嗆了一下水，有點氣悶，他急忙用石塊又狠狠砸了幾下，烏龜終於鬆了口。

周宣縮回左手趕緊就往上游去，擔心烏龜追來，石塊也不敢扔，一口氣浮上水面，手又痛身子又軟，周宣也不敢停留，拼了力游到海灘邊上，站起身來，才看到左手食指鮮血淋淋，似乎還看到肉裏的白骨。

周宣驚訝之下趕緊跑回宿舍。宿舍是兩個人一間房，裏面是兩張單人床，另一個室友上班了，他跟周宣的上班時間恰好是對調的，周宣上班他就下班，他上班周宣就下班。

周宣把石塊扔在地板上，然後又把嘴裏含的東西也吐出來扔在地上，顧不得看，趕緊先找紗布把手指纏起來，傷得還不輕，纏好後的手指仍然滲出血水，把白紗布也染得緋紅。

綁好手指，周宣這才有空來看自己帶回來的東西。

確實是錢幣，不過不像銅錢，因爲銅錢中間是有孔的，而這錢幣卻是實心的，只是顏色不大好看，可能是在水裏泡得太久了。

周宣到洗手間裏找了把不用的牙刷，將那錢幣沾了水用牙刷刷了幾下，把表面那些黑綠的苔蘚一擦掉，裏面卻是金黃色的，跟那石塊一樣。

錢幣的兩面，一面是英文字母，周宣認得是ewulf，不過單個的字母能認識，連在一起就不知道是啥了；另一面是個金髮老外的半身像，看了半天，周宣也沒認出是個什麼錢幣，搞不好是來這裏的外國遊客掉到海裏的。

反正也不認識，周宣順手就把錢幣塞到了枕頭下面，跟著右手又撿起了那塊石頭。

這塊石頭有巴掌大，金黃色，就跟老家山溪裏那些金黃色的沙石差不多，但沙石是不平不光滑的，這石頭卻是光滑無比，跟那些幾千年水沖的卵石一般。

管他的，這一趟差點把命丟了，不是靠這塊石頭的話，還真不知道會發生什麼事。

周宣游得太費力，又流了不少的血，也累了，鞋子也沒脫，順勢就倒在床上。左手因為痛，騰出來沒地方放，又怕血髒了床單，就乾脆拿那塊石頭把左手墊了起來。

朦朧朧朧中他睡著了。

就在這個時候，周宣不知道，自己左手上的血水沾到那金黃色的石塊上時，石塊忽然泛起一片耀眼的金光來，接著便是迅速吸著他手指上的血水，那金光也越來越盛。

周宣太累了，睡夢中覺得手指有點痛，但腦子裏仍有一些記憶：手受傷了，痛是正常的，別把血跡沾到床上了！

周宣這樣半夢半醒地忍著痛，那石塊似乎吸夠了血水，金黃色的光芒便順著手指鑽進了傷口裏，之後，那黃光就一圈一圈弱下去，一直到最後一絲黃光消失殆盡，那石塊已經從金黃色變成了黑色。周宣這時已經一絲疼痛也沒有，舒舒服服地進入了夢中。

周宣醒過來後，舒服地伸了個懶腰，望了望窗邊，這一看不禁嚇了一跳！天都黑了！他下班的時候是中午兩點，現在差不多七點了，這一覺竟然睡了四五個小時！好在他倒是覺得渾身舒坦，坐在床上做了幾個體操姿勢，左手好像一點也不疼了，縮回來瞧了瞧，纏著的紗布上的血成了紫黑色，捏一下就變成乾塊碎屑撲撲往下落。

周宣動了動左手，伸縮幾下捏了捏拳頭，竟然分毫沒有感覺到疼痛。

他不禁有些奇怪，便把紗布一圈一圈拆開，當最後一圈紗布被拆開時，周宣驚訝地發現，自己的手指上竟然沒傷口！

再仔細瞧了瞧，左手食指上除了幾道乾澀的血跡外，的確是沒有傷口，別說是傷口，就連破皮都沒有。

周宣這下奇怪了，跑到洗手間裏用肥皂洗乾淨了手，再細看起來。一雙手乾乾淨淨的，哪隻手都是完好無損，沒有一丁點兒破損！

周宣摸摸頭，難道是自己做夢？又到枕頭下摸了摸，那枚金黃色的外國錢幣還在，床上那塊石頭也在！

不知道是不是睡了這一大覺的原因，周宣覺得精神格外好，他準備出去到夜市走走。

沖口幾年前還是個小漁村，但現在發展得很快，高樓林立，五星級的酒店就有兩座，當然，那是有錢人去的地方。

沖口最主要、最出名的就是旅遊了，遊客眾多，到了夜晚，整個沖口最熱鬧的不是那些豪華夜總會酒店賓館，而是一條步行街。

這條步行街有一千米左右，從下午夕陽落山時，便會有無數個地攤擺出來，地攤上最多的就是飾品玩件，也有一些古玩玉石器件，當然都是假的，就算不假，那也是極劣質的。

但來沖口的遊客卻大多會來這裏逛逛，圖的就是個旅途高興，給家人朋友買個小禮物表示心意也是不錯的，萬一能撿漏買到什麼珍品真品的，就更是皆大歡喜了。於是，一來二去，步行街倒是越來越興旺。

周宣經常來步行街逛街，他最喜歡的就是蹲在書攤前翻看那些舊書。擺攤的書販既賣書也收書，舊書都以很低的價格收回去，什麼書都收，擺在那兒只要有人要，就會以高出收購價幾倍的價錢賣出去。

周宣經常租他們的書看，這一帶賣書的十來個販子他都認識，熟了書販們也不防他，一來這兒，他就蹲到邊上翻那成堆的舊書，新書看得多了，翻翻舊書也許能找到本好的。

書是很多，周宣坐在幾本磚頭一般的書上面，翻了一堆書，卻也沒找到一本好看的書，有點失望，長夜漫漫，寂寞難耐啊，沒有女人那是無奈，但連一本聊以自慰的好書都沒有，這日子可不好過啊！

瞧了瞧身邊，還剩有一堆，不過都是學生練習簿、課本什麼的。反正也沒事可幹，別的地方也沒心思去，便隨手翻了起來。

翻了一本又一本，甚至還翻出一本線裝手冊，書有點髒有點爛，書中全是手寫的毛筆字，字倒是寫得不錯。周宣小學時也曾練過毛筆，後來無疾而終，村裏有幾個老頭兒倒是寫得一手好字。

翻開第一頁，這一篇倒是認得，正規方圓的小楷字：簡齋補遺！簡齋補遺是什麼意思他也不懂，再看左邊，好像是一首詩，從右往左，從上往下的寫法他倒還懂，努力地認起這些字來。

「倚馬休誇速藻佳，相如終竟壓鄒枚。物須見少方爲貴，詩到能遲轉是才。清角聲高非易奏，優曇花好不輕開。須知極樂神仙境，修煉多從苦處來。」

以周宣對古文的理解程度，這首詩別說是得其要旨，就連其中還有兩個字都沒認出來。

正要丟下找其他的書時，拿著破冊子的左手忽然顫了一下，跟著，周宣覺得心裏也隨左手顫了一下！

有點奇怪，無緣無故手抖什麼抖？

這樣想的時候，左手裏忽然有一股冰涼的氣流動了起來，這感覺很明顯，就像眼盯著往一個透明的壺裏倒水，而水在壺裏飄動蕩漾的情形。

周宣嚇了一跳，瞪大眼睛看著左手，沒看出什麼異象，但腦海中卻是更加清晰地見到左手這股冰涼的氣流從手指上流出，在手中的破冊子上轉了一圈。

此時，周宣腦子中忽然閃出這麼一行字來：「簡齋補遺，袁枚，一七九五年」！

周宣怔了一下，袁枚是誰？一七九五年又是什麼意思？難道這破冊子是一七九五年袁枚練毛筆字的東西？

周宣覺得有些疲累，似乎幹了一場重活一般，不禁訝然：怪了怪了！不過拿著破冊子的手卻沒捨得甩，如果這破冊子真是一七九五年的這個袁枚所鬼畫符的話，那也有兩百多年了。

就算是鬼畫符般的草稿，那也是兩百年的紙啊，拿回家倒是可以向村裏那幾個老頭兒炫耀一下，自己雖然不懂，但這破冊子中的字寫得十分不錯，他還是看得出來的！

書販子老張是個人精，周宣很想要這東西，但在老張面前不能顯露出來，否則就要挨他的竹槓敲了。

周宣左手捏著破冊子，右手在書堆裏翻了一會兒，找了本盜版小說出來，笑呵呵地說：「老張，我租這本看。」

老張地攤上的書又租又賣，不過沒有正規的店面，所以租書得按買書的價錢付押金，租書是一塊錢一天。周宣是老顧客了，以前看書都很講信譽，有借有還，老張只收他五塊押金，周宣還書時也不退剩的錢，把押金看完了就再給。

周宣又揚了揚破冊子，笑說：「老張，這破稿上的毛筆字不錯，我拿回去練練字，呵呵，這要多少錢？」

這一堆收回來的簿子課本都是一個小學生賣給他的，按五毛錢一斤算的，老張早整理過一遍，有點價值的都翻出來放到了一邊，這一堆基本上是廢紙，拉到廢品回收站是八毛錢一斤，一斤還能賺幾毛。

周宣開口一說，老張瞄了一眼，笑道：

「你要的話，就給一塊錢當買瓶水喝了。」

要是真是練毛筆用，這麼一小冊，那是一毛錢都不值，但周宣想起腦子裏奇怪現出的那個「一七九五年袁枚」時，忍不住就掏了一塊扔給老張。

一塊錢買個兩百多年的草稿本，就算自己樂樂也值得了，兩百多年的東西又有幾個見過的？老家有幾棵大杉樹倒是聽說有幾百歲！

周宣出來逛街的時候精神不錯，這時卻有點倦意。他夾了這兩本書，站起身就往回頭走。

走了十多米遠，忽聽得身邊有個低沉的男子聲音道：

「小兄弟，小兄弟等等！」

周宣側了側頭，看到一個四十來歲、衣著光鮮的中年男子叫他，詫道：

「你叫我嗎？」

那中年人堆著笑臉追了兩步，走近了才又道：

「小兄弟，我剛才看到你一塊錢買的那破稿，毛筆字寫得真不錯，我有個兒子剛上初中，我想買回去讓他練練毛筆字，你看賣給我行不行？」說完又伸了根手指頭加了句：「我給你十塊錢！」

一聽到那中年人漫不經心的「我給你十塊錢」的話，周宣心裏就咯登一下！這傢伙葫蘆中肯定有藥！

他既然願意出十塊錢，那就表示自己手裏的破冊子肯定不止十塊錢。只是一本破草稿，扔給誰，誰都不會願意給一毛錢，擦屁股還嫌它髒嫌它粗呢，這老小子裝得一副喜歡的模樣，難不成真是什麼「一七九五年的袁枚」？

那中年人見周宣似乎在考慮，也就不急著打擾他，微笑著靜候。

周宣抬起頭來，笑了笑，道：「不賣，我自個兒也要練字！」說完轉身就走。

那中年人一愣，沒想到周宣這麼果絕，趕緊又追上來道：

「小兄弟，小兄弟，好商量好商量。這樣吧，我確實喜歡那本字書，你自己說個價錢吧！」

中年人這麼一講，周宣越發肯定起來，雖然對古玩字畫這些一竅不通，但這中年人的表情讓他覺得腦中閃過的亮點就是一七九五年的袁枚了，只是這個袁枚到底是什麼人，他可不瞭解，要說姓袁的，除了知道個袁世凱，就只剩下袁承志了，還是先上網查查吧。

周宣看了看中年人那巴望的眼神，笑道：

「先生，你知道袁枚嗎？」

那中年人頓時眉毛跳了一下，呆了呆，半晌才嘆了口氣，道：

「原來小兄弟是同道中人，我還道是小兄弟運氣好，撿了個漏呢，唉，失禮失禮。」

這中年人頭先路過那書攤時，見到周宣正翻看那破稿時就停步站在邊上，因爲行內有規矩，如果有正在看或買的，一般不上前打破扯蹺，所以就在一旁悄悄注意著。觀察了一會兒，中年人基本確定周宣不是同行，便打算等他離開後再稍加點價買過來，萬萬沒想到周宣跟他提了「袁枚」這個名字。

這手稿他遠看就覺得很像袁枚的手書墨蹟，只是還不能確定，聽到周宣提到袁枚的名字時，他就知道自己看走眼了，躊躇了一下，還是開口道：

「小兄弟，我的確是走眼了，既然你撿了漏我也就不再多說，只是能不能讓我仔細瞧瞧？」

「這有什麼問題，你看吧。」周宣很爽快地把手稿遞給了他，對這個東西，他心裏一點底也沒有，看這人那一臉可惜的表情，難不成還值得幾百上千？

那中年人接過了手稿，輕輕撫了撫封面的破損處，著實有些心痛，接著又從衣袋裏掏了個黑框銅把的放大鏡出來。

周宣臉一紅，人家這才是專業的玩家呀。

那中年人一頁一頁慢慢翻看，嘴裏念念有詞著，時而興奮，時而不解，直到翻完最後一頁，才怔了半晌。

周宣看他那樣子，也不知道是值十塊呢，還是看錯了，就小心翼翼地問道：「這簡齋補遺，一七九五年的袁枚是什麼……」

那中年人聽到周宣這樣一說，終是長長舒了一口氣，道：

「老弟，原來你不僅僅是同行，還是個高手啊，年紀輕輕的在這一行中能有這一手眼力，那可不一般！」

什麼高手啊，要不是腦子突然靈光閃過，他跟瞎子其實也沒區別。想到這兒，周宣臉紅了紅，倒是忍住了沒說話。

那中年人又道：「袁枚號簡齋，到晚年又對前作做了些補遺的工作，這手稿是在一七九五年修訂的，袁枚在修訂補遺手稿兩年後就去世了，後世也曾傳過有這麼一部手稿，今天沒想到在這地攤上竟然見到了，可惜啊，破損了些！」

周宣聽他這麼說，心想：自己腦子裏這麼一閃光，竟然還閃對了，只是這袁枚的手稿能值多少錢呢？要是他能給個一百就賣了，但問題是不能問得這麼直白，或許他捨不得給一百塊錢呢？

周宣思來想去後，閃閃躲躲地問道：

「這……這手稿能值多少？」

那中年人道：「九九年，吳鼎源先生從香港拍賣行以十五萬港元的價格拍回來一部袁枚前期手稿，之後又把這部手稿捐給了南京博物館，你手中的這部手稿是袁枚的晚期補遺，已屬精粕，尤其珍貴，如果按前期那部手稿的價值來計算的話，最少值十八萬元人民幣，當然這只是估價，如果放到拍賣行拍賣的話，那肯定不止這個數了！」

第二章

袁枚手稿

聽陳三眼和劉叔說了那麼多關於字畫的介紹，
周宣一下子陷入了對古玩字畫的神秘誘惑中，
雖然自己對這方面還是一竅不通，
但似乎在這條路上，那光景迷漫處
已經有人揮舞著鈔票在向他使勁招手了！

十八萬！

周宣差點一跤摔倒！剛才還想一百塊就把它賣了呢！

十八萬……可以做多少事啊！可以在老家蓋一棟漂亮的房子外加娶個美嬌娘回來，他在外面七八年才存到五千塊，這十八萬就像做夢一樣！

夢是什麼？就是睡著才有醒了沒有的東西，他說這破書稿值十八萬，但說歸說，沒有變成錢捏在自己手裏，就是十八塊也不值！

那中年人見周宣臉上青一陣白一陣的，還以爲他把價錢說低了，心下也有些猶豫，說實話，袁枚這手稿要是拿到拍賣場的話，至少都能拍到二十萬以上。

可周宣終於還是咬了咬牙，甚至有些心虛地道：

「如果我賣給你，你要不要？」

那人一怔，瞧了瞧周宣，有些搞不懂他的意思。如果周宣是這一行中的高手的話，那自有他的銷售路子，也就是說，若周宣自己轉手的話，袁枚這手稿大約最少可以賣二十至二十五萬吧，拍賣則只會更高。可瞧他的樣子，像是想現場就出手，中年人倒是有些疑惑了，這東西他剛才詳細查看過，還有袁枚的特別記號，的確是真跡，應該不存在周宣跟書販合夥設局的情況，那麼周宣說這話是什麼意思？

「那你要賣多少錢？」中年人摸不準周宣的意圖，也就試探性問道。

周宣想了想，放低了音量道：

「如果你要的話，剛才你也說了，值十八萬吧，那我就十七萬賣給你，一萬算是辛苦費，你看行不？」

中年人又是一怔，一般人在明白價錢後，只會將價錢往上漲，他卻往下降……怔了怔後，見周宣還是苦著臉的樣子，中年人估計他是有難言之隱，也許急需錢用，便道：

「如果你一定要賣的話，我當然是求之不得，不過這樣吧，我們呢，也算是認識了，天南地北的，也算是一種緣分，你不說十七萬，我也不說十八萬，就十七萬五，剛好今天我還有幾個朋友相聚，就請小兄弟一起聚個會吃頓飯，那五千就當是吃飯錢了，不夠的我添上，行不？」

當然是可以，這可是他二十六年人生中最大的一筆收入！周宣笑笑點頭，這中年人倒是爽快，吃頓飯還能用五千？

雖然是口頭上達成了交易，但那中年人還是把袁枚手稿交回給周宣，道：

「小兄弟，手稿還是你自己先保管著。呵呵，在這一行中，除非是那種頂信得過的朋友，一般人都還是依著規矩來辦事的，行有行規嘛，一手交錢一手交貨，我們也不例外！」

周宣有點訕訕的，說實話，他還真有點擔心，這可不是十八塊，一百八，而是十八萬啊！

那中年人又道：「呵呵，說了半天，還不知道你貴姓大名呢？我姓陳，名字叫山岩，朋友們送了一個外號叫陳三眼，呵呵，不入流，不入流！」

「我叫周宣，啥外號也沒有，鄉下來的！」周宣爽直地介紹了自己，瞧了瞧陳山岩雙眉中心有一點指頭大的胎記，看起來還真像一隻眼睛，難怪叫陳三眼了。

其實周宣不知道，這個陳三眼的外號，一是因爲他這胎記，而另一個更主要的原因，是他在古玩界裏有點名聲，「陳三眼」其實是道上的朋友比喻他的功底深，眼力好，經過他眼睛的物品立知真僞。

陳三眼原本是揚州人，國內最有名氣的四大古玩城——天津、北京、揚州、鄭州之中，可就有揚州。陳三眼在揚州古玩界出名很早，爲了發展，近幾年到南方開了兩間分店，一間便是在沖口。

陳三眼這半個月恰好在沖口這間店作停留，每晚都出來逛這條步行街，倒不是想專門來撿漏，卻不想今晚還真碰到了，只不過給周宣搶了先。

可是如果不是周宣在那堆學生練習冊裏翻出來，他說不定也就錯過了這個機會。現在，沒想到周宣想要賣給他，合著算下來，至少可以賺六七萬以上，如果在賣場運氣好，還有可能賺得更多，便有些猜測不透周宣這個年輕人了。

周宣看起來是個很爽直的年輕人，看他的動作表情和心機，應該是不懂古玩這行業，但能從一大堆練習冊裏把袁枚的手稿翻了出來，這該算運氣還是眼力？

就算是運氣吧，但周宣又怎麼會想到要買下這個東西？如果是不認識不懂的人，那是送給他也不會要的。尤其是周宣當他面說出「簡齋補遺，袁枚在一七九五年修訂手稿」，那就絕對不是運氣了，這個世界裏，扮豬吃老虎的事還少了？

或許就是衝著周宣這份眼力，陳三眼倒是真心想結交他。在現在這個年代，要找出周宣這種年輕而又有眼底功夫的人可是難上加難。就拿陳三眼自己來說，他四十出頭，在這一行算是年輕的了，道內的高人奇士哪有幾個這般年紀的。

不是說這一行裏沒有年輕的，有，但華而不實的居多，真正有深厚功底的人更是難覓，南方這邊的店一直沒能打開供銷管道，早已成了陳三眼的心病，這個周宣眼力真是不錯，若德行也能過得去的話，培養培養也許是個不錯的人才。只是不知道他在哪裡任職，八成是在典當行吧，沖口這邊古玩店還不多，典當行倒是有好幾家。

在南方，典當行比古玩店要興旺得多。典當行跟古玩店不同，古玩店純粹就只經營字畫古玩玉石器一類，而典當行就不一樣，任何物品，凡是有人願意當的，典當行認爲能賺到錢那就會收。

現在已經是夜裏，銀行都關門了，十七萬五千塊也不算是一筆小數目，陳三眼這時也只能帶著周宣到他店裏拿錢。

陳三眼的店不在沖口最繁華的地段，算是地處次要街市口，租金比一級地段便宜三分之二，但占地卻更寬了。

陳三眼的「靜石齋」當街一面只有六十來平方的面積，但店鋪裏面延伸進去卻是幾近三百平方。店裏一共有五個人。經理叫方志成，是陳三眼的妻弟，小舅子，三十三歲。二號人物是五十多歲的劉叔，看起來是個不起眼的老頭，但早年在揚州古玩界可是大名鼎鼎。劉叔的父親在以前也是幹古玩的頂尖好手，家境頗豐，但在解放後成了牛鬼蛇神，家裏的古玩珍藏也被抄了個乾淨，自此家道中落，但劉叔卻是自幼便跟父親學了一身玩古的眼力和技術。

陳三眼還是三顧茅廬才把劉叔請出來的，後來要到南方開拓據點，陳三眼就把劉叔遷過來鎮店，所以沖口以及深圳的另一間店，基本上都是劉叔來做主的。

當然劉叔幹的是技術活，管人管錢的還是歸方志成。店裏也就涇渭分明，方志成管理財政和人事大權，古玩玉石的進出就由劉叔全權負責。

店裏還有一個平時坐店的，叫李俊，二十六七的年輕人，也是揚州人；再有兩個學徒工阿昌和阿廣，是在沖口現請的人手，只白日裏來上工，晚上回自家。

南方人好茶，甚至連早點都叫成喝早茶，家家戶戶都不離一副茶具。劉叔也有這種嗜好，平時裏除了鑑定買賣的貨物外，就離不開他那一桿大煙桿和茶具了。

陳三眼帶著周宣回到靜石齋，方志成和李俊都到外面逍遙了，店裏就只剩劉叔一個人，正喝著茶抽著大煙。平時方志成很不喜歡劉叔抽煙，嫌那味道難聞，但店裏也離不開他，所以只有忍了。

劉叔是不抽普通菸的，他只抽鄉下土種的旱煙，味濃勁大，周宣一進靜石齋的裡間便聞到濃烈的旱煙味。

陳三眼招呼著周宣坐下，然後向劉叔笑道：「劉叔，今兒個我在步行街見到個好東西，你瞧瞧！」

陳三眼笑呵呵地從周宣手中拿過手稿遞給劉叔。劉叔把煙桿放在一邊，然後再把手稿平放到一張紅木桌上，又拿來一根尺許的直木條和一支軟絨筆刷，輕輕將手稿撫平了一下，才從最後面翻開。

周宣這才見到真正專業人士的手法，劉叔看到手稿又髒又爛，不禁皺了一下眉頭，周宣這時倒是感覺得到劉叔不是嫌手稿髒和爛，而是心痛！

把廳裏的大燈打開，立時將廳裏映得亮堂堂的。

翻開第一頁後，劉叔拿了直木條用力將手稿捲起的角壓平，接著再用絨筆刷把灰塵輕輕掃下，然後才看了看手稿上的字。

只看了一眼，劉叔手就顫了一下，趕緊從桌子上把眼鏡盒子打開，取了眼鏡架在鼻梁上。

周宣一開始以爲劉叔是要拿放大鏡，卻沒想到是取了老花眼鏡。

劉叔在鑑賞袁枚手稿的時候，跟陳三眼卻又有些不一樣，伸出食指仿著手稿上的字跡一筆一畫地勾勒。周宣見劉叔沉浸在書法縱橫中，有些沉不住氣地問道：

「劉叔，你看這手稿是真還是假？」

劉叔眉頭一皺，瞄了一眼周宣，眼神裏多了些不屑和輕視。

陳三眼笑笑說：「小周，不用急，劉叔這是在鑑定手稿的真僞。」

周宣奇道：「描一描毛筆字就能鑑定真僞？」

陳三眼頓時汗顏，難道他真的看走眼了？周宣連最起碼的常識都不明白，他又怎麼會認出袁枚手稿的？

想了想，陳三眼還是解釋了一下：

「對於手稿的鑑定，一般來說，最常見也是最普遍的方式，就是從『筆法』入手，筆法泛指書畫作品中點、線運行的形態、方法。中國的書法有幾千年的悠久歷史，筆法是書畫中最重要的靈魂和核心，筆法的優劣是衡量書畫藝術水準高低的最重要準繩，因此，書畫的真僞必然首先反映在筆法上。」

「哦。」周宣沒想到書畫中還有這些講究，自己跟他們這些專業的一比，那就顯露原形了。

陳三眼又道：「劉叔這是從筆法的點、線形態中來分辨袁枚的筆法。書法是與一個人的性情和環境息息相關的，有講究，『筆端鋼杵，要力透紙背』，指的便是筆端的力量，這種力量要內斂，不能顯露在外邊，顯露在外邊叫青筋暴露。有人以頹筆渴墨故作飛白取勢以迷惑閱者，用評畫的術語來說，這叫做『劍拔弩張』，其實筆裏並沒東西。

鑑定大畫，如高山大樹以及長線條的衣紋等，更應注意筆法。畫大畫必須放筆，即『請君放筆為直幹』，然而放筆不是任意胡抹，不要被故作姿態的『狂華』、『客慧』所迷惑，即『始知其放本細微，不比狂華生客慧』。鑑別細短線的工筆劃，也必須看是否筆筆有力，筆筆到家。前人常以如『如印印泥』，『如錐畫沙』、『春雲行空』、『流水行地』、『寓剛健於婀娜之中，寫遒勁於婉媚之內』、『劍繡土花，中藏堅質，鼎倉翠綠，外耀鋒芒』等來比喻筆法。」

一席話下來，周宣聽得是一知半解，似明似不明的。

陳三眼說到對古玩字畫的研究心得上，一時興起，更是滔滔不絕講了起來。

「在書法方面，自魏晉時代，人們將書法僅僅作為一種表現筆墨技巧的藝術形式，其崇尚玄學，醉心清淡，此時的書法風格神韻瀟灑，散漫輕盈。

至唐代時，社會安定，經濟繁榮，人心思上，文人學士精神豪邁，書法風格奔放，又規整嚴謹。到宋代，城市經濟發達，市民文化勃興，社會文風特盛，書法風格平穩清麗，華美多姿、新穎精妙。繼而元代蒙古統治嚴酷，文人學士精神壓抑，此時書風循規蹈矩，只能『出入義獻，牢籠古今』。

明、清科舉日漸成爲文人士子們的唯一入仕途徑，而科場試卷，官方文書朝廷要求嚴格，加上不斷的朝廷的迫害，因此，文人士大夫思想保守，此期書法風格以台閣體、館閣體爲盛，行款整齊，字體勻稱，雍容，筆劃平直光圓，結體呆滯拘謹，風格端莊秀整，穩健剛勁。」

周宣聽得瞠目結舌，沒想到一個簡單的問題倒惹出這麼多的學問來，又是筆法又是年代又是朝代的，難怪他練不好字，不過對陳三眼的淵博知識還是真的佩服。

不過周宣更關心自己這冊手稿的真僞，這可關係到十七萬五的鉅款啊，便悄悄低聲又問陳三眼：

「陳老闆，你對字畫的研究都這麼高深了，難不成劉叔比你還厲害？」

他這個話問的私心很重，如果陳三眼說劉叔比他厲害的話，那手稿還得劉叔說了算，如果劉叔沒有陳三眼厲害，那周宣就放心多了，至少陳三眼已經說過是真的了，事情就不會有什麼變化。

陳三眼笑笑道：「劉叔拿手主專的是古玩器件，字畫其次。」

這話的意思周宣明白，拿手的是古玩嘛，字畫其次，就是字畫要弱一些，陳三眼沒明說劉叔字畫上面功力比他弱，但表達的意思卻是如此。

周宣心裏淡定了一些，瞄了瞄劉叔，那老頭兒已經合上了手稿，閉著眼念念有詞的。

半晌，劉叔睜開眼抬起臉來，點點頭道：

「是隨園主人的手稿！」

周宣心裏一塊石頭方才落地，暗道：是就是，還什麼隨園主人！

劉叔指著手稿又道：

「隨園主人為文自成一家，與紀曉嵐齊名，有『南袁北紀』之稱。崇尚『靈性說』，是以所創作品皆以『真，新，活』為準。他的詩多敘寫身邊瑣事，多風花雪月的吟哦，有些詩趨向豔俗，晚年尤其如此，簡齋補遺手稿裏記載的多是鬼怪故事，但又不與前作『子不語』雷同，後面還加了些對人生看法的補遺，其手稿的價值……可以說，確實珍貴，花了多少錢買回來的？」

「一塊錢！」周宣伸了一根指頭，袁枚的名頭他確實不曉得，但聽到劉叔說他跟紀曉嵐齊名倒是心喜了一下，紀曉嵐他是知道的，現在熱播的電視劇倒是拍得不少。

劉叔訝然道：「一塊錢？」隨即嘆道：「那可真是撿漏了，不過來南方這麼久，我也逛了不少地攤古玩店，都是水貨假貨琳琅滿目，有價值的東西幾無可見，你能找到這冊手稿，的確是運氣，按現在評估的隨園主人其他手稿的市價來看，這冊補遺手稿值二十五到三十萬之間。」

聽到老頭兒這麼說，周宣徹底放心了，他倒不貪手稿能多賣幾萬元，見好就收最好，再說，這也是一筆憑空落下來的意外之財，能換成現金才重要，錢總不能都被自己賺了去，否則別人買去幹嘛？

周宣當即笑嘻嘻地雙手捧了手稿遞給陳三眼，道：「陳老闆，咱們還是協議照舊吧。」

陳三眼也是爽快地接過，道：「好，小周是個爽快人，我也就不多廢話了。劉叔，我跟小周兄弟談好了，以十八萬的價格買下這冊手稿，小周又要掏五千出來吃飯，呵呵，剛好我有兩個揚州的朋友來南方，等下一齊聚個會聊聊天，看看他們有些啥稀奇玩意兒。」

劉叔一開始對周宣表現出來的無知很是不屑，但見後來他說了真正的價值後，周宣倒是不貪心再漲價，對他的觀感倒是稍稍好了點，再加上好像陳三眼對他有些另眼相看，臉色也就緩和了些。

這倒不是說陳三眼對周宣故意壓低了價錢，事實上，在古玩字畫這一行，私底下和公開的交易是兩種概念，公開交易和拍賣必需按章辦事，是要向國家納稅的，袁枚這手稿私下交易的話，大約也就在十七八萬到二十萬之間，拿到拍賣場也許會賣到三十萬，甚至更高，但拍賣場的提成和稅金以及其他開支，這也是一筆不小的支出，所以說陳三眼給周宣開的價並不低。

陳三眼又道：「劉叔，店裏現金夠不？把錢付給小周吧。」

本來他是想給周宣開張支票的，但一來周宣跟他並不熟，怕他擔心，二來周宣好像並不懂得支票怎麼用，所以乾脆給他現金。

劉叔到裡間裏打開保險櫃，取了十八萬捧出來放到桌上，又取來一個驗鈔機，道：「到驗鈔機上點點，看看夠不夠。」

十八疊鈔票，一紮一萬，銀行的封條都在上面。

周宣不好意思驗鈔數錢，這一陣子看陳三眼的作風和氣度，也不像是奸詐之人，雖然說知人知面不知心，但周宣從心裏感覺不像，人家大大方方對你，你又何必做得那麼小肚雞腸？再說，這一筆財富確實是想都想不到撿來的，如果不遇到陳三眼的話，就算他撿到這手稿又有什麼用？搞不好幾天就給他扔進垃圾堆裏了，還不是一錢不值。

「我也就不點不驗了，陳老闆，你送一個包給我可以不？」周宣笑笑說著，然後又拿起一紮鈔票，撕了封條，估摸著從中間分開，拿了看起來稍多的一邊放到桌上，又道：「陳老闆，這一半作爲飯錢。」

陳三眼笑笑，擺擺手，劉叔又拿來一個黑色的公事包遞給周宣。

摸出手機看了看，差不多十點了，但陳三眼這頓飯還是不好意思不去，再說也算是自己掏的錢呢，吃個飯五千塊，倒是要看看能吃出什麼，咱也瞧瞧人家的日子都是怎麼過的。而且陳三眼還說他兩個朋友有稀奇玩意兒要看，要是今天之前，周宣對這些完全不感興趣，但忽然從這上面發了一大筆財，又聽陳三眼和劉叔說了那麼多關於字畫的介紹，周宣竟然一下子就陷入了對古玩字畫的神秘誘惑中，雖然自己對這方面還是一竅不通，但似乎在這條路上，那光景迷漫處已經有人揮舞著鈔票在向他使勁招手了！

關好靜石齋店門，陳三眼攔了輛計程車，上車後，周宣只覺得像在做夢一般，懷中抱著的那黑公事包如此厚實，惹得自己臉上心裏火熱一般的燙，手心裏全是汗水！

計程車開了將近一個小時，迷迷糊糊的，周宣才注意到：怎麼還沒到？看了看車窗外，又是一驚！原來早出了繁華的市區，這兒公路兩邊都是山林，間隔好遠才有一盞路燈，黑咕隆咚看不到有一戶人家。

周宣可嚇了一跳！難道是要把他拉到鄉下，趁著月黑風高，劫了這十多萬？

就在周宣疑神疑鬼胡思亂想的時候，路前邊現出了一片燈光，路牌指引燈上邊寫著「馬老二家莊」。

沒一分鐘就到了馬老二家莊。下了車，周宣夾著黑皮包左右張望。這裏的建築十分寬敞，只是所有的建築都不是鋼筋水泥蓋的，而是用圓木一排一排立起來的，有點像籬笆牆，只是更高更密些，頂上還有石棉瓦蓋。

周宣有點奇怪，在這樣簡陋的地方吃飯能吃到五千塊？搞不好是孫二娘那樣的黑店啊！也沒有服務生笑臉相迎，簡直就是冷清清陰森森的。

到了裏面，除了一個很大的廳外，有一邊隔成了一間一間的小房間，仍然是用圓木排列成的牆面，地上貼了地磚，讓人看起來稍微舒服點。

大廳裏倒是有個胖子躺在椅子裏看電視，電視裏放的是咿咿呀呀的港劇。看到陳三眼的時候，那胖子從躺椅裏一骨碌站了起來，笑瞇瞇地道：

「陳老闆，你倒是來了！」

陳三眼道：「有點小事耽擱了點時間。馬老闆，給你介紹一下，這個是小周，我的小朋友！」

聽到陳三眼介紹著周宣，馬老二有點意外，對周宣也多看了幾眼，印象中，似乎陳三眼從沒帶年輕的子侄朋友來過，劉叔他是認識的。

馬老二邊在前頭帶路邊說著話：「陳老闆，你的兩位朋友早到了，正在小廳裏飲茶。」

馬老二所說的小廳，周宣跟著進去一打量才好笑，這依然是一間圓木房，只是間壁卻是換作大斑竹了，顯得雅致了些，但房間裏的燈卻是亮得有點刺眼，亮到似乎連各人臉上的痘子都能看得清。

房間裏有三個人，兩個五十多歲的半老頭兒坐在大圓桌邊上喝茶，靠窗那一邊，一個稍胖的女孩子正在沏茶。

瞧沏茶那女孩子的臉蛋兒身材，周宣忽然瞄了瞄馬老二，又瞧瞧那女孩子，不禁好笑，倆人簡直就是一個模子鑄出來的，不用想就知道是父女了。

卻見馬老二瞧著周宣的表情直搖頭，嘆著氣道：

「唉，小周，你也以爲我是爸爸，她是女兒了吧，怎麼來的人個個都是這副表情？要不是我哥哥兩口子是在外地生的這孩子，我怕是跳進黃河也洗不清了！」

那女孩子臉一紅，嗔道：「二叔！」

馬老二這表情其實是故意裝的，親哥哥的女兒長得跟自己的父母不怎麼像，倒偏像他這個二叔，所以他自打小就特別喜歡，長大後乾脆接過來，一來是親侄女，二來長得跟他又很像，三來自己倆口子就一個獨子，兒子又上了大學，就把侄女當女兒養著。周宣這才知道自己又搞了個烏龍，這倆人不是父女。

第三章

古玩菜鳥

原來錢是這麼容易賺的，才一個晚上，
他就忽然變成了身懷十幾萬的小財主，
也才兩個小時不到，陳三眼就眼也不眨地賺了十二萬！
周宣這時候才切切實實地感受到古玩這一行的魅力。

馬老二招呼著陳三眼周宣劉叔三人坐下後，她侄女已經端了開水燙過的杯盤過來。

馬老二打了個哈哈道：「說個笑，這是我侄女馬婷婷，不過的確是當女兒看待的。」

服務員除了馬老二的侄女馬婷婷外，就再無別人了，周宣心裏嘀咕，這樣的店沒倒閉倒是奇事了！

其實周宣不知道，這個馬老二的農莊並不是靠餐廳收入，平時也不接待客人，馬老二本人是南方古玩界的一個名人，他這個農莊是專爲古玩家作爲地下買賣的一個據點，除了古玩界的熟人外，概不接待其他人。

說穿了，他幹的就是拍賣轉手的活兒，不過不是公開而是地下的交易，所以得做得隱秘，因爲是違法的，所以他這兒沒有外人，服務員是親侄女，廚房掌廚的是他妹子，外頭暗中監視的是他侄子，收錢的是他老婆，來來去去都是他一家人，所以安全性很高。

聚一次開個局，馬老二的收入可不低。每件物品的成交價他收取百分之五的提成，有時候他看準了自己也出手，然後再轉手，基本上沒有虧本的時候。別看他這兒一副冷清凋敝的樣子，荷包裏可是鼓得流油，他的身家可不比陳三眼低。

事實上，能來馬老二這裏的人，又有哪一個不是數百上千萬的身家呢，當然，除了周宣，他是個異類。

馬老二臉上的胖肉笑得都堆到一起了，那雙眼睛要不是還有一絲縫隙，別人看起來還以爲是閉著眼在笑呢。

馬婷婷仍然在透明的玻璃盅裏燒水，馬老二又道：

「陳老闆，昨天弄回來的穿山甲有八斤二兩，算八斤吧，老價錢，一千五一斤，一萬二。」

陳三眼淡淡笑著，手指在圓木桌上一點，道：「剝皮下鍋！」

馬老二又打了個哈哈，道：「你們先聊聊，我去安排。」

周宣這時才暗暗心驚，瞧瞧這些人一個一個都面不改色的，包括那個小姑娘馬婷婷也是，一萬二就一頓飯，我的娘，懷裏黑皮包裏這十七萬還不夠他們吃一星期，開始自己還認爲是瀟灑大方地扔了五千塊，誰知道還真是不夠，幸好自己沒說他來付賬，否則還得再肉痛，再說，穿山甲，吃這東西可是犯法的！

今天馬老二不是辦地下交易，是陳三眼要招待他兩個老友而專門要馬老二弄來的穿山甲，算是陳三眼的私人飯局。

陳三眼這時才介紹了在桌的幾個人，陳三眼兩個朋友，一個叫許旺才，一個叫吳誠，都是五十多快六十的老頭兒，別看不起眼，要他們掏個三五百萬出來，那是眼都不會眨一下，在揚州古玩界，二位都是摸爬滾打了數十年的老前輩。

聽陳三眼正式介紹了周宣，許旺才和吳誠都有點詫異地看了看，但隨即把眼光縮了回去。

在他們心裡，現在的年輕人沒幾個能讓他們瞧上眼的，嘴上無毛，辦事不牢，這句話的確不錯。現在的年輕人，家境好的都去花老子錢泡妞幹壞事，啥都做，就是不做一件好事，家境不好的嘛，又沒有機會接觸到上層社會，古玩這一行，可不是年輕人玩得起的，便是他們這些浸淫行內數十年的老傢伙也依然有失眼的時候，年輕人就更別談了。

馬婷婷在木桌上擺了一套顏色深赤的紫砂壺，紫砂壺只有嬰兒拳般大小，四個同樣顏色的小杯，只堪盈指。周宣心道，這杯一兩也裝不到，喝到嘴裏也許就只濕了舌頭，這樣喝有什麼意思？

陳三眼看出來周宣不大懂茶道，就笑著給他解釋，「小周，別看玻璃器皿裏那點水不起眼，那可是從三百多里外的龍山寒泉處裝好運回來的，這茶啊，也是有『道』的！講究頗多，大凡一般人喝茶，那是解渴，謂之爲『牛飲』，品茶卻又不同。」

陳三眼把那紫砂壺和杯子拿到面前，用夾子將馬婷婷拿出來的茶葉夾了些許，然後放進紫砂小壺裏，蓋上蓋子，蓋子上有一個小眼，轉眼就冒起了青煙。

陳三眼做好這些又道：

「泡一壺好茶，不光是要茶好，泡茶的水，泡茶的茶壺、茶具，都必須與茶葉配套專用，另外，燒水的器具和火候也是有講究的，呵呵，別看燒盅水簡單，這裏面講究也多，燒水如果用普通鐵鋁製品的話，那水就會變質走味，用玻璃盅最好，而且對火也有要求，用柴火煙熏就會含煙味，最好是酒精。對水的要求也一樣，通凡泡茶的水最好的是寒泉水，普通的泉水，用冰櫃可以凍成寒泉，但解凍後燒出來的水略有辛辣味，放久了又有苦味，但這寒泉水卻不然。」

說到這兒，水滾了，陳三眼又道：「水滾後不要馬上泡茶，要再滾上十秒左右爲最好。」

周宣看著陳三眼一邊講解茶道一邊動手的樣子，眼都直了，打長到二十六年，喝茶就喝茶吧，哪見過這麼仔細的講究，要是渴了，沒有寒泉水，沒有紫砂壺，那就不喝了？

陳三眼不知道講了這麼久竟是對牛彈琴，只將玻璃盅從酒精灶上提下來，傾斜著往紫砂壺裏倒了些，壺裏的茶葉一遇滾水立即膨脹起來，騰起的水霧中，周宣聞到了一股濃烈的清香味，有點昏昏欲睡的腦子猛然一清！

果然是有道理！想來花了這麼大人力物力就泡出那麼一口茶水，要是不好還真是沒天理了，舔了舔嘴唇，周宣不禁升起了莫名的衝動。

陳三眼把紫砂壺的蓋子蓋上，然後又將紫砂壺倒過來，有點綠意的茶水就從紫砂蓋子上那個小眼裏流了出來，小筆筒一樣的紫砂杯裏盛了一半的樣兒，茶水綠意盈盈，清香撲鼻。

周宣心想這樣子的香法，肯定好喝了，卻見陳三眼端起杯子就倒在盛廢水的大缽子裏。

周宣「啊喲」一聲，道：「這麼香，怎麼就倒掉了？不是寒泉水紫砂壺嗎，搞得這麼講究卻是倒了，可惜了！」

在座的四個人以及馬婷婷都是一愣，隨即各是一種表情，只有馬婷婷笑出聲來。

周宣暗暗罵娘，臉紅了紅，知道又出了洋相。

陳三眼微微笑道：「茶道嘛，也只是愛好者愛，不愛者不愛，不懂者也無愧，愛好者的講究而已！」

替周宣說了遮羞的話，周宣雖是不懂，但陳三眼卻反是喜歡他這種爽直樸實的性格。

「飲茶，第一壺味苦，滾水去味，第二壺才是飲。」陳三眼又倒了滾水入紫砂壺中，這一下卻不作停留，蓋上蓋子就直接將茶入杯。

這次的茶水綠意淡了許多，陳三眼端起茶杯再分入四個小紫砂杯中，這才道：「試試看！」

許旺才和吳誠端起杯子沾唇而盡，微微笑道：「好茶，好功夫！」

周宣不知道這兩老頭兒是說茶好呢，還是讚陳三眼的泡茶技術好，聞了這茶香早想試試，見兩個老頭兒已經喝了，也就不客氣地端起來，杯子太小，才拇指頭大，茶水倒進嘴裏剛好潤了舌頭。

這茶一沾舌，開始略有些苦意，接著苦意達舌根，立即清芬逼入腦子，神清氣爽，舌有餘甘，不禁讚道：「好茶！」

陳三眼笑了笑，周宣這一聲讚嘆比許旺才和吳誠的讚賞要讓他心悅得多，許旺才吳誠跟他相知相熟，大家都熟這一道，讚嘆只不過是順勢，就好像到朋友家去，朋友老婆做了一大桌子菜，即使菜不好吃，你也要叫幾聲好吃，所以基本聽不出真假。但周宣這一聲讚嘆卻是發自內心的，這才讓陳三眼心裏高興！

陳三眼又沖了一壺，這一杯飲到嘴裏卻又是一番不同的滋味，周宣才覺得，難怪那許多人沉迷在茶道中，果然是有非凡的感覺。

陳三眼卻是不再沖了，微笑道：「品茶只是品，多了也就無味了！」呵呵一聲，又說：「許老，吳老，咱們聚一次，飲茶是其次，有什麼寶貝，趕緊拿出來讓大家開開眼吧！」

許旺才哈哈道：「南邊的古玩商精得很，不知道是不是過於繁華，腳都跑大了，也沒見到有什麼好貨，有幾家古玩店倒是有鎮店的寶物，但那價格叫得遠超本身的價值，也就失去了撿漏的興趣。」

吳誠也攤了攤手：「我老哥兒倆都一樣，現在，有價值的古玩是越來越稀有了，難得見到一份珍品。」

陳三眼搖搖頭，苦笑道：「別說許老吳老只是來南邊轉一圈，我這靜石齋兩家分店可是開了年餘了，上得檯面的東西都沒見到一樣。」

「唉，都說亂世的黃金盛世的收藏，這年頭，收藏風倒是鼎盛了，但怎麼就沒有好東西現世呢。」許老也嘆息著道，「贗品假貨也到了鼎盛地步，珍品，是越來越難求了！」

「可遇而不可求，可遇而不可求，呵呵！」陳三眼叨念了兩遍，然後指著周宣道：「說到可遇而不可求，這倒確實是，小周今晚便撿了漏，運氣不可謂不好啊！」

許旺才和吳誠一聽，同時道：「撿到什麼漏了？」能讓陳三眼都說好運氣的事，一定差不到哪裡去。

劉叔當即從背包裏取出那本袁枚手稿，端端正正放到桌上，道：

「老許老吳，你們看看。」

劉叔跟許旺才和吳誠年齡差不多，又是熟識，稱呼自然就跟陳三眼不同，當然，純以業界的地位名聲來說，他這樣稱呼也叫得過。

許旺才先取過手稿，細細翻看了幾頁，這才訝然道：「袁枚的補遺？還真有這份手稿？」

吳誠也接過去仔細審閱了一陣，臉上滿是豔羨之色，道：「的確是隨園主人真跡，小兄弟，手氣不錯啊！」

周宣臉色一紅，如果不是腦子裏莫名其妙的閃了那麼一下，這份手稿怕是只會隨著那一堆練習冊一同賣到廢品回收站吧。

許旺才心想：這周宣或許是運氣好，以他這個年齡，想必也沒有什麼過硬的鑑定技能，對他這本手稿倒是有些心動，道：「小兄弟，既是撿了漏，可有意出手不？」

周宣搖搖頭，指著陳三眼說：「這冊子陳老闆已經十八萬買了去，可不是我的了！」

「十八萬？」許旺才嘆息了一聲，對陳三眼道：「陳老弟，咱們也是多年的交情了，我倒是很鍾情隨園主人的手稿，你我都是這一行打滾的，我也就說穿了，三十萬轉給我吧。」

陳三眼是知道許旺才中意名人書法手稿的，三十萬的價碼應該來說是到了頂，即使以後拿到拍賣行做些宣傳，其利潤空間都不太大，唯一說得過去的就是，他確實喜歡。

「許老，你可是明白聽到我剛才說的，三十萬價錢可不低，」陳三眼笑笑說，「我也是做生意的，跟許老的交情也是十幾年了，如果真心要的話，那我就賺你這十二萬了啊！」

陳三眼不愧是這一行中的老手，錢賺了，而且賺的是明白錢，許旺才對他也沒有意見，這個錢是他自己甘願拿出來的。許旺才也不遲疑，拿過身邊的皮包，取了支票和鋼筆，刷刷刷便簽了三十萬的支票。

陳三眼把手稿放到許旺才面前，接過支票，笑說：「許老，那我就不好意思了哦！」

許旺才也笑道：「當然要不好意思了，難道你要好意思啊？」

頓時一桌子的人都笑了起來。

周宣卻是又感受了一遍驚喜！原來錢也是這麼容易賺的，才一個晚上，他就忽然變成了身懷十幾萬的小財主，同樣，也才兩個小時不到，陳三眼就眼也不眨地賺了十二萬！

周宣這時候才切切實實真真正正地感受到古玩這一行的魅力。

這個時候，他覺得懷中那十幾萬變得不是錢了，在這個桌子邊，錢就是紙，就是個數字！

周宣忽然也興起了進入這一行的念頭，只是，像他這樣的菜鳥，能混得出樣子嗎？或許可以向陳三眼拜師學習對古玩字畫的識別，但是，隔行如隔山，像劉叔和陳三眼那些深厚的知識和鑑別能力，自己學得會嗎？陳三眼又能答應教他嗎？

吳誠這時候卻是把身邊的包放到桌上，打開取出兩件物品和一個很精緻的小盒子，盒子只有十多釐米長，七八分高，那兩件物品，一個是一枚小小的方孔古錢，另一個是只有火柴盒般大的一塊墨黑色石頭。

陳三眼拿起古錢兩面仔細看了一遍，點點頭笑說：「有意思！」說完又把古錢特地拿給周宣，道：「你看看！」

「我看？」周宣接過古錢時有些不知所措，手也顫抖起來，倒不是覺得古錢有多貴重，而是因爲陳三眼叫他也看看，是不是就此他也算古玩界的一員了？

對於古錢的認知，周宣只停留在小時候老家女娃兒踢毽子那個層面，把銅錢用布包了縫上雞毛管，最後再插上雞毛就可以踢了，那時候他就有十來個銅錢，但後來也不知所蹤了。

看了半天，手中這枚方孔古錢還不如自己小時候見過的好看，小時候玩的那古錢應該是純銅的，金燦燦的，現在手中這枚卻是黑色的，中間方孔，一面的大定通寶幾個字還是識得，另一面是個「酉」字，想得發暈也沒想到大定是什麼年代，囁囁著道：

「大定是不是大清朝？」

陳三眼「撲」的一下，要不是嘴裏喝了茶含了水，差點一口噴到周宣臉上了！

許旺才和吳誠也是嘴角帶著不屑，看這傢伙撿到袁枚手稿純粹是走了狗屎運。

「給我看看。」劉叔伸了手說。

周宣趕緊把古錢遞了給他，臉也紅得發紫，快跟桌上的紫砂壺一個顏色了，古玩界也不是他想像中那麼好混啊。

劉叔拿到眼前正反面瞧著，又對光看了側影，沉吟了一下才說：

「大定通寶是金世宗完顏雍於大定年間西元一一六二年所造的正用貨幣，以後各代陸續鑄造過『正隆』『大定』『泰和』錢幣。錢文年號用意是滅宋以後天下大定，海陵王完顏亮敗績被殺，大定通寶的命名就這樣誕生了。」

劉叔捏著這枚大定通寶放在了吳誠面前，又道：

「這錢幣是雕母，在古錢幣造幣歷史上，用母錢鑄幣的工藝始於唐代，榮於宋代，有母錢就必有雕母錢，因爲所有的行用錢和鑄造母錢都是用手工雕刻的祖錢，也就是雕母錢翻鑄出來的，所以雕母錢的價値遠較發行的大定通寶高，這枚大定通寶的雕母幣從形，字，以及略帶的水銀古來看，估略價格應該在一萬元左右。」

吳誠向劉叔比了比大拇指，笑說：「老劉，佩服佩服，這錢幣是我在廣州古玩市場花了九千七買回來的，呵呵，你再看看這個。」

吳誠又把那塊黑石頭推到劉叔面前。

劉叔把黑石頭拿起來平放在手掌中，反光和背光各看了看，接著就放到桌子上，道：

「這是塊原墨玉，品相中等偏上，邊有些許透明，光燈下也有稍稍綠意，墨玉上品者是全黑不透明，燈下不帶綠，這塊墨玉價格在七百五至八百五之間。」

「呵呵，老劉，不服你都不行，這塊墨玉我花了七百八。」吳誠對劉叔的眼力還真有些佩服，又打開面前那小盒子，道，「老劉，你再看看我這個，這可不是來南方買的，是我從揚州帶來的，評評！」

盒子裏是一隻石雕公雞，公雞頭頂的紅冠和身上金黃色的羽毛顯得活靈活現。劉叔有些驚訝，從盒子裏拿了出來，細細觀看。

周宣當然不懂，但見吳誠摸著下巴，一臉得色，心知定然是件珍品寶物了，只不知能值多少錢，有沒有自己那冊袁枚手稿值錢？

劉叔看了看，讚道：「刀工剛柔並濟，婉轉流暢，取色天然，壽山田黃石的質地，雕刻與石的色彩搭配天工合一，雞腹上的印記『玉璿』，壽山鼻祖傳物，無價之寶啊！」

無價之寶？都說無價之寶，最後還不是賣出了價格，只要有價錢，那怎麼能說是無價呢？周宣以自己的理解方式想著。

吳誠笑吟吟道：「老劉，別客氣，說說多少錢，看我買的價格有多少懸殊。」

劉叔沉吟起來，半晌方道：「這石重約八十克，按時下田黃石的價格來說，應在七十萬左右，再加上是壽山石雕鼻祖楊璿的作品，整體價格最少在三百萬以上。」

劉叔說完，用審視的目光瞄著吳誠，畢竟是個花大錢的玩意兒，這價格也不是肯定的。

吳誠哈哈一笑，道：「差不遠了，我可是花了三百六十萬買回來的啊，這寶貝！」

三百多萬？周宣嚇了一跳，今天撿了個十八萬的手稿已經是覺得見到最了不得的東西了，這雞公石竟要值三百多萬？我的天，這一輩子怕是都見不到這麼多錢吧？

周宣伸了左手輕輕摸到這雞公石上，手有些顫抖，心裏想著這東西可能是一輩子都不能再見到的寶物，這麼貴的東西，摸摸沾沾寶氣，說不定以後運氣好些！

吳誠以及許旺才見周宣哆嗦的手摸到石雕雄雞上，臉上有些鄙夷，陳三眼也不知道怎麼會把這麼個粗痞的傢伙帶到這裏來了。

周宣本想沾沾寶氣，只是一摸到雞公石上時，忽然間左手一顫，那一絲冰涼氣又從左手腕竄到手指，再從手指流到雞公石上，只這一剎那，周宣腦子裏靈光一閃，自然而然就想到「李寬福，二〇〇九」的字樣。

腦子閃得這一下靈光，那絲靈動的冰涼氣立即又回轉到左手腕中，如哈巴狗伏在腕中不動了。可就這麼一下，周宣只覺渾身疲軟，好像跑了幾千米路，爬了一座高山一般，無比的困乏！

收回手來，周宣懶洋洋地問陳三眼：「陳老闆，李寬福，二〇〇九年跟這雞公石有什麼關係？」

周宣這突兀的一句話讓劉叔一愣。跟著，吳誠也是眉尖一跳，臉上神情變了變。陳三眼與許旺才對視了一下，眼中都多了些疑惑。

周宣並不知道李寬福是哪號人物，只是腦子裏就這樣靈光閃現了一下，不由自主就說了出來。

他這麼隨口一說，但另外四人卻是各自滋味，表情不一。

劉叔愣了一下，隨即把雞公石又拿起來仔細看了一遍，最後把目光投在雞公石的腹部印記上，皺著眉頭盯著，又從包裏取了個放大鏡出來，對著腹部的印記仔細觀察。一邊看，一邊用手跟著印記上的字跡勾勒，良久，嘆了口氣，放下放大鏡苦澀道：

「老吳，我看走眼了！」

吳誠臉色大變，嗖地抓過雞公石對著燈光仔細看著，半晌還是沒看出什麼來，皺眉問道：「老劉，你啥意思？在揚州我還拿給記留齋的沈老頭兒看過了，他的鑑定也是肯定的，就是楊璿的傳世作品。」

吳誠活了快六十，在這一行中也打滾了四五十年，本身就有一身精湛的古玩功底，加上之前又有行業中的泰山北斗般的人物鑑定過，這才出手買下來，一直自以爲豪，劉叔的話自然讓他心裏像梗了刺一般。

劉叔搖搖頭，道：「老吳，你再看看那印記上的字，好好觀察一下印記上那字的筆法形線。」

吳誠黑著臉拿過放大鏡，對著雞公石腹部的印記細細查看起來。

劉叔卻是拿眼盯著周宣，眼裏儘是疑惑。剛才周宣突然從嘴裏冒出的那個「李寬福」可不是個普通人物，國內雕刻界素有南王北錢之稱，南王祖光，北錢是民間雕刻界的泰山北斗，但對這個李寬福也自嘆弗如，只是李寬福雕工技藝登峰造極，但爲人卻怪，從不與這一圈子搭邊，自得自樂，其作品也從不外傳，是以民間都不曉有他這一號人物，對他的瞭解也只有業內極少數人知道。

李寬福最喜模仿臨摹古今名家作品，因自身的技藝超凡，所仿製的作品幾以亂真，但他也有個特點，就是在模仿的作品上會留一個小小特點，以示為仿品。

劉叔是古玩界的老手，對李寬福的事是知道的，是以聽到周宣這麼一說，馬上就產生了疑心，再對雞公石作了一番檢查，果然給他看出了破綻！

吳誠在放大鏡下看了良久，又遞給許旺才：「老許，你再看看。」

雖說許旺才早在揚州便已經鑑定過，但劉叔的話還是讓他起了疑心，於是他接過雞公石也細細察看起來。

許旺才看了半晌，倒是沒覺得有什麼破綻，無論是印記還是石質色相，應該都是楊璿的作品無疑，便苦笑著搖頭：「老劉，無論怎樣看，我都覺著這是真品，陳老弟，你再瞧瞧！」

陳三眼接過東西對著光源看相看色，又檢查印記，最後也搖搖頭道：「我也覺著是真品，呵呵，劉叔，你說說看！」

劉叔又嘆了口氣，道：「這幅作品，無論是石質的年相，色澤，和雕刻的技藝，那都是上上之選，印記也跟楊璿的字體一般無二，起初我也是肯定這是楊璿的傳世之作，但後來這位周宣小弟說出『李寬福，二〇〇九』那句話來，我就吃了一驚，然後再細看那印記，果然有一絲破綻，只是太巧了，就算是頂尖的鑑定師估計也有可能會落入局中，你們仔細看看印記『玉璿』之中的那個『玉』字！」

許旺才、陳三眼、吳誠三個人不由得把頭擠到一起。

第四章

特異功能

周宣抬起左手瞧了瞧，
連汗毛也瞧得一清二楚，跟以前沒什麼不一樣，
只是分明感覺到左手裏那股氣流仍停留在那裏，
腦子一想，它就在手腕裏緩緩流動。
周宣忽然心思一動，
難不成自己這左手裏的氣流是特異功能？

楊璿，字玉璿，康熙年間人，雕像技藝卓絕，被譽爲壽山石雕鼻祖，他作品裏的印記大多數都留有「玉璿」這兩個字的。

得到劉叔的提示，三個人終於看出了印記字體裏的特異之處。吳誠一張臉立時又白又灰，呆怔不已。

劉叔嘆道：「李寬福這個人我是知道的，恃才傲物，但手底下確實有硬功夫，他仿製的作品都有一個特點，作品雖然可以以假亂真，但他製作的東西一定會留下個鮮明的記號，這塊上等的壽山田黃雄雞雕從年分色澤到雕刻刀工都毫無破綻，唯一的破綻就在『玉璿』名記上。」

聽劉叔說得精彩，周宣也挨近了些聽他說著。

劉叔此時對周宣和藹得多了，向他點點頭，然後道：

「其實向下細看，『玉璿』的名記『玉』字裏那一點就是破綻，我估計李寬福應該落的『王璿』這兩個字，王璿跟玉璿雖然只有那麼一點區別，但鑑定人見到就明白這是仿品了。」

劉叔嘆息搖頭：「那一點因爲極其細小，沒有人會想得到，所以根本不容易瞧出來，但得到提點的話，還是看得出來的。現在物件上的這一點，無論是筆法和刀法，都與李寬福相差甚遠，所以，我認爲是有人後加上去的。」

其實不用劉叔說得這麼清楚，吳誠許旺才以及陳三眼都明白，他們都是這一行中的佼佼者，只要略一提點，立即便知曉。

只有周宣一個人不明白，但周宣可不想再發言出醜，聽聽就好。

「這壽山雄雞雕本身的石價值在七十萬之間，再加上李寬福的刀工，應該在一百五十萬左右，老吳三百六十萬購回，蝕價約爲兩百萬吧！」

吳誠呆了半晌，長長吁了口氣道：「沒料到縱橫大半生，臨到老卻被雁啄了眼，罷罷罷！」一時心灰意冷，快快不已。

劉叔勸道：「老吳，咱們這一行的風險也不用我告訴你，一分天堂一分地獄，只是失了一回眼而已，其實兩百萬的錢對你來說也不會致命，想開些，得個教訓吧，真所謂活到老學到老啊，今天要不是周宣小兄弟，咱們幾個，都還不是一樣給蒙蔽了？」

周宣此時卻在呆怔中，吳老頭三百六十萬買回來的這個雞公石，竟然一剎那就虧掉了兩百萬，這是紙還是錢啊？還是今晚自己做了一個特別的夢而已？

周宣覺得實在是疲軟，老吳快快的，幾個人也沒有興致再聊下去。

馬老二吩咐馬婷婷端了一個大盆子上來，香噴噴的氣味立時溢遍滿屋，馬老二介紹著：「大盆子，穿山甲燉山參，再加上黃耆、黨參、野豬肉、山藥、桂圓、紅花、當歸，滋補的效用大好呢！」

周宣見就這麼一個大盆子，也沒有別的菜上來，這就一萬二？我靠。吃了幾塊穿山甲肉，嫩是嫩，比豬肉好吃點，但要他拿一萬二來吃這個肉，以後打死也不幹。吃一餐一萬二就沒了，不如留下這錢討個老婆。

幾個人話少了，各懷心事。這頓飯雖然貴，但卻很快就收場，許老頭兒和吳老頭兒由馬老二安排車送到市區酒店。

陳三眼和劉叔周宣三個人則由馬婷婷送回沖口。

周宣沒想到馬婷婷還會開車，一輛紅色的現代索娜塔，挺漂亮時尚。

陳三眼和劉叔坐後邊，周宣年輕，就坐在馬婷婷旁邊。見馬婷婷開車很嫻熟，周宣有些羨慕，問道：「馬小姐，你二叔還給你配車啊？福利倒是不錯！」

馬婷婷「撲哧」一笑，道：「什麼福利不福利，你當是國營企業啊，這車是我自己買的！」

「自己買的？你一個月賺多少錢啊？」周宣詫然，這麼一個十七八歲的女孩，自己能買車，那一個月得賺多少錢才買得起？

「我啊？」馬婷婷淡淡道，「一個月五千塊吧，不過我二叔喜歡給我零花錢，每次有聚會的話，忙完了他就會給我個兩三萬的，所以啊，我一個月也能賺兩三萬吧！」

這破館子沒倒閉不說，馬老二還給他侄女一個月兩三萬，太沒天理了，自己一個月要幹二十六天，一個月才兩千不到，跟人家這樣一個小女孩比，簡直天差地遠。

周宣好生豔羨，有心問問她，看她二叔還招不招小工，只是不好意思開口。

馬婷婷接下來的話把周宣這意思更是一棒就打散了：「我這還不是小錢，哪比得上你們這些來聚會的人，個個都是一出手就賺七八上十萬的？運氣好的百幾十萬也是有的，我聽說你今晚上就撿漏了，袁枚手稿，是吧？」

周宣只好嘿嘿乾笑不答，心裏奇怪這聚什麼會？瞧這冷清的樣子，菜又賣得貴，難道還有像陳三眼這樣的冤大頭喜歡來吃？

到沖口後差不多凌晨兩點了，陳三眼和劉叔一下車，周宣不好意思單獨再讓馬婷婷送，趕緊也下了車。馬婷婷以爲他們三個人是一起的，也就沒問還有沒有人到別處，就跟陳三眼揮揮手，自個兒開車回去了。

陳三眼想跟周宣說什麼，卻似是開不了口，周宣也好像心不在焉的，表情睏極了的樣子。陳三眼也就不再說，掏了張名片出來遞給周宣，道：

「小周，以你的能耐見識，呵呵，我也不好意思開口挖角了，不過有空的話，可以出來大家聊聊天，交流交流一下心得，我可能還會在這邊待一個半月！」

周宣疲累得只想找個地方就地倒下，對陳三眼的話是左耳進右耳出的，嗯嗯兩聲。劉叔搖搖頭，陳三眼的意思他還是懂的，但周宣顯然無意跳槽，也就不好再多說。

這兒離周宣的海邊遊樂場的宿舍不遠，走路的話七八分鐘，這個時候，路上除了來來往往的車，過路的人已是很少。

周宣如果不是懷中抱著那裝了十七萬五的黑皮包，早隨便躺在路邊睡大覺了，真是很奇怪，以前再累再疲，也沒有像現在這樣幾乎到了扛不住的地步。

好不容易回到了遊樂場的宿舍，宿舍的同事早睡得跟死豬一樣，周宣也不洗澡刷牙，脫了鞋把黑皮包緊緊摟在懷中，蓋了毯子就睡。

這一覺直睡到第二天十一點才醒來，同事早上班了，周宣是下午兩點的班。

坐在床上發了一會兒愣，忽然心裏一震，趕緊把毯子一掀，見黑皮包好好躺在床中央，這才鬆了口氣，打開皮包一看，錢還在，是真的，不是做夢。

但周宣依然發呆，昨天真的是太不可思議的一天了，慢慢回憶一下昨天的過程，忽然又想到，昨天腦中閃了兩次靈光，好像都與左手裏那股冰涼氣流有關。

抬起左手瞧了瞧，連汗毛也瞧得一清二楚，跟以前沒什麼不一樣，只是分明感覺到左手裏那股氣流仍停留在那裏，昨天摸了雞公石後弱了很多，但今天一覺醒來，又恢復原樣了，腦子一想，它就動了動，在手腕裏緩緩流動。

有意思，昨天那兩次是它自己要動，可今天，周宣卻感覺到這氣息有幾分熟悉，好像變得很聽話似的。

周宣忽然心思一動，難不成自己這左手裏的氣流是特異功能？昨天撿漏的手稿不就是這氣流鑽到手稿上時，自己腦子裏才一下子想到了「袁枚一七九五」的字樣麼！

越想越覺得是，周宣一念心起，四下裏瞧了瞧，沒見到什麼東西，隨手從黑皮包裏抽了一張紙幣出來，看了看百元紙幣下角上寫著二〇〇二年的字樣，就用左手捏著鈔票，腦子裏想著，那冰涼的氣流就從手掌順著指尖鑽到百元紙幣上。

就在這一剎那，周宣腦子裏就現出了「二〇〇二年，上海造幣有限公司」的字樣！

周宣一興奮，那股冰流就鑽回了手腕，這麼一下，氣流立即弱了些，但顯然比昨天要好，疲感有一點，但沒昨天那麼強，估計這是使用幾次後恢復過後就變強了些。

這跟體力一樣吧，用多了就累，但睡一覺醒來後就又一身的勁，而且隨著年齡長大，力氣也越來越大，只是這氣流也會跟力氣一樣漸漸長大麼？

尋思了一會兒，周宣突然意識到，既然這氣流能分辨物質的年代和製造者，那自己要是搞古玩，那豈不是大發了？動則數萬以上的利潤真讓人心裏發燙啊！

只是自己這異能打哪來的呢？記得下午在海裏給海龜咬後回來就睡覺了，難不成是被那海龜咬過的原因？當時包紮了傷口後就睡了一覺，醒來傷口好了，連皮都沒破，……對了！

周宣腦子裏一閃，那塊金黃色的石頭！

當時自己怕手指上的血沾到床單上，所以拿那塊石頭墊了起來，醒來後傷好了，可是石頭也變得漆黑黑的，或許，就是這塊石頭讓自己有了異能吧。

周宣又從枕頭邊摸出那塊黑石頭仔細端詳，昨天的金黃色已經變成了墨一般，整塊石頭光滑無比，連一丁點劃痕都沒有，看似石頭但卻不是石頭，反正是不認識，難道是什麼高科技產品？

他又摸出那枚金色的錢幣來，昨天吳老頭兒那雕母錢黑乎乎的都值一萬塊，自己這枚金晃晃的，想來也不會比那錢價值差吧？賣相也好看得多，搞不好又是幾萬塊！

周宣一時心癢難耐，如果是以前，他仍然是個鄉下來的窮鬼，但現在，怎麼說也是十多萬身家的人了，更重要的是，他現在已經有了找錢的能力！

試試手上這枚金幣，搞不好是金的呢，如果是金的，至少也要值千幾吧！

周宣一想到便做，把手上的冰流氣緩緩驅到左手指捏著的金幣上，當那絲冰涼氣息流進金幣上時，腦子中立時又出現了個「八一二年，ewulf」的字樣，這八一二年倒是懂，但那英文字母的意思就不懂了，但跟錢幣另一面的字母是一模一樣的。

八一二年，周宣扳著指頭算了一下，奶奶的，竟然有一千二百年，兩百年的袁枚手稿就值十八萬，錢幣的價格跟手稿肯定是不同，但有一千多年，怎麼也要值幾千塊吧？可惜是洋鬼子的，自己也搞不懂，但肯定不是小時候踢毽子那些無價值的銅錢。先當寶藏起來，有空拿到陳三眼的靜石齋讓劉叔鑑一鑑，看看能不能值幾個錢。

周宣瞄了一眼房中，下了床把自己裝衣服的皮箱提過來，把金幣和黑石頭都放到箱底，上面再放了衣服，以前箱子從來沒鎖過，這會兒周宣調了調箱鎖，設了個密碼，把箱子鎖了起來。

起身洗漱了後，看看時間還不到十二點，乾脆把皮包拿到銀行裏去把錢存了，這錢放在宿舍裏可是大大的不安全。

以前到銀行裏存錢，都是幾百塊的金額，櫃檯裏的小姐從來不抬眼瞧一下他，今兒個周宣把十七萬五的鈔票一紮一紮地從小孔裏塞進去的時候，胸口挺得老高，雖然櫃檯小姐仍然沒瞧他，但心裏感覺就是不同。

兩點上班，回去後仍然有點早，一點不到，天又熱，周宣乾脆跑到海邊去游泳，心裏更想著再去看看那個洞裏還有什麼沒有，只是得防著那兇狠的海龜，昨天可是被牠咬傷了食指。

太陽光依然毒烈，沙灘上依然炎熱。

周宣到海灘邊時，遊客很多，一眼望不出頭，儘是花花綠綠的泳衣，那一條條白白嫩嫩的女人大腿差點把眼都閃了。

要說二十六歲的大男人不想女人，那是假話，但以前周宣想是想，卻也知道現實是殘酷的，沒有事業沒有鈔票，哪個妞會跟你？

不過今天周宣倒是雄心勃勃起來，手握鑑別古玩文物的大殺器，不期望像陳三眼他們那般大富大貴，但時不時撿一小漏，月入三幾萬還是有可能，就這樣自己也心滿意足了，那可是十幾倍於現在的收入啊，拿回家鄉，那也是數一數二的了，找個老婆也就不會是遙遠的事了。起碼現在自己銀行裏頭還好端端躺著十八萬呢！

周宣興沖沖地準備下水再去瞧瞧海龜洞裏還有沒有什麼寶時，忽然聽得身邊幾個同事「哦哦」的聲音，轉頭瞧去，見幾個同事個個都傻呆呆地瞧著潛水部那邊。

周宣當然知道這些傢伙肯定是瞧見了漂亮女人了，沖口是個旅遊城市，來自全國各地的漂亮女人多了呢，其中還有不少騷婆娘，胸脯大，胳膊粗，估計能把男人都活吞了去。

想是這樣想，周宣還是跟著瞄了一眼，只是瞄這一眼後也呆住了！

要命，哪來這麼漂亮的女人？

這一看，以前見過的漂亮女人都不叫漂亮，只能叫順眼而已，這個女人才叫那個漂亮！即使是林青霞、林志玲兩人加一起也沒這女人漂亮！大概古人所說的西施、楊貴妃、陳圓圓也就這等級了！

這女子看起來大約有二十二三歲，身材高挑，起碼是一米七的樣子，長得超級漂亮不說，身材也是該凸的地方凸，該凹的地方凹，偏又穿著泳衣，無比火辣，要是能把到這個女人，少活一年也幹！

周宣咽了一口口水，努力地把眼睛從她身上挪開，這才發現女子身邊還有個同伴，也是個二十多歲的女孩子，比她矮一些，也算漂亮，但跟這個女人站在一起，基本上就只能淪爲配角了。

潛水部的十幾個教練員都圍成了一圈，似乎恨不得都能立刻跟她搭訕上。那女孩子自顧自穿著潛水服，背上呼吸器，最後套上腳蹼，根本不理那群潛水教練，獨自往海裏走去。

只看這女子穿戴潛水衣和潛水設備以及入水的動作，周宣馬上知道，這女子其實是個潛水高手，那一班潛水教練沒一個及得上她。

另外一個女孩倒是沒潛水，在沙灘上候著。

那女子一下水，十幾個潛水教練才醒悟過來，趕緊都衝了過來「撲通撲通」的鑽進海水裏。

周宣搖搖頭，振作了一下，算了吧，胡思亂想什麼?這女人一瞧便是富貴之家出身的，就算不是，但長得這般禍國殃民的樣貌，也得個夠等級的男人才養得起吧，像自己這樣的人，還是實在一點，到鄉下尋個屁股大能生養、稍爲好看一點的女人就行了。

雖然他口袋裏也有個十七八萬，但那只是踏入脫貧的階段而已，比起有錢人，還差得太遠，就比如陳三眼那一圈子吧，自己這份家當，只夠吃幾頓野味的。

周宣自我滿足了一下，心裏頓覺舒暢，慢慢走進海水裏，享受了一下水份滋潤滾燙的皮膚的舒爽感覺，才合攏雙手，以一個漂亮的姿勢躍進水裏。

周宣像一條大魚般一口氣潛了二三十米，到水深一些的地方，水溫也漸漸低了下來，再游得十多米，眼見那些潛水教練都給撇在了後邊，只有那個女子影子在前方游弋，周宣便繞開了眾人的視線游過去，免得那些潛水夫對他的潛水能力眼紅妒忌。

再潛了十多米，那個女子仍然還往前游，她身後已經沒有一個潛水夫跟上了。

在潛水部是有規定的，遊客潛水必需要有教練員一對一才能下水，是爲了保證遊客安全，而且潛水範圍不能超過十米深的海域區。

說白了，這裏的潛水教練沒有一個是能潛深水的，以前周宣不明白，他一直以爲潛水教練是份很棒的職業，月薪也有七八千近一萬，行內應該會有不少潛水高手，但其實，真正有實力的潛水高手，要麼是有錢的公子哥，要麼就是尋求刺激冒險的專業玩家，而這些人，都是不會充當潛水教練的。

周宣潛到昨天遇見海龜的地方，令他奇怪的是，竟然一點也沒覺得氣悶，以前到這麼深的海域最多只能待上兩分鐘，今天這口氣至少憋了三分鐘，而且還沒感覺到難受，有可能是左手多了那奇怪的冰氣後，體質也強了些吧，潛水也潛得久了。

他打橫了又往小岩洞游去，一路卻沒再見到那海龜，游到洞口處，探頭先望了一下，洞裏空空的，啥也沒有，又伸手在裏面摸了幾把，卻連一塊小石子也沒摸到。

周宣心想，八成是自己把那塊獲得異能的寶石拿走了，所以海龜也不來了。

這時，他忽然覺得有點耳鳴頭脹，想來是到了一口氣的極限。周宣轉身往回浮，只是一回身，卻見到一個黑乎乎的東西擋在面前，不由得大吃一驚，嘴裏立時給海水灌入，嗆得眼淚直流！

雖然是受驚嗆得眼淚直流，但在海水裏，淚水遇到海水都是水，都是鹹的。

不過這幾十米深的深水底可不是好玩的，搞不好活了二十六年的這副身板可要扔海裏餵魚了！

周宣趕緊鎮定下來努力往上浮，水壓力已經使他耳朵都嗡嗡直響，一顆心都快爆炸了！好在那黑影也沒追趕他，百忙中，他也沒時間再去看清楚到底是什麼東西，但從形狀估計，應該不是鯊魚或者海豚之類有威脅的東西。

終於從海底浮到水面，腦袋鑽出水面的那一刹那，周宣嘴巴便如缺氧的魚兒一般張大了嘴拚命喘氣。

跟著又一聲水響，身邊的海水中冒出一個戴眼罩的人頭來，她伸出白皙的手把眼罩取下來，一頭濕漉漉的齊肩烏髮甩了甩，好漂亮！

周宣本來想發火，剛才肯定就是她把自己嚇得差點葬身海底了，但一見到她的面容時，周宣一口氣頓時跑得無影無蹤！

原來這正是那個異常漂亮的潛水女子！

忍了半天，周宣才迸了一句話出來：「你可把我嚇死了！」

那女子「撲哧」一笑，猶如百花盛開，道：「你一個大男人怕什麼，還怕我吃了你不成！」聲音如銀鈴，清脆悅耳。

周宣傻傻地道：「你的聲音真好聽！」

那女子頓時皺了皺眉，這人剛剛還是怒髮衝冠，一副要殺人的樣子，一見了她的容貌，卻立刻眉開眼笑，跟別的男人沒什麼兩樣！

周宣一見到那女子眼中的不屑表情，立即清醒過來，這女人高傲得像個白天鵝，跟自己可完全是兩個世界裏的人，何必去自討沒趣？於是，周宣打了個哈哈，轉身就往回游。

那女子一怔，沒料到周宣前一刻還在為她的美貌癡迷，卻在一秒鐘後又絕然而去，猶如未見她一般，她雖然很討厭男人那副色迷迷的表情，但若是有人無視於她的美麗，心裏卻也不是滋味。

只是她卻是想錯了，周宣雖然也喜歡看美女想美女，卻有自知之明，自己得不到的，他就從來不癡心妄想，女人再漂亮，能天天看著不吃飯嗎？像他這種人，首先考慮的是生存！

周宣奮力往回游的時候，那女子嬌聲叫道：「喂喂……」邊叫著，邊迅速游到他身邊。不得不說，這女子比他的游泳技術更勝一籌，那姿勢那速度，幾乎就跟專業選手差不多。

那女子追了上來，跟他並排游在一起，問道：

「你潛水技術很棒啊，能徒手潛那麼深的水，而且潛水時間也超過我的想像了，我從來沒見過徒手潛水這麼厲害的人，你應該是專業的潛水者吧？」

「不是不是，我只是潛水玩玩，你……你別跟著我了！」

周宣眼見前邊那十多個潛水夫分散開來到處找人，要是自己跟這女人一起，回到海邊還不是自找麻煩，得罪那麼多人可是不划算的。

周宣的話很讓那女子自尊受傷，咬著唇把身邊的水打得啪啪直響，不再跟上他。

這時，那些來尋找她的潛水夫也都看到她了，紛紛游了過來。

周宣剛剛在海底被海水嗆了一下，游回海灘後，坐在沙灘上直喘氣，真是把他累壞了，好在那女人沒再跟過來。

歇了一陣，看看時間也差不多了，周宣跟同事接了班，躺在躺椅上看著海灘邊的遊客。

忽然眼前一暗，刺眼的陽光被兩個人遮住了，周宣抬頭一看，又是那女人，這時跟她的同伴一起過來了。

那女子盈盈笑了笑，道：「原來你是這兒的救生員啊，可惜了你那身潛水本領，有沒有興趣換個工作？」

換個工作的想法是有，但那女人那種居高臨下的施捨眼神卻讓周宣有點不痛快，再說，小說裏看得多了，像這些有錢的大少爺大小姐，可不是那麼好侍候的，高興的時候對你很好，不高興的時候就立刻叫你滾蛋，這女人又長得太那個，想必更是驕傲，還是不要惹得好。

那女子見周宣猶猶豫豫的，還以為他擔心薪水的事，便道：

「你在這兒的工資應該只有兩三千吧？我可以給你比這裏高十倍的工錢，怎麼樣？」

靠，拿錢砸人?!雖然老子也很喜歡錢，更需要錢，但跟著這樣的女人可不安全，因為她太漂亮了，漂亮的女人雖好，但自已既不可能跟她搞上一腿，又何必低聲下氣跟著她呢！

要是以前，周宣有可能會答應，但今天就不同了，周宣已經打定主意要踏入陳三眼他們那一行中，二十六年來，他可是第一次覺得生活有了目標。

「不好意思，我還沒想到要換工作，再說，你可能高估我了，我現在連潛水執照都沒拿到呢！」

周宣說出這番話時，自己心裏都在奇怪，他奶奶的，我怎麼會說得出這麼有水準的話來！

那女子臉上有些失望，側頭向身邊的同伴女子低聲說了句話，同伴女子便從皮包裏拿了一張紙和一枝眉筆來。

那女子拿過眉筆和紙，把紙貼在左手心裏寫了幾個字，然後把紙片遞給周宣，道：

「你好好考慮一下吧，不用這麼急著回答我，這是我的電話，如果你願意，就給我電話，記住，我會在沖口住一周的時間，再見！」

兩個女人一走，周宣瞧了瞧手上的紙，上面寫著一個手機號碼，下面又寫著「傅盈」兩個字，想來應該是這女人的名字了。

「傅盈，傅盈。」周宣低低念了兩聲，名字倒是不錯，不過這女人實在是太驕傲了，沒必要跟她扯上關係！

周宣笑呵呵地把紙捏成一團，抬頭時卻是嚇了一跳！原來四周都圍滿了同事，一個個牛眼瞪得圓圓的，更別提潛水部那一班帶有殺氣的眼神了。

領班王老大則是伸過一雙大手道：「東西拿來！」

周宣怔道：「什麼東西？」

王老大鄙夷道：「還裝傻！」伸手就從周宣手裏奪過紙團，打開來卻傻眼了！

原來那叫傅盈的女子寫的電話和名字都被弄髒了，因為是用眉筆寫的，汗水一浸，便花成一團，不但名字看不清，連手機號碼第四個數字和第六第七個數字也墨成一團，這缺了三個號的手機號碼要怎麼打？

王老大惱羞成怒，道：

「她跟你說什麼？我好像聽到說是要你跳槽是不？」

「她說的，又不是我找她，關我什麼事啊？」周宣這話倒是說得理直氣壯。

周宣這話完全傷到王老大的權威感，王老大氣呼呼地叉腰叫道：「王勝，你叫陳思文來頂班。」說完又對周宣道：「小子，你可以回去了，你上班不負責任，又與外人勾結準備跳槽，回去收拾一下，我給經理彙報後，你去結算工資走人！」

他大爺的，沒想一句話就讓好好的工作沒了！

不過周宣倒是沒有特別的難受，畢竟經過兩日天翻地覆一樣的變化，他也想改換一下工作，只是沒想到事情會演變得這麼快。好在，銀行裏還躺著十八萬呢，心裏倒是不慌。

這次公司炒他的魷魚，工資倒是結算得很迅速。一般來說，要拖工資，沒有三十天也有十天半月的，這還全靠王老大在經理面前加油添醋把周宣說得極為不堪，以致經理也想趕緊趕他走人，所以也沒有刁難。

大半月的工資結算了一千一百多元，周宣拖了行李箱在沖口轉了一圈，這一帶已經沒有簡陋的民房建築，所以房租不便宜，一間單身公寓也要一千多一個月，沒辦法，他只好咬著牙到賓館開了一間三百八的房間，先住一晚再說。

到這時，周宣才切切實實開始考慮以後的路子要怎麼走。

此刻，他想到陳三眼，雖然自己什麼都不懂，但要踏入這一行，目前似乎也只有找他這一條路了。

第五章

神秘人物

到一棟有大鐵欄門的別墅前停了車，
門外已經停了四輛車，都是價值百餘萬以上的高檔車，
開門的是兩名身形彪悍的漢子，
瞧他們的模樣和動作，
周宣立即想到了電影中常見到的那些冷血殺手，
心裏不禁犯起了嘀咕，這別墅主人到底是幹什麼的？

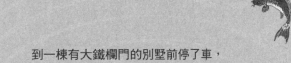

確定方向後，周宣洗了個澡躺在床上，隨手翻開一本書，卻發現眼皮重得很，一頁都沒看完便不知不覺睡著了。醒的時候，是被自己的手機鈴聲吵醒的。

周宣看了看來電顯示，是個陌生號碼，懶洋洋地按了接聽鍵，道：

「喂，哪位？」

「是我，陳山岩，有空嗎？我想帶你去一個地方！」

驀然接到陳三眼的電話，周宣一時還沒醒悟到「陳山岩」就是陳三眼，好半天才反應過來，陳山岩就是自己一心想要跟著學藝的陳三眼，心裏一喜，那還有不答應的？

出門的時候周宣忽然想到，要不要帶點錢帶在身上？如果陳三眼又帶他去吃什麼穿山甲之類的大餐，肉是好吃，錢就太貴了。又一想，他請我去，自然沒準備要我掏錢吧，樂得裝聾作啞，要自己掏錢，可著實肉痛！

忽然又記起那枚從海底龜口下撿回來的外國錢幣，周宣心想，正好帶去讓陳三眼瞧一瞧，便把錢幣從箱子裏取出來，帶在身上出了酒店。

這回還是沒走路，搭了計程車到靜石齋。到了店門外，陳三眼和劉叔早候在那兒多時，周宣一下車，陳三眼就道：

「小周，趕緊上車。」

店門外停著一輛白色寶馬，這車雖然不是特別高檔，但樣子很好看。

劉叔坐到後面，周宣卻是坐在陳三眼旁邊，看著陳三眼嫺熟地開著車，不禁問道：「陳老闆，你會開車呀？一直以爲你不會開車呢！」

陳三眼笑笑說：「我來南方不是長住，所以沒有買車，這輛車是我妻弟，也就是靜石齋經理方志成的車，呵呵，我會開車的！」

周宣臉一紅，這話問得是有點蠢，以陳三眼那麼大的家業，車算得了什麼？停了停又問：「要去哪兒呀，陳老闆？」

「跟著去就知道了。」陳三眼依舊微笑著說。

陳三眼不說什麼，周宣倒也不好再追問了，後面劉叔也不聲不響，他回過頭瞧了一下，劉叔閉了眼似乎在睡覺。

陳三眼開著車往郊區行去，但周宣卻認得出並不是上次去馬老二農莊的方向，心裏奇怪，不知道到底要去哪裡。

往郊區方向開了半小時左右，周宣見這一帶全是漂亮豪華的別墅，陳三眼要來的地方是這裏麼？

到一棟有大鐵欄門的別墅前停了車，門外小花園前的過道上已經停了四輛車，一輛賓士S600，兩輛奧迪A8，一輛賓利。

周宣瞄了幾眼這幾輛車，他雖然買不起，但在遊樂場上班，好車卻是見得不少，這幾輛都是價值百餘萬以上的高檔車，比較起來，他們這輛寶馬已經是小跟班級別的了。

開門的是兩名身形彪悍的漢子，瞧他們的模樣和動作，周宣立即便想到了電影中常見到的那些冷血殺手，心裏不禁犯起了嘀咕，這別墅主人到底是幹什麼的？

這兩名漢子是認識陳三眼的，但見到周宣臉生，便多瞧了兩眼，陳三眼趕緊道：

「這是我一個新朋友，別看年紀小，但技術可比我只高不低！」

那兩名漢子倒也沒再看周宣，一人留下，一人帶著陳三眼他們三個人往裏走，邊走邊道：「陳老闆，魏先生在客廳聊天，請跟我來。」

大門裏是條六米寬的水泥走道，左手邊有個游泳池，前邊十來米處才是房子，別墅門口停著一輛天藍色的敞篷布加迪威龍，當然，周宣是不知道這輛車的真正價格的。

陳三眼偷偷地跟周宣說：「小周，呵呵，看到這輛車沒，知道多少錢嗎？」

周宣猜想應該跟門外的那幾輛車差不多吧，便伸了兩個指頭道：

「兩百萬？」

「兩百萬？」那名殺手模樣的漢子撇了撇嘴，「這車可要四千五百五十萬元人民幣，是兩百萬的二十二倍還多！」對周宣的無知頓時有些不屑，再也沒瞧他一眼。

周宣倒沒覺得臉紅，只是驚訝得張大嘴合不攏來！

我的天，這車竟要四千五百五十萬元？那玩這車的人就不是一般人了，即使自己有上億身家，也絕不會捨得花接近半億的錢去買一輛車的！周宣想了想，自己的全副身家大概就只值這輛車上的一顆螺絲吧。

到了大廳裏，那漢子向坐在沙發上的一個中年男子躬身說道：

「洪哥，陳老闆到了。」

那中年男子點點頭，望著陳三眼三個人，微笑道：「坐！」

周宣挨著陳三眼坐了下來，瞧了瞧大廳，大廳面積至少有一百平方以上，裝潢很古樸，並不算太豪華，廳裏一色紅木傢俱，除了洪哥坐著的布沙發外，頭頂吊燈旁邊裝了台投影機，前邊牆上有一個四方形的螢幕框。

廳裏還坐著大約有十一二個人，除了那個洪哥和他的幾名手下外，坐在大廳裏的人，一般都在四十歲以上，像劉叔這樣五十多的就占了一大部分，最年輕的無疑就是周宣。

這樣也讓周宣顯得略爲突出，幾個老頭兒有意無意掃了掃周宣幾眼。

陳三眼側頭悄悄對周宣說：「小周，別多話，這廳裏的人都是這一行業的高手前輩，主人魏先生也是大有來頭的人，多看少發言，等一下有生意做時，特別要注意。」

也不知道做什麼生意，自己無錢無本的叫我來做什麼？周宣心中嘀咕著。不過場面看起來的確不簡單，而且那個叫洪哥的主人，雖然臉上一直是微微笑意，但表情中自有一種威嚴氣度，再看看那些個手下，個個都精悍無比，如果有人敢做出危險動作的話，周宣絕對不懷疑他們會把刀插進那人的胸膛中去。

其中有個老頭兒望了望廳裏的人，然後道：

「魏先生，人差不多都到了，我看你就發言開始吧。」

那個洪哥笑笑道：「呵呵，也是，大家又不是蚊子冰冰的人，喜歡的就是直接爽快！小劉，叫王強哥兒倆出來吧。」

周宣雖然學歷不高，但好歹也是上過高中的，聽這魏先生把文質彬彬說成蚊子冰冰，頓時對這個魏先生頗有好感，能拿半億來買一輛車玩的人，卻又不裝酷扮高雅，這樣的人夠爽直。

王氏兄弟是提著兩個大箱子進來的，這兩兄弟都是三十來歲的樣子，一臉精明。

陳三眼低了頭又對周宣道：「小周，這王氏兄弟，哥哥叫王強，弟弟叫王勝，是幹……」說著，用手指做了個往下挖的姿勢：「是幹這一行的高手，魏先生是收藏行的大家，一年總要抽空來這裏舉行幾次地下拍賣，讓朋友們盡個興，自己也可以收購一些喜歡的物品，一舉兩得。」

「哦，原來是搞地下文物買賣啊。」周宣恍然大悟，又低聲問道：「這不犯法嗎，還敢邀請這麼多的人來搞，不怕被抓呀？」

陳三眼微微一笑，低聲道：「小周，不說魏先生來頭極大，就說在座的那些人吧，你是不認識，個個都是身分不輕的人，不會有事。再說，這裏是魏先生的私宅，便是有天大的膽，也沒有人敢來這騷擾的。別說了，看看有沒有能拿到手的東西吧。」

王氏兄弟來到廳中，把箱子打開，先取了一件天藍色人物畫像的陶瓷罐放到中間的桌子上，廳頂是一盞兩千瓦的白熾燈，把大廳照得亮堂堂的。

王強把陶瓷罐在燈光下慢慢轉了一個圈，道：

「這次的貨不是我哥兒倆的，是一個朋友的，可以說他們是撞大運了，在掘一座清康熙年前的墳時，無意中發現墳下還有墳，而底下那座墳竟是漢代的，弄到了一些寶貝。這第一件呢，是上面墳中的陶瓷罐，是清康熙年間產的刀馬人物將軍罐，底價是三萬。」

廳中參與的人總共就只有十四五個人，又都是熟識、各有身分的人，當然不會造成混亂的局面，雖然不是正規拍賣場，但規則卻一點也不差。

魏先生笑著喝茶，沒出聲。

陳三眼對周宣道：「私下的拍賣場中，如果你對某件物品感興趣，想叫價的話，是可以上前去檢查物品真偽的，看得好驗得真，想要就可以要。」

對陳三眼似乎是鼓勵他參與選購的目光，周宣立時臉紅了，這才一眨眼的工夫，那將軍陶瓷罐已經有人出到六萬了，自己的身家才十八萬，哪裡夠資格買？

周宣雖然自己沒打算買，但心裏著實感受到這份刺激，轉眼間，那個將軍陶瓷罐已經有人出到十一萬的價位了。

陳三眼輕輕搖了搖頭。

劉叔也微微笑了笑，低聲道：「這刀馬人物將軍罐的實際價值也就這個數了，再往上是沒有多少利潤空間的，你們看……」他指著那罐子道，「這將軍罐有毛口和補釉的現象，這還只是遠觀，如果近看，還會有更多的缺憾！」

周宣詫道：「什麼是毛口和補釉？」

劉叔和陳三眼同時都把頭轉過來瞧著他，眼神裏很是奇怪，似乎這麼簡單的術語他都不明白？周宣立時臉紅耳赤，趕緊閉了口，不知不覺中又露了本色！心道真是的，老子本來就是一個菜鳥嘛，還不是被你給硬拉出來的。

陳三眼實在是對周宣看不透，這傢伙有時顯得高深莫測，連老手專家都瞧不出來的，他能看出來，有時卻又連行中最基本的術語和手法都不懂，不禁搖了搖頭！

將軍罐最終以十一萬七千的價錢被人買走了，那個魏先生依舊喝著茶沒出聲。

王強拿出來的第二件物品，是一個龍鳳雕白玉器，高約三十釐米左右，他往檯子上一放便道：「各位，這一件是墓下墓，漢代墓裏的一件寶貝，是漢代龍鳳雕白玉觥，底價一百六十萬元叫起，各位有興趣的可以過來先驗貨。」

像王強他們做這一行的，東西一出土便會請專門的鑑定高手作真僞鑑定的，是以拿到魏先生這兒來的東西，一般是不會有假的。

但世事也無絕對，也沒有人敢保證這些物件是絕對的真品，所以在現場是允許買家上前審查驗貨的，買賣當場交割，現金交易，這一行賭的便是眼力，失手與賺到那都怪不得別人。

這東西一拿出來，便有五六個人眼睛有些異樣。劉叔也微微咦了一聲，側頭瞧了瞧陳三眼，陳三眼點了點頭。劉叔便站起身走到大廳中間的檯子邊，同時還有四五個人都走過去，幾個人便一起在強光下觀察起這樣東西來。

大約過了五六分鐘，劉叔便回來坐下了，朝陳三眼低聲道：

「是漢代龍鳳雕白玉觥，玉出土後是經過再打磨的，不過貨確實是真貨，刀法和玉石俱爲上乘，雕功漢朝時代感極強，這玩意兒是個寶，但最多只能出這個數，再高就沒有多少利潤了。」

周宣看劉叔伸的是三根手指頭，估計是最多只能出三百萬吧。

這個漢代白玉觥叫價的人多了幾個，你來我去的便增加到了兩百四十萬，陳三眼卻是還沒有出手。

周宣見陳三眼面色凝重，當王強叫到兩百四十萬第二聲的時候，陳三眼舉了手，道：「兩百五十萬！」

又有一個老者舉手道：「兩百五十五萬！」

劉叔有些皺眉道：「古今典當的周老闆出手了，倒是有些麻煩！」

陳三眼又舉了舉手：「兩百八十萬！」

忽然一下子猛加了二十五萬，讓所有人都愣了一下，卻是沒有人再開口叫價。

周宣也明白了這個道理，應該說，這是陳三眼的策略，如果五萬五萬往上加的話，別人可能會上來圍剿，依然會把價錢抬上去，但陳三眼忽然把價抬高了，差不多到了眾人的心理位置，這就讓一般人不願意再往上加了。

王強「兩百八十萬」的喊聲叫到兩聲後，坐在沙發上的魏先生卻忽然出聲道：「三百萬！」

這一下子連陳三眼都不開口了，魏先生想要一件東西時，往往是捨得出大錢的，而且也沒有人願意故意跟他較勁，如果你跟他血拼，而魏先生中途就收手了，那跟他血拼的人，自己定會大傷元氣。

魏先生一開口，陳三眼就搖了搖頭，周宣也知道他這是放棄了，超過三百萬是他的底線，再加就不值得，二是，他也不願意跟魏先生爭奪。這件漢代玉觥就以三百萬的價錢給魏先生買下了。

後面王氏兄弟又接連拍賣了五六件物品，陳三眼到底還是以六十六萬的價格標到了一件漢代青銅劍，這時候，王氏兄弟的物品也差不多到了尾聲。

魏先生只出手買了那一件漢玉觥，花了三百萬，但卻不是全場最高價，最高的價格是一對清宮窯三彩馬，以六百四十萬的價錢賣出。

王氏兄弟的貨全部出手後，魏先生便笑笑道：「現在輪到各位了，有什麼好東西就不用再藏著掖著，該出手時就出手吧！」

魏先生最後一句話，讓大家都笑了起來，場面上劍拔弩張的緊張氣氛倒是輕鬆了許多。

頭先跟陳三眼較過勁的古今典當行的周老闆最先出手，拿了一枚古錢幣到中間的檯子邊道：「這枚乾德元寶隸書折十光背是我在鄉間撿著的一個漏，呵呵，以二十塊錢的價格從一個少年手中收了二十枚錢幣，一枚一塊錢，其中只有這一枚錢幣值錢，餘者皆無價值。」

周宣遠遠地瞧不清楚，只隱約見到錢幣深黑色，頗爲粗糙。

周老闆道：「這乾德元寶隸書折十光背實際市價只值五萬塊，我二十塊錢換回來也算是撿了漏，呵呵，今兒個也就湊個熱鬧，叫價四萬吧，給大家添個興頭。」

這東西很平常，再轉手價值也不大，也沒有人爭，就被一個老頭兒以四萬元買下了。

周宣一見到這錢幣時，忽然記起了自己身上那枚金黃色的外國幣，順手就掏了出來道：「呵呵，我也有枚錢幣，不過是外國幣，大家瞧瞧。」

陳三眼見周宣忽然拿出一枚錢幣來，便接過來拿在手中看了看。

周宣笑笑道：「這錢有一千二百年了，錢幣上有個英文字母的名字，我也不認得，呵呵，不知道值多少錢？」

陳三眼看了看，對外國錢幣，他也不怎麼熟，就拿給劉叔看。劉叔也看不太出來，道：「我對外國文化也不怎麼熟，但試了試重量，這錢幣應該是純金的，哪位再看看？」

魏先生身側一個五十歲左右的男人接了過去，對著光仔細瞧了一陣，又放在耳邊側耳聽了聽聲，最後訝然道：「小兄弟，你這枚錢是從哪裡來的？」

周宣撓撓頭，道：「是我在遊樂場海邊游泳時在海裏撿回來的。」

那人嘆了聲，道：「小兄弟，你運氣真好，這樣的事也能給你碰上，這枚錢幣想必是外國遊客丟失的吧，那可是倒了大楣。你知道嗎，這枚錢幣是英國中世紀時期，七國之一的國王科恩沃爾夫以他名字鑄造的金幣，在現今，這種錢幣已知的只有一枚，所以尤其珍貴。另外，英國佬對他們自身的古文化是特別有保護意識的，已知的那枚錢幣是大英博物館以三十五萬英鎊回購的，被大英博物館稱之爲國寶。」

說到這兒，那男子又把錢幣放到燈光下明亮處，指著一面的半身像說：

「這個半身像就是科恩沃爾夫國王，另一面是他的英文名字ewulf，下面又銘刻有De Vidoniae的英文字樣，意思是『來自倫敦貿易區』，我可以肯定地說，這跟大英博物館收購的那枚錢幣是一模一樣的，呵呵，小兄弟，你走運了！」

周宣呆了呆，聽他說了半天，只記得三十五萬英鎊的數字，但英鎊是多少錢他也不清楚，難道又會値幾十萬？

魏先生倒是從那人手中接過了金幣，看了一陣子道：「小兄弟，有意出售麼？呵呵，我倒是想買來玩玩。」

周宣咳了咳，道：「這個……賣，我倒是…咳咳……我倒是願意賣，但不知道你願意多少錢買！」

陳三眼皺了皺眉，這個周宣，哪有這樣子的說法？真是個笨蛋，但又不得不嘆這傢伙運氣太好，隨隨便便翻出了袁枚手稿，游個泳竟然又撿了個更不得了的英國古金幣，這狗屎運也太好了吧？

魏先生笑笑說：「剛剛楊先生說了，這錢幣是英國博物館當成國寶的東西，想想當年這些洋鬼子搶掠我們國家國寶時的那得意樣，這東西我要定了，不論多少錢，我都要買下來讓英國佬難受，給再多錢，老子也不賣給他們，呵呵，小兄弟，你說個價！」

聽魏先生這麼一說，周宣倒是有些猶豫了，人家這麼說，就是不怕你敲，要再高的價他也要買，倒真是有錢人，一般人買東西都是裝模作樣說不要，貶得你的東西一錢不值的樣子，實際上卻是吞都要吞下去，像魏先生這樣的，倒確實少見。

想了想，周宣老老實實地道：

「魏先生，我也是無意之中得來的，能得到一筆意外之財已經足夠了，既然魏先生是要跟洋鬼子叫板，我幫不到別的忙，總不能向魏先生多要錢，你說吧，隨便給個價就行！」

「哦！」魏先生沒想到周宣年紀輕輕倒是挺爽快，便向身邊那殺手模樣的手下招了招手示意，那人立即從皮包裏拿出本簿子和鋼筆來。

魏先生迅速地寫了幾個字，然後撕下填了字的紙對周宣道：

「小兄弟，你的個性我很喜歡，這樣吧，我也不能欺負你，大英博物館以三十五萬英鎊的價格買了那一枚，我便也以這個價錢買你這一枚，呵呵，好不？」

三十五萬就三十五萬吧，比袁枚手稿還多了接近一半，自己的身家刹那間又翻到了五十萬出頭，這份喜悅確實讓周宣興奮，心想這還是全靠陳三眼的幫助，就算那穿山甲很貴，也要再花一萬多請他一次，這兩筆收入要不是他，自己哪裡能賺得到？

第六章

六方金剛石

周宣自己在那兒胡思亂想，
無意中左手摸在那木娃娃的眼睛上，
左手一顫，那股冰涼氣息又動了起來。
周宣心裏一動，難不成這木娃娃又是好東西？
趕緊把冰涼的一絲氣息運起，慢慢流進木娃娃的眼珠子中。

周宣從魏先生手裏笑嘻嘻接過支票，仔細一看，上面寫了三十五，後面很多個零，他用手指數了一下，覺得不太對，又仔細數了一下，這下可數清楚了，趕緊把支票還給了魏先生，道：

「魏先生，你搞錯了！」

魏先生訝然道：「哪裡搞錯了？少了麼，我再補上。」

周宣搖搖頭道：「不是少了，是多了個零，你說的是三十五萬，但這上面寫的是三百五十萬，多了十倍啊，我可不能要！」

魏先生一怔，隨即呵呵笑了起來，連大廳裏的人都笑了起來。

陳三眼直搖頭，這個傻蛋，不曉得他是怎麼看出了老吳那件那個連高手都瞧不出破綻來的壽山雞公石？分明就是個比菜鳥還白癡的鄉下小子。

魏先生忍不住笑道：「小兄弟，你倒是很純樸，我很喜歡。呵呵，我沒搞錯，三十五萬那是英鎊，英鎊兌換人民幣是一比十二點多，三十五萬英鎊換算成人民幣約有四百萬左右，說到底我還虧了你一點！」

周宣這才知道自己又出了洋相，臉紅了紅，退了開去，又回到陳三眼身邊坐下。

這時，王強的弟弟王勝拿了個半尺高的木雕娃娃放到檯面上，道：

「這是最後一件了，已經請人鑑定過，不是什麼寶，但也是那漢代墓中的東西，別的都是寶貝，卻不知墓裏放了這麼個沒價值的東西幹什麼？但我們有個規矩，帶出來的玩意都得出手，這木雕是紅鋼木刻成，手法很簡單，木頭本身也不值什麼錢，就叫價一千吧，當個玩件擺設。」

王勝這麼一說，也有幾個老頭兒上去瞧了一陣，都搖搖頭，既說是無價值的東西，便是一千也沒人想要了。像他們這些人，一千塊錢是屁都不算的事，但他們卻不願意花不值得的錢。

周宣忽然想到，他大爺的，人人來這兒都買進賣出的，自己好歹也得買個東西拿回去，表示已經進了這一行，作個紀念吧，逢人也可以炫耀一下，一想到這兒，當即舉手道：

「一千塊，我要了！」

王勝也不以爲意地便把木雕給了周宣，周宣摸了摸身上，卻是有些臉紅，全身摸出來才七百塊錢，有些難爲情道：

「不好意思，我只有七百塊現金，還有就是這張支票了，要不，等會兒你跟我一起出去，我取三百塊給你？」

大廳的人又是一陣哄笑起來，陳三眼直甩腦袋道：

「小周，別要寶了，我給你三百，拿去吧。」

周宣臉紅地從陳三眼手裏接過三百塊遞給王勝。

王勝哪裡會在乎這區區幾百塊?但他們這種入墓的人特別注意講兆頭，生意就是生意，要是給少了錢會覺得兆頭不好，私下裏請人吃喝玩樂卻是一花數萬都不眨眼，這三百塊錢便笑著收了。

周宣訕訕然回到自己的座位上，看了看手中這個半尺來高的木雕，這是一個人像娃娃木雕，雕工顯然很粗劣，娃娃的表情很呆滯，五官除了頭和眼睛外，其他都很小，一個大大的頭，兩個眼珠卻又有雞蛋般大，那兩個眼珠呈淡黃色，顯然是鑲了兩塊比較圓滑的石子做眼珠。

別管了，反正來這麼一趟還是賺到了，三百五十萬呀，就跟打雷似的，搞得周宣心裏面到現在還沒平息，原想跟著陳三眼混這一行，一月能收入兩三萬，那便是自己最遠大的目標了，不曾想在海底撿到的這枚金幣竟然又讓自己發了一大筆財!

周宣真是做夢都想不到自己有一天也能擁有幾百萬的身家，前幾天覺得撿了袁枚那手稿的漏已經是祖上積德了，如今運氣也實在是太好了吧!活了二十六年，以前是遇啥事都倒楣，從沒發過超過一百塊錢以上的財，現在老天爺總算開眼了，睜一下眼就給幾十萬，再睜一下眼又給幾百萬，若是還睜得一下，那得又給自己多少啊?

周宣自己在那兒胡思亂想，也沒理會別人在幹什麼，無意中左手摸在那木娃娃的眼睛上，左手一顫，那股冰涼氣息又動了起來。

周宣心裏一動，難不成這木娃娃又是好東西？趕緊把冰涼的一絲氣息運起，慢慢流進木娃娃的眼珠子中。

氣流在眼珠子中一轉，周宣腦子就看到了一個奇怪的字句來：

「六方金剛石！」

六方金剛石是什麼玩意兒？不知道是不是鑽石，但他在商場裏的珠寶賣場裏見到的鑽石可跟這兩塊大圓石不一樣。

周宣想到這兒，就偷偷地問陳三眼：「陳老闆，六方金剛石是什麼東西？」

陳三眼怔了怔，道：「六方金剛石？這個我倒是沒聽說過，不過金剛石我知道，平時所說的鑽石就是金剛石！」

在魏先生旁邊的周先生聽到陳三眼的話，忽然走過來詫道：「陳老闆，你剛剛說什麼？六方金剛石？」

陳三眼搖搖頭道：「不是我說，是小周說的。」

周先生「哦」了一聲，問周宣：「小兄弟，你說的六方金剛石是什麼意思？」

「我也不知道是什麼意思。」周宣把手中的木雕捧上前說，「但我知道，這個木雕上的眼珠子就是六方金剛石。」

周先生一驚，這木雕他們早看過了，包括那做眼珠的石頭都沒有什麼奇怪的，周宣怎麼說是六方金剛石？

周先生瞧著周宣道：「小兄弟，可否把木雕娃娃再借我看看？」

周宣笑笑遞過來，道：「只管看，只管看！」

剛進賬了三百五十萬的巨款，這一千塊錢的東西算個屁，本來買這玩意兒只是想自我陶醉一下，也算是進入這一行中買下的處女作。

周先生細細檢查著娃娃的眼珠，皺著眉頭看了半天，仍然跟普通細黃沙石沒兩樣，表面還有微微的沙顆細粒，沉吟了半晌才道：

「這眼珠子很普通，表面上是看不出來，不過這娃娃是用紅鋼雜木做的，中間有縫隙，應該是兩片合攏的，想必是用黏膠或者木契子連接在一起的，如果打開來看，或許明顯些。」

「哦！」周宣應了一聲，接過木雕娃娃，用力往地下一扔，「啪」的一聲就裂成了兩半。

周先生「啊喲」一聲，道：「啊喲……小周，我只是說分開來好研究些，但我並沒有讓你就此摔裂它呀！」

周宣不好意思地笑笑說：「你不是說分開來好看些嘛，反正這也不貴，摔了就摔了吧！」說這句話時他心裏也奇怪，怎麼就自然而然說出來了，以前，一千塊錢的東西對他來說不貴嗎?那要算超貴的了!

周宣從地上撿起裂開的兩半木雕，木雕中心是空的，頭部上有兩個洞，一邊鑲了半塊石頭。他取出那兩個半塊石頭一瞧，正是兩個眼珠子，看來是一塊圓石分成了兩半，一邊鑲了一半當眼珠。

周先生從周宣手裏拿過來看了一會兒，有些疑惑地說：

「六方金剛石麼?不大像，六方金剛石又叫朗斯代爾，是以著名結晶學家的名字來命名的，中文譯音就是『六方鑽石』了，因爲六方鑽石有一個六次對稱軸或者六次倒轉軸，這個軸是晶體的直立結晶軸C軸。另外三個水準結晶軸正端互成一百二十度夾角。而類似這類六方晶系體系的鑽石，在我們地球上都不曾發現過，目前，全世界僅僅有兩顆這樣的六方鑽石。」

周宣咂咂嘴道：「地球上都沒有，怎麼全世界還有兩顆?」

「問得好!」周先生呵呵笑道，「因爲這兩顆六方鑽石都已經檢測確定爲隕石，也就是說，是天外之物，天上掉下來的。」

周先生又道：「這東西可寶貴得很，已經發現的這兩顆，一顆是在兩百年前，美國的地質學家朗斯代爾發現的，現存於美國國家博物館；另一顆是在我國內蒙古境內發現的，它又有一個名字，叫做『隕石鑽石夜明珠』，因爲它是能吸光並自體發光的鑽石，夜明珠總聽說過吧，如果這是六方鑽石的話，那它就會發光，就是夜明珠！」

周宣一呆，道：「夜明珠？」

周先生說了半天他都不是聽得很明白，什麼四方六方的，但夜明珠可就聽說過了，而且是打小就聽爺爺奶奶講過，那可是神話故事中才有的寶物啊，自己買的這破玩意兒也是夜明珠？

周先生向洪哥打了個招呼，道：「魏先生，能否關掉大廳中的燈？」

魏先生點點頭，揮了揮手，一個手下就到門外邊的電源總閘處拉下了開關，頓時大廳中一片漆黑。

半晌，周先生「啪」的一下打燃了打火機，弱弱的火光中，他跟周宣各拿著半塊石頭，那石頭半絲光也不曾發出來。

周先生苦笑著搖頭把石塊遞回給周宣，道：「看來應該不是了！」

周宣也訕訕接過來，心想那冰氣居然戲弄了他！便接過周先生手中的半片，拿起就與自己手中的半片疊在了一起。

也就在這一剎那，周宣手中的石頭就發出黃綠色的磷光來，那光亮幾乎把周宣四周四五米以內的人臉都照得清清楚楚！

忽然瞧見周宣手中的石頭煥發出這麼奪目的光彩來，周先生怔了一怔，此時，不僅僅是周先生，幾乎全大廳裏的所有人都驚住了！

周宣很奇怪，明明剛才沒有發光，怎麼周先生遞回給自己就能發光了？於是又把手中的石頭分開拿到眼前瞧，但就在分開石頭兩片的那一剎那，那綠瑩七彩的光芒便消失了！

周宣啊喲一聲，忙道：「周先生，周先生，我知道了，我知道是怎麼回事了！」

這時，魏先生也叫開了電閘，大廳裏立時又明亮起來。幾乎所有人都圍了過來，把周宣跟周先生圍在中間。

周宣笑呵呵道：「周先生，我明白了，原來這塊石頭是要兩片合在一起才能發光，你瞧！」說著，把兩塊半圓石合成一個整圓，那綠幽幽的七彩光又亮了起來，照得四周一群人的臉像翡翠一樣。

周宣再把石頭分開，那光便沒了，再把石頭反過來用兩個半圓背靠在一起，這樣也不會發光，只有合成一個圓才會發光。

周先生接過去試了半晌，也是這樣，沉吟著道：

「這就有些奇怪了，夜明珠這東西幾乎只是傳說中的物事，我們大體上都沒人見過，按解釋來說，夜明珠就是一些含有發光體的礦物質組成，就因這些發光物是有機磷一類的礦物質，年代一久就會腐化，所以傳說雖多，能傳世的卻少，這也造成夜明珠成為人們心目中最神秘和最寶貴的珍物之一，但我也從來沒聽說過像這樣子的，需要兩片合在一起才能發光的，確實很奇怪！」

周宣這時才又肯定了自己左手那冰氣的功能，點點頭道：

「是很奇怪，但它就是六方金剛石！」

「真是六方金剛石麼？」

雖然不知道周宣爲什麼就這樣肯定這石頭就是六方金剛石，但周先生依然解釋著：

「六方金剛石雖然也發光，但本質上跟傳統說法中的夜明珠是絕不相同的，夜明珠按照科學解釋來說，就是一些含發光磷的礦物質，雖然名貴，但實際價值卻是遠不如鑽石珍貴，但六方金剛石就不同了，它一是屬於天外之物，二是因爲它本身也是鑽石，並且能吸收亮度使自己發光，這無疑就遠比地球上其他種類的鑽石要更珍貴得多，在我國蒙古境內發現的那顆六方鑽石就被專家估價爲兩千五百萬美元！」

「兩千五百萬美元？」

周宣這次的確嚇了一大跳！英鎊他沒見過搞不大清楚，但美金還是見過的，一塊美金要換人民幣七塊多錢，兩千五百萬美元那是接近兩億人民幣的錢啊，難道老天爺對他真要眨第三次眼？

卻聽周先生又道：「但是因爲這六方鑽石太過珍貴和珍稀，全世界也僅僅只有兩顆，是沒有辦法拿出來研究的，而這一顆似乎又跟那兩顆已經發現的六方鑽石略有不同，因爲這顆是要兩半合在一起才能發光，那兩顆是不是就不知道了，畢竟也不可能有機會有能力把那兩顆六方鑽石拿來切成兩半來試驗！」

周宣抓了抓腦袋，道：「那要怎樣才能確定？」

「這個……」周先生摸摸下巴，沉吟道：「如果是六方鑽石的話，它屬於六方晶系體類，是有一個六次對稱軸或倒轉軸，通過科學儀器檢測，它應該有六條射線，如果你要確定真僞的話，那必須到專門的寶石檢測中心，用科學儀器才能測出來，僅憑肉眼的話是無法判斷的。」

這還真不如我左手的冰氣！這麼多的高手，包括這個博學多才的周先生都不能斷定，老子卻早知道它就是六方金剛石了！周宣思慮著，應該怎麼來處理它呢，有寶在身也不是好事，最好還是確定了它的真假後賣了，錢拿在手裏才踏實！

魏先生這時走過來笑笑說：「不如這樣，南方珠寶檢測中心這邊我也有熟人，小周兄弟幾時有空，我帶你去檢測一下。」

周宣趕緊道：「好啊！」說著，就把手中的石頭遞給魏先生，又道：「這樣的話，我不如就放在魏先生這兒，你幾時有空方便就幫我拿去測一下，呵呵，魏先生，估計給你一點報酬你也看不上眼，乾脆到時我請你吃頓飯吧？」

周宣這個動作立即讓大廳中的人愣了一下，如果檢測爲真的話，那就是過億的珍寶啊，就這麼隨便地交給一個才剛剛認識的人？

周宣當然不傻，雖然他是從鄉下來的，經歷少，但這個魏先生一看就不是普通人，隨便買輛布加迪威龍就是半個億，像這樣的人想來也不會貪他這麼一塊金剛石，再說，像他們這種人不都是愛面子麼，大廳中還有這麼多名人都是見證呢，他哪能拉下面子來貪了他的石頭，自己又對這一行不懂，與其託這託那，還不如交給魏先生來得爽快，一舉兩得！

但魏先生可就不這麼想了，一開始對陳三眼帶了這麼個年輕人來有點不以為是，後來買了周宣的英國古金幣後，見周宣頗為爽直，又有現在一般人少有的質樸，雖然見識經驗少，但反而很誠懇，現在見周宣竟把這顆有可能價值過億的寶石大方地交給他，就更是欣賞他了。

魏先生微笑著接過周宣的金剛石，笑道：「小周兄弟，你倒真是對了我的胃口，現在的年輕人，我沒有一個瞧得上眼的，呵呵，小周兄弟你是第一個，不知小周兄弟在哪一家古玩店高就？」

周宣臉一紅，訕訕道：「我沒在古玩這一行工作，以前一直在沖口遊樂場做救生員！」

周宣的話立時讓舉座皆驚，而最驚訝的莫過於陳三眼跟劉叔了。

陳三眼一直想把周宣挖到靜石齋來培養，但見周宣無意中顯露出超強的鑑定技能，一直以為他是哪家古玩店或者典當行中的臺柱，所以也就沒有輕易開口，不曾想他竟然是個最底層的打工族，還真是看走眼了！

這時，王強王勝兄弟也上前來對周宣打著招呼，他們看得出來，魏先生對周宣極有好感。

王強笑道：「我在這一行這麼多年，見過有運氣的人多了，可沒見過比小周你運氣更好的人了，呵呵，咱們握個手，沾沾你的寶氣！」

周宣也笑了起來，跟他握握手。

王強又道：「今晚拍了一晚上，以為好東西都賣完了，沒想到最好的東西卻是這一件最便宜的了，呵呵，小周，希望它是真的！」

「呵呵，但願但願！」周宣附和著。

魏先生笑呵呵地遞給周宣一張名片，道：「小周兄弟，拿著，有事就打我電話，再把你的電話給我吧，等檢測好了我就通知你。」

周宣摸摸臉，有些不好意思地說：「魏先生，我沒有名片。」

周宣拿出自己的破手機出來，瞧著手上魏先生的名片準備打過去，魏先生笑著瞧了瞧，見螢幕上的玻璃都破了一道紋口，就伸手從自己衣袋裏摸出一支金色的手機遞給周宣，道：「小周兄弟，你這手機該換了，暫時就用我這支吧，送個手機給你當見面禮，一個小玩意兒！」

這手機上面連牌子都沒有，也不知道是哪個廠家的，而魏先生甚至連手機裏的晶片卡都沒取走。

在回去的路上，陳三眼才對周宣道：

「小周，你運氣實在好，不管那顆石頭是不是六方金剛石你都賺了，而且，魏先生似乎對你很有好感，交到他，算是你走了更大的運！」

對於那顆六方金剛石，周宣倒不是很在意，對他來說，那枚金幣賣了三百五十萬已經是覺得老天爺對他莫大恩賜了，三百五十萬加上袁枚手稿賣的十八萬，這些錢已經夠他全家人在老家快樂地生活一輩子了。

「魏先生也是幹你們這一行的吧？」周宣猜想魏先生應該是陳三眼他們同行，看他出手就知道。

陳三眼搖搖頭，道：「魏先生不是幹我們這一行，其實，他的身分我也不是很清楚，但通過一些很有分量的人隱隱知道一點，反正，他是個極有來頭的人物，對古玩這一類他也只是愛好，並不是專營這一行的。」

劉叔忽然在車後說道：「小周，我想問你一件事，你師從何人？」

「師從何人？」周宣不解地問，「我從幼稚園開始到高三畢業，這有多少老師還真記不清了，我數數……」

劉叔瞠目結舌！

陳三眼笑笑道：「小周真會開玩笑，不過，有些高人不願意說出自己的來歷也是有的，呵呵，小周既然不願意說那就別問了，只是你的技術這麼好，爲什麼還要在遊樂場裏廝混呢？」

「這個……嘿嘿……」周宣苦笑道，「不瞞陳老闆，我今天被炒魷魚了，如今已是無業遊民一個！」

陳三眼大喜，道：「小周，有沒有興趣跟我做?待遇嘛，我們回店裏再慢慢商量！」

周宣當然願意，一口便答應下來，本來他就想跟著陳三眼學學古玩鑑別的技術，這才幾天工夫，他確確實實是喜歡上這一行。當然，進入這一行的話，還是得把基本功練好，左手那冰氣雖好，但也像那六方金剛石一樣，不知道哪時候會從天上掉下來，也不知道哪個時候會消失，練好了基本功，至少也能有個混飯吃的本事。只是，這一行的場面可著實讓人心驚肉跳，搞不好就像那個老吳一樣，轉眼間幾百萬就化成灰了！

周宣可不想自己的幾百萬化爲烏有，心想，反正只要我不買幾萬以上的東西，說什麼自己這錢也跑不掉吧！

到了靜石齋，已有點晚了，陳三眼便安排周宣到他們租下的公寓裏休息。

陳三眼爲靜石齋的員工租了兩套三室一廳的房子，他小舅子方志成跟李俊住了一套，陳三眼跟劉叔住了一套，本來李俊是跟劉叔住一起的，但陳三眼來了後，李俊就搬去跟方志成住了。現在，這三室一廳的房子，劉叔一間，陳三眼一間，周宣一間。

第二天一大早，周宣到酒店取了行李，退了房，然後到靜石齋來上班。

事卻有湊巧，陳三眼接到揚州的電話，有急事需要他趕回去處理，來不及對周宣做什麼安排，臨走時，讓劉叔先照看著一下便匆匆往機場趕去。

周宣雖然憑著左手的冰氣可以識別古玩的真僞，但到底對古玩這一行所有的知識都一竅不通，連最基本的入門功夫也是半點兒不會。劉叔倒是奇了，周宣有時一出手便如驚鴻一現，顯得高深莫測，連他這等老手也自嘆弗如，但更多的時候卻如蒙了眼的菜鳥一般，比一個菜鳥更加的不如！

接下來，李俊和兩個學徒工也到店裏來上班了，方志成卻是在早飯後快十一點才到，劉叔對他基本上是不聞不問，兩人分工不同。

從早上到中午，基本上沒什麼生意，劉叔坐店，交代著李俊和兩個學徒，把一些收到的不值錢且笨重的大件搬到裏間的小倉庫裏。

周宣捲起衣袖幫忙，只有方志成冷眼看著周宣，心裏多少有些不忿。

聽劉叔說，他姐夫陳三眼交代下來，讓周宣做驗眼，也就是對收進來的貨件的真僞價值的識別，那就等於是店裏的二掌櫃，除了重大物品是劉叔親自驗看外，一般生意都由他來驗貨，李俊跟劉叔學了幾年了都不夠資格做驗眼，這小子憑什麼一來就幹這個？

不光是他方志成看不順眼，便是李俊和兩名學徒阿昌和阿廣對周宣也極爲不滿，幹什麼事都有個先來後到，資歷不夠就不能做上去，這可好，這個周宣不過是個毛頭小子，一來就騎到他們頭上了，如何能忍？

李俊和阿昌阿廣三人趁搬貨的時候，私下裏對周宣吆五喝六的，重活都讓他幹。周宣當然不會計較，技術沒有，力氣卻不小，搬進搬出的，但李俊他們卻是又瞧出了破綻。

聽劉叔和方經理說過，周宣是新來的驗眼，但李俊他們幾個人隨便說的最普通常用的行話，周宣卻是茫然不知所以！

第七章

超級美女

方志成忽然見到這個比天仙還要天仙的美人
走到自己這一桌來，霎時間啞了口！
這女人實在是太漂亮了，
比他以往見到的所有漂亮女人加起來都還要漂亮！
李俊就更不消說，兩個人的目光都停留在傅盈臉上挪不開。

周宣上班的第二天，上半天驗了七件，有價值的有四件，但都沒超過一千塊的價值，驗是周宣在驗，定價的卻是劉叔。

這七樣東西把周宣的冰氣消耗得一乾二淨，周宣累得只想躺下就睡。劉叔見他實在太累，似乎眼都睜不開了，心道大概是第一次驗貨吧，有點耗神，他雖然沒說出什麼名堂，但貨卻是沒有一件驗走眼，也算得不錯了，就讓他提前回去歇著。

周宣也不客氣，確實是忍不住了，就匆匆趕回宿舍倒頭就睡。

這一覺從十二點睡到下午六點才醒，醒來後，精神好得多了，運了運，冰氣還沒恢復到往時的程度。不知後山那老道教的打坐吐納功夫對這冰氣有沒有幫助？心念一動，他便端坐在床上盤腿打起坐來。

十多年來，周宣一直保持著對這個吐納功夫的習慣，每次累得不行時，練上一遍，疲勞就會消失殆盡，神清氣爽。雖說沒有小說電視中描寫得那麼神奇，什麼練氣化丹、丹化分身的，不過好處卻是很明顯的。

入靜打坐不到十分鐘，下腹中便覺得暖洋洋的，周宣把這暖意通體運轉一遍後，企圖和左手裏的冰氣混合。當意念暖流運到左手腕裏時，那冰氣似乎被觸動了，卻沒有和暖意交融，反如是兩支敵軍碰了頭，開始爭鬥起來。

周宣立時覺得左手動彈不得，大驚之下，趕緊把意念退出，那冰氣似乎鬥犬一樣，蹲在那兒直喘氣，雖無力卻毫不認輸，只要你再越線，它又會兇狠地撲上來纏鬥！

一時無法，周宣苦笑著，這玩意兒不知道是怎麼回事，自己又沒個問處，來得也是不明不白的，便不敢說出去。

此時魏先生給的手機突然響了。

鈴聲是鄧麗君的「小城故事」，周宣一陣狂汗！這個魏先生想必是戀舊的六七十年代的人，愛好也是那麼陳舊。

周宣接通了手機，打來的人竟然是方志成，這倒是讓他有點意外。

方志成是經理，知道周宣的電話是不奇怪的。

「為了慶祝新來的員工，我們要到夜總會狂歡一夜，趕緊下樓來，我跟李俊在樓下等你。」方志成急急說道。

「這……好吧。」周宣本是不想跟他們出去，但想到以後大家都在一起做事，他又是主管兼老闆的小舅子，還是順從點好，自己怎麼說都是打工的而已。

到了樓下，方志成早開了他那輛寶馬候著，副座上坐著李俊，兩人都打扮得油光水滑的，看樣子很習慣這一套了。

周宣打開車後門坐了進去，車中立即逼來一股難聞的古龍水味！周宣自小就不喜歡香水的味道，皺了皺眉。

方志成洋洋灑灑道：「去天上人間吧！」

方志成在周宣面前顯得十分得意，年少多金，開著寶馬車，對於一般的年輕人來說，他就是偶像，年紀不大，身家超過百萬，寶馬香車，左右手都摟抱美女，如何不誘人。

但方志成也明白，這一切都是靠著姐夫陳三眼得來的，所以心裏對陳三眼極爲看重這個周宣更感氣憤，以方志成的心態，如何咽得下這口氣？

今晚其實是方志成和李俊設下的圈套，把周宣誆出去，找家最貴的酒家或者夜總會，按貴的點，然後他倆趁機溜人，讓周宣吃不了兜著走，給他個教訓，忍得了，以後就多長幾分眼色，按他方經理的意思辦事；忍不了，最好自己滾蛋，姐夫從揚州過來後也好說話，說是周宣自己要走的，可不關他事。

周宣當然不知道，左手的冰氣能測到古玩物的來歷，卻測不到人心的想法。

「天上人間」確實跟名字一樣，裝修得美輪美奐，周宣確實沒見過比這兒更豪華漂亮的地方了。方志成跟李俊兩人沒帶周宣訂小房間，而是先到了大廳裏，當然，不是方志成想替周宣省錢，而是在他看來，小房間哪有大廳裏的美女多？

方大經理最好的就這個調調，來這兒就是先在大廳裏尋覓獵物，因爲有很多白領麗人喜歡來夜總會happy，能勾搭上這一類女人，比叫夜總會出檯的小姐要好得多，還不用花錢開房，直接帶回家去狂歡。夜總會的小姐那可是按小時計算的，貴得很，而且越漂亮的越骯髒。

找了個檯子坐下來，方志成打了個響指，叫來侍者要了三打啤酒。大廳裏實在是太多人了，在搖滾的舞臺燈光中，人面都是朦朦朧朧的。

方志成很張揚，坐在位子上高談闊論，有個看起來很有迷濛美的女子走過來，一手搭在他肩上，嬌聲道：

「喲，這不是方哥嗎？好久都不來找我了，真沒良心！」

周宣身上差點沒起雞皮疙瘩，近了才瞧見那女子臉上妝塗得很濃，姿色只是個中等。

方志成哈哈一笑，順手從衣袋裏摸出一張百元鈔票塞進那女子胸罩裏，又在她屁股上拍了一巴掌，道：「哥哥今天沒空，有點事，下次找你！」

那女子一聽，便知道方志成今晚不會叫她，拋了媚眼，扭著腰肢走了。

方志成得意道：「看到沒有，這漂亮女人呀，就跟衣服一樣，想穿多少就有多少，關鍵是你要有錢！」

周宣對他的話不以爲然，他倒不是認爲錢不重要，而是對方志成確實一絲好感也無，喝了一口啤酒，側過身把眼光投向別處。

只是一側頭之間，與隔鄰的一個女子目光一對碰，兩人都是一怔！

那個女子竟然是傅盈！

傅盈一見到周宣，頓時一喜，站起身便走了過來。

方志成正說得口沫橫飛時，忽然見到這個比天仙還要天仙的美人走到自己這一桌來，霎時間啞了口！這女人實在是太漂亮了，比他以往見到的所有漂亮女人加起來都還要漂亮！

李俊就更不消說，兩個人的目光都停留在傅盈臉上挪不開。

傅盈朝周宣吟吟一笑，道：

「小周，你是叫周宣吧？我好不容易在遊樂場打聽到，卻是又找不到你的去向了，你又沒打電話過來，找你也找不到，沒想到在這兒碰到了！」

周宣對這事差不多都忘光了，這時才想起來，別說沒想給她打電話，就是想打，那電話也是早給毀掉了，如何打去？

方志成見傅盈竟然認識周宣，心下更是大喜，心道：她既然認識周宣，那就肯定不是有身分的人，憑他的人才和身家，再加上他無往不利的泡妞手段，這小妞也定然是他掌中之物。而且，這妞確實漂亮得過分了，弄到手後娶回家也是可以的。

方志成心裏有了數，笑呵呵道：「小姐，剛好，我跟周宣一起，他是我的下屬，認識一下，我叫……」

話音還沒落，傅盈就冷冷道：「你最好離我遠一些，用你的話回贈你一句：本小姐是你穿不起的衣服！」

對傅盈的話，方志成自然是大爲光火。這麼丟臉的事對他來說，還真是少見。心頭火一起，便吼道：

「哼哼，讓我方志成瞧得上眼那是你的運氣，不就是錢麼，這天上人間的頭牌八千睡一晚，老子給你一萬，服侍大爺爽的話，再加！」

方志成敢這麼大膽說狠話，是因爲周宣。他想周宣是外省來的鄉下人，在南方也沒有強勢的背景關係，這女子雖然漂亮，但若是周宣的朋友，也就不值得擔心了。俗話說蛇鼠一窩，諒這個女人也沒什麼背景！

傅盈聽了眉頭一皺，側了頭問周宣：「跟你什麼關係？」

周宣道：「沒什麼別的關係，我給遊樂場炒了魷魚，剛找了份古玩店的工作，他是我們店的經理，就是上下屬的關係！」

這話方志成也聽到了，得意洋洋道：「只要我高興，錢算什麼，老子見得最多的，除了古董就是錢！」

「哦！」傅盈淡淡道，「那就沒問題了！」說完，側身對她身後的女伴低聲說了一句話，那女伴周宣也認識，就是在海灘邊跟傅盈一起的那個女子。

那女孩點了點頭就往外走。傅盈又對周宣道：

「周先生，我可否與你單獨談一會兒？」

「我？」周宣指著自己問，「跟我談？難道你還真想要請……」驀然發覺方志成黑著面孔盯著他，後面的話也就沒說出來，但心裏還想著，難道這個傅盈還真想要請他去工作？

要拒絕一個絕頂美麗女子的請求是一件很難的事，何況，周宣這時最不想看到的就是方志成那副嘴臉，如果不是在靜石齋上班的話，真想給他一拳。

周宣站起身笑笑道：「好啊！」然後又對方志成說道：「方經理，不好意思，我跟傅小姐聊一會兒！」

方志成陰沉著臉，本想要陰一把周宣的，看來這條計畫要終止，必須改成第二條計畫。瞧著周宣跟傅盈從大廳出去，方志成側頭對李俊道：

「把黑子他們幾個人叫來，給我把姓周的兩條腿打斷，看他怎麼去泡女人！」

傅盈帶著周宣出了天上人間的大門，再左走，到了一條黑黑的巷子才停住。

周宣左右看了看，有些吃驚，道：「烏七麻黑的，來這兒幹嘛，一個女孩子還是少來這地方，又是跟陌生男人，要是我起了……嘿嘿，你不就吃虧了？」

傅盈不以爲意道：「是麼？不談這個，你那個上司方經理我瞧著心胸狹窄得很，我勸你還是辭了這份工作，我看人可是很準的，你信不信？」

「信什麼？」周宣笑笑道，「就算他心胸狹窄吧，也不至於把我趕走吧，最多給點小鞋穿，多幹點活我無所謂，年輕人嘛，就是力氣多，力氣用了還在的！」

話是這麼說，不過心裏卻是想著，要是方志成真的跟他過不去，大不了不幹，自己幾百萬的身家到哪兒不能生活？在靜石齋的目的，主要只是想認真跟劉叔多學一點。

傅盈道：「是麼？我跟你打賭好不好，我賭這個方志成會找人來報復你，要是我賭贏了，你就答應我一個條件，要是你贏了，我就答應你一個條件，行不？」

周宣一怔，這樣的條件，一般人都會答應，瞄了瞄傅盈俏麗無敵的容貌，心裏一蕩，要是自己贏了她，那自己會要她答應什麼條件？嘿嘿笑了笑，周宣傻傻地想著。

「你笑什麼？」傅盈哼了哼，這傢伙臉上的表情已經出賣了他的想法。

「沒什麼。」周宣笑笑指著天上說，「只是想看星星，聊聊天。」

傅盈淡淡一笑，伸出手指，指指巷子前邊，道：

「看看吧……你輸了！」

周宣一怔，順著她手指望過去，只見巷子口有六七個人大搖大擺走過來。

不過傅盈又怎麼能肯定她就贏了？這幾個人也不能保證就絕對是方志成找來的啊！

但是情況看來不對，那六七個人齜牙咧嘴卻徑直朝他們兩人走來。走得近了，看到傅盈絕美的容顏，不由得都怔了怔，其中一個人打了個呼哨，道：

「奶奶的，一分錢一分貨，這小妞這麼漂亮？得叫方志成那貨加錢！」

傅盈向周宣微微一笑，道：「現在你認輸了麼？」

爲首的一個流氓笑呵呵地衝傅盈走來，嘴裏嚷道：

「小妞，以後就跟哥哥過瀟灑日子吧……」

驀地，周宣抽冷子衝上去，一頭將那人頂翻，轉身拖了傅盈的手使勁往巷子裏跑，後面幾個人大呼小叫地跟著猛追。

周宣拖著傅盈始終跑不快，看看後面那六七個人越追越近，咬了咬牙，鬆開了傅盈的手，急道：「快跑，別回頭！」

周宣說完，轉身又向那幾個人迎上去，用力撞翻一個，跟著滾倒在一塊，接著又用力抱著另一人的雙腿，那人急奔之下，也一下子摔倒，後面的人也給絆得摔了一地。

周宣顧不得想其他，只是狠命拖著兩個人，其中一個人叫道：

「媽的……把那小妞逮住，別讓她跑了！」

卻聽得又一個流氓呵呵笑著道：「呵呵呵，黑子哥，不用追，那女的自個兒回來了！」

周宣一怔，抬眼望去，果見傅盈慢悠悠走了過來，不由得急道：

「你……傅盈，你這個傻妞……回來幹嘛?!」

傅盈笑吟吟地道：「你輸了，知道嗎？」

周宣恨不得罵娘，道：「我認輸好不好，趕緊跑，跑得越遠越……」說到這兒，早瞧見四五個流氓在傅盈身周圍了一個圈，這當兒就是想跑也沒機會了！

周宣想爬起來再拼命，但身子才一動，便給人狠狠踢了一腳，這一下直痛到骨子裏，哼了一聲打了個滾，接著又給人踩著腰動彈不得。

原來是那個黑子哥，哼哼著罵道：「跑，你再跑！」

周宣嘆了一口氣，傅盈也怪不得別人了，這個地方想必是叫天天不應，叫地也不會靈，自己讓她跑，她就應該看得出來危險，只要她跑掉了，自己一個大男人最多挨一頓好打，估計這些傢伙還不會殺人，但她一個女孩子就不同了，萬一落到這些人手中，只怕免不了被人糟蹋的結局！

周宣正這樣想著時，忽然聽到「哎呀」「哎喲」的慘叫聲響起，驚訝地循著叫聲望過去，這一望卻是更加的驚訝！

只見穿著白色衣衫的傅盈如一隻白蝴蝶般，在那幾個人當中穿來插去，沒幾下，那幾個人斷手的斷手，斷腿的斷腿，除了踩著周宣的頭兒黑子，其他六人全都躺在巷子中哀號。

黑子呆了一下，旋即丟了周宣向傅盈衝過去。

他這是本能的反應，並沒想到六個兄弟一齊都折在傅盈手裏了，他一個人上去又有什麼用？平時再逞能可也沒達到能將六個兄弟一齊幹倒的境界。

傅盈這一下更是什麼動作也沒做，伸手就擰住了黑子的左手，再一腳踢在黑子的右腿上，一擰一踢再一扔，黑子痛哼一聲，重重摔在牆上，再落下地來，卻是爬都爬不動了。

傅盈淡淡道：「說，誰讓你們來的？說了我就饒了你們！」

黑子咬著牙沒出聲，傅盈微微一笑，伸腳「喀吧」一下，又踩斷黑子右手腕。黑子額頭上的汗珠一顆顆滾落，卻硬是沒開口出聲。

傅盈笑笑，不理他，接著往另一個人走去，那個人眼見傅盈笑吟吟朝自己走過來，這時才覺得她的貌美如花是一種恐怖了，嚇得大聲叫道：

「我說我說，是方志成叫我們來的！」

周宣這時才緩緩爬起來，望著傅盈心道，還好自己剛剛沒趁機占她便宜，要不然躺在地上哀嚎的人說不定就是他了！

現在，本想要演一回英雄救美的傳說，誰知道卻變成了美女救狗熊了！

接下來，傅盈沒再停留在這黑巷子裏，微笑著道：

「周先生，事情解決了，我們換個地方談吧！」

換就換吧，這黑乎乎的巷子都不怕，換個地方還怕她姦了自己不成！

周宣想得忘情，忍不住露了絲笑容出來，她要是真對自己怎樣，那倒是天大的好事啊！

傅盈瞧著他問道：「你笑什麼？」

「沒，沒笑什麼！」周宣趕緊否認。這也只是想想而已，這傅盈可不像一般女生，摸一把，吃個豆腐啥的，也是經常有的，對傅盈，他絲毫不敢有非分之想，瞧她剛才對那幫流氓下狠手時，眼都沒眨一下，自己要是真想吃她的豆腐，只怕也只有手斷的份兒了！

周宣沒料到，路口竟然停了一輛加長的林肯房車。傅盈那個女伴站在車邊，見傅盈和周宣一過來就打開車門。

傅盈做了個請的手勢，笑吟吟道：「周先生，請！」

周宣從來沒坐過這麼好的車，而且對面還坐著兩個美女，有點手腳都不知往哪裡放的感覺。

車裏面寬敞得像個小客廳，懸掛著一台二十一寸的液晶電視，甚至還有個小冰箱。傅盈打了個手勢，前邊的司機便把車開了出去。

傅盈的那個女伴從冰箱裏取了兩罐飲料，傅盈笑說：「客隨主便，我也就按照你們中國人的喜好，請喝吧！」

周宣接了過來，喝了一口，心道：你們中國人？她這麼說，難道她不是中國人？

傅盈自己拿了另一罐橙汁飲料，又道：

「我知道你一定很奇怪，我自我介紹一下吧。我叫傅盈，是美籍華人，我爺爺是土生土長的中國人，解放前到了美國。」又指著身邊那個女伴說：「她叫王玨，是我的助手，呵呵，可別小看她哦，她可是會七國語言的哈佛高材生！」

周宣這下倒是有些意外，沒想到這個傅盈是個華僑，也沒想到另外那個嬌俏玲瓏的王玨竟然有那麼高的學歷，七國語言，那得花多久才學得會啊？自己來南方這麼久，普通話還說得半清不楚的，能會七國語言，那難度是可想而知了。

又想，就憑這輛豪華房車，這個傅盈肯定也不是簡單人物，雖然這車比不上魏先生那輛價值半億的布加迪威龍，但也不是普通人能擁有得起的吧？

傅盈似乎知道周宣的想法，說道：「你是在想這車吧？這車可不是我的，是國內一個朋友借我用的。」

司機開著這輛林肯車在寬敞的主道上行駛著，速度也不快，幾乎感覺不到車有顫動。

周宣可不會瞎想著傅盈是不是喜歡上了他，所以才三番兩次來找他。他使勁喝了一口冰涼的飲料，然後定了定神，問道：

「傅小姐，你說吧，有什麼事？」

傅盈笑了笑，沉吟了一下才道：「我需要世界上最頂尖的潛水高手！」卻沒有解釋爲什麼要找潛水高手的原因。

周宣皺了皺眉，道：「傅小姐，我想你是找錯人了，我連你都游不過，這你又不是沒見到！」

「不！」傅盈搖了搖頭，「沒有搞錯，我並不是要游泳技術有多強的人，而是要潛水能力超強的人，那天在海底，我跟蹤了你很久，那裏可是接近五十多米深的海底，而你是徒手，沒有借助任何潛水工具而潛到那裏的，我只見到有極少數人能徒手達到這麼深的海底！」

傅盈說到這兒，又意味深長的瞧著周宣道：

「而最讓我震驚的是你潛水的時間，從一開始跟蹤你的時候，到最後你浮上海面的時候，我已經用表計了時，是四分二十七秒，這，顯然是不可思議的，在淺水沒有壓力的情況下，有人能潛到三分鐘的極限，但在五十米深的海底，潛水能達到三分鐘的時間，在世界上都還沒有這個紀錄！」

周宣一愣，心道出紕漏了，不過，自己也並沒有特意留意這件事，再就是那天剛剛獲得了左手上的異能，或許體質有所改變吧，因為之前他也潛過那麼深的地方，只是潛水時間沒那麼長而已。

傅盈盯著他又問：「周先生，今天在巷子裏我也看到了，你的體質並不是特別的強，卻爲什麼能承受五十米深海那麼強的壓力，而能閉氣達到無法理解的四分多鐘呢？據我瞭解，就是在平常，一個人也無法停住這麼長時間的呼吸，你是怎麼做到的？」

周宣馬上堵死了傅盈的意頭，道：「我不知道，也許那天是碰巧吧，我以前從來沒有潛過那麼深的地方，傅小姐，我不知道你需要潛水高手做什麼，但我只能拒絕你了，你也估計錯了，事實上，我也不是真正的潛水高手！」

傅盈微笑搖了搖頭：「你別著急回答我的要求，我們再來說說報酬的事情吧，如果你答應我的請求，我將付給你五十萬美金的酬金，如果最後沒有完成我的任務，這五十萬美金也不用你退還，如果辦成了，我另外再付你五十萬美金的獎金。」

五十萬美金！折合人民幣可是三百五十多萬呀，那可是周宣這幾次撿漏得來的全部財產總合，如果是以前，那更是想都不敢去想的數字！

周宣開始猶豫起來。如果她說的是真的，那自己就替她幹這一次，再加上自己撿漏得來的幾百萬，那就能娶個老婆，讓父母弟妹過上好日子了。

傅盈笑了笑，王玨立即拿出支票簿和筆來。

傅盈刷刷寫了一張支票，撕下來遞給周宣道：「周先生，如果你答應的話，我可以先預付二十五萬美元酬金！」

周宣呆了呆，瞧著傅盈手裏的支票，這個誘惑可不小！

她可是說了，不管成與不成，五十萬美金的報酬是不用退的，那就是說，只要自己答應她，就能得到三百五十萬人民幣的收入，而且現在還可以提前拿到一半的錢，這可是真金白銀的現金啊，就算是撿漏，那還得巧遇得到那些東西才行，可沒有一分錢來得比眼前這個更容易的！

他又瞧瞧笑面如花的傅盈，錢和美女的誘惑壓得周宣喘不過氣來。

不過，周宣轉念一想，傅盈實在是太漂亮了，漂亮得跟他彷彿不是一個世界裏的人，還是清醒些吧！

於是，周宣腦子清了一清，這才想到，天底下是沒有免費的午餐的，傅盈既然能給這麼高的代價，那這事就肯定不那麼容易辦成，對自己來說，未免也太過貪心了！

傅盈笑吟吟瞧著周宣，只等他接了支票答應下來，卻見周宣忽然說道：

「傅小姐，呵呵，我是個沒見過什麼世面的鄉下人，什麼都不怕，就是怕誘惑，傅小姐，你就不要再誘惑我了，讓我好好想想再回答你吧！」

傅盈和王玨都是一怔，沒想到周宣居然拒絕了！

傅盈以前求人從沒被拒絕過，不管是對她的相貌還是她的金錢，周宣這一下倒是讓她有些措手不及。

周宣又道：「這車就在這條路上轉來轉去，頭都有些暈了，傅小姐，你讓司機大哥把我放下吧，我就在這裏下車！」

傅盈動了動唇，想再說什麼卻是沒說出口，然後側頭對前面道：「就在前邊路口停車吧，讓周先生下車。」

司機應了一聲，傅盈又想到一件事，另外拿了紙，寫了個號碼遞給周宣，「周先生，你好好考慮吧，如果願意的話，就打這個號碼，條件照舊，如果你不滿意，還可以再商量！」

周宣笑笑搖了搖頭，下了車後，加長林肯慢慢駛開，直到消失在夜色中後，這才感覺到恍若做夢一般，自己居然能拒絕這幾百萬的誘惑，倒是奇事了，心道要是在以前，早就二話不說一口答應了。

第八章

小試身手

看看時速表上，那指針已經跑到二百三十五的數字上！
這時候，周宣才明白什麼叫高速，什麼叫心跳！
坐在這輛車上，便好像坐著雲霄飛車一樣的暈眩，
又像在汪洋大海濤天巨浪裏的一葉小舟，
不知道下一秒是生還是死！

第二天上班，方志成見到周宣後，面色如常，一絲異常也沒有，周宣暗讚他演技真好。李俊可就不如他些，眼神裏時不時迸出一絲半分的怨恨和忌妒，周宣只裝作沒看見。

早上只收了個八百塊錢的清朝順治年間產的青花瓷碗，還有幾件都是不值錢的玩意兒，周宣鑑定後，劉叔略為也看了看，沒有意見。

下午三點鐘的時候，周宣正在看古董鑑定大全的書，忽然響起了「小城故事」的歌聲。是魏先生的電話響了，周宣趕緊掏出來接了。

方志成哼了哼，但見周宣這手機頗為新穎，忍不住多瞄了一眼。

魏先生呵呵笑了笑，道：「呵呵，小周啊，恭喜你了！」

周宣倒是明白自己那六方金剛鑽是真的，就是不知道值多少錢，聽魏先生這麼一說，估計可能是那事，便道：

「魏先生，那六方金剛石是真的麼？」

「我剛從南方珠寶檢測中心回來，已經經過專家的檢測確認了，確實是六方金剛石夜明珠，不過卻與早前已經發現的那兩顆又略為不同，也就是說，這兩半鑽石的晶胞中所含的元素，與之前發現的那兩顆有略為不同的份量！」

魏先生說出檢測中心專家們說的結果。周宣當然是搞不清這些東西，只是不知價錢會不會又不相同了？

魏先生又道：「小周，既然已經確定是真品了，你願不願轉手？如果想自己保存的話，老哥我就不奪人所好，呵呵，如果你想轉手的話，乾脆就賣給老哥吧！」

周宣也笑了笑，道：「魏先生，上次你也給了我不少，既然你喜歡，那就沒有二話好說，誰要我也不給，就給你了！」

「好，小周兄弟，你真是個爽快人。」魏先生哈哈一笑，「那老哥我也不能小家子氣，你到一橫路口等我，我馬上開車過來，老哥帶你去一個地方溜溜！」

周宣還沒回答，魏先生卻已經掛了電話，怔了一下，掏出魏先生給過他的一張紙條，那紙條上寫有魏先生的電話號碼和名字。

號碼是現在周宣用的這支手機裏的號碼，名字是「魏海洪」，這時候周宣才知道魏先生的真實名字，紙條揣在衣袋裏幾天了，他居然都沒拿出來看。

周宣想了想，跟劉叔道：「劉叔，魏先生來電話，說六方金剛石已經確定是真的，打電話來叫我過去玩玩，也不知道去哪裡，我想跟劉叔請個假。」

劉叔點點頭，道：「小周，去吧，不過記得小心些，多長點心思，那六方金剛石可是個稀罕物，別給騙了。」

周宣道：「好，謝謝劉叔。」

方志成卻是陰陰道：「周宣，我可不管你什麼六方七方的，劉叔是管鑑定收出貨，這店裏的人事管理可是我這個經理管，我都沒批准，你去哪兒？」

劉叔一時氣結，道：「方志成，你說什麼？」

方志成平時不輕易跟劉叔翻臉，畢竟這家店的臺柱是他，但今天好不容易抓到了周宣的把柄，哪裡肯放開？昨晚吃了暗虧，黑子他們一夥受傷回來後又多敲了他一筆錢，心裏早就想雞蛋裏挑周宣的骨頭出來！

方志成嘿嘿冷笑一聲，道：「劉叔，我可是尊敬你是老人，俗話說得好，家有家規，國有國法，咱們店自然也有店規，來南方開店一年多，咱們店可是沒有給姐夫賺過什麼錢，所以我這經理更是不能鬆懈，這店裏，該怎麼辦事就依然得怎麼辦事，就算是我姐夫來了，我還是得一樣辦事。我是認理不認人，他周宣才來幾天？工作沒做好，工資我要照付，這班……」方志成盯著周宣狠狠道：「這班，他也得照上，這假，也沒得批！」

劉叔氣得呼呼直喘氣，卻說不出話來。方志成這道理說得也沒錯，也不算是故意找麻煩，但又有哪個店不講人情世故這幾個字？

周宣斜睨了方志成一眼，這傢伙分明就是要趕他走，嘆了一口氣道：

「方經理，我沒有硬要開罪你的意思，只是今天我必須得請這假，去是一定要去，你要怎麼處理就怎麼處理吧，明天我上班後接受處罰。」

周宣其實心裏還是不想走的，劉叔和陳三眼對他都不錯，他又想跟著多學一些技術，方志成要出氣就讓他出吧，反正自己也並不很在乎這份薪水，自己要的，只是技術！

魏先生開著那輛拉風的布加迪威龍，後邊跟著一輛銀色陸虎越野車，從半開著的車窗裏，周宣看到上次在魏先生那棟別墅裏見到過的保鏢之一。

魏先生笑笑說：「小周，上車！」

周宣打開車門坐上去，左右瞧了瞧，魏先生道：「把安全帶繫上！」

周宣邊繫著安全帶邊瞧著魏先生，魏先生拿著車鑰匙，也沒見他把車鑰匙插進去，車子忽然低沉地吼叫著發動起來。

周宣嚇了一跳，魏先生把車鑰匙放進衣袋裏，笑道：「小周，這車，還不錯吧？」

周宣左瞧瞧右瞧瞧，奇怪地道：「魏先生，你這車鑰匙都沒插，車怎麼就發動起來了？」

「呵呵！」魏先生笑道，「這車是智慧型的，點火裝置在車鑰匙上，可以遙控，而且可以設定聲控點火和指紋辨識點火，不過我嫌麻煩，所以就沒設定那麼多！」

四千五百多萬的車，幾乎是用錢堆起來的，有這些高科技設備想來也不奇怪，要是都跟普通車一樣了，那誰還來買？

周宣笑著嘆了嘆道：「魏先生，你這車就是太貴了，像我這種普通人，一輩子都不可能買一輛的，別說沒錢，就算有錢我也不會買的，這次可是沾了魏先生的光。」

「別妄自菲薄。」魏先生道，「小周兄弟，你人品好，運氣好，都說王侯將相本無種，你未必便沒有發達的一天！」

周宣笑呵呵地道：「魏先生，這話倒說得是，要是半個月以前，我還是個月賺兩千塊的遊樂場救生員，但這半個月來，我竟然撞大運撿了幾回漏，賺了三百多萬，真像是做夢一樣。現在我覺得已經很滿足了，人心不足蛇吞象啊，貪心是要不得的。」

魏先生道：「呵呵，你是這樣想，可是運氣來了，牆都堵不住啊，你知道你那六方金剛石值多少錢嗎？」

「這個，」周宣笑笑說，「無所謂值多少錢了，意外之喜而已，魏先生，聽你說過它跟以前發現的六方金剛石有些不一樣，既然不一樣，那價錢就肯定不同了，我也答應你了，錢多錢少都不會賣給別人。」

魏先生有些意味深長地道：「這東西呢，我倒是想運作一下把它拍賣出去，當然，手續上是要花一些小錢，小周，你想賣多少錢？」

周宣笑笑道：「魏先生，你關係好，又懂這個，東西反正我也交給你了，你就全權處理，把它賣了吧。錢呢，就一人一半！」

「呵呵呵！」魏先生又笑道，「一半？你知道你這六方金剛石值多少錢嗎？」

停了停，魏先生盯著周宣道：「就是因爲跟以前發現的兩顆不一樣，所以它的價值也不一樣，你這半圓金剛石值三千萬美金以上，換成人民幣的話，那就是兩億以上，兩個億，你心裏有這個概念沒有？」

「兩個億？」周宣差點跳起來，只是因爲繫著安全帶才沒跳起來，但魏先生這話的確把他嚇到了！

本來得到三百多萬的意外之財，周宣已經是謝天謝地了，再也沒有其他妄想，就算老天爺再給眨眨眼，那也再多個三幾百萬就好，這一眨眼就扔了兩個億，可把他的心臟病都差點嚇出來了。拜託，老天爺別再眨眼了，夠了夠了！

魏先生又道：「是啊，兩個億，所以我跟你說嘛，王侯將相本無種，普通人說不定哪一天也能發大財，你看你這不是嗎！」

周宣瞧著魏先生淡淡的笑容，倒是相信這是真的了，默然了一陣，才說道：

「魏先生，如果你願意，不嫌麻煩，我還是全權交給你處理，賣的錢仍然一人一半。」

魏先生詫道：「我不是剛跟你說了嗎，這是兩個億，你還要給我分一半？那可是一億啊！」

「我知道！」周宣搖搖頭說，「魏先生，事實上，我認爲我拿這一億都已經是多拿了，我也覺得這對我來說，太虛幻，太不現實了，在你別墅的那天，如果你自己全部買下來，又或者別人買了，又或者其他原因，總之，這六方金剛石落到任何一個人的手中的機會都比我大，我能買到，那全是運氣。我當時會買，也並不是想著還要發大財什麼的，那枚金幣賣給你三百五十萬，我已經夠心滿意足的了，所以分給你一半，我覺得沒有什麼好多想的。話又說回來，這鑽石要不是你幫忙，又或者那天現場沒有人給我解釋，它依然一錢不值，依然會在那木雕娃娃裏不見天日，又怎麼值得到兩億？」

魏先生聽了半天沒說話，把車猛一加速，那車嗖嗖地便像飛起來一樣，後面跟著的那輛陸虎攬勝便有些跟不上，漸漸被甩在了後面，越來越遠。

周宣有些發毛，簡直有些不敢看。

魏先生哈哈笑道：「爽快啊爽快，小周兄弟，你知道這車最高時速可以達到多少嗎？四百二十五公里啊，跟飛機一樣！」

周宣這時連他的話也聽不清楚了，只看到他的嘴張著在說話，卻是一句也沒聽清楚，再看看時速表上，那指針已經跑到二百三十五的數字上！

這時候，周宣才明白什麼叫高速，什麼叫心跳！坐在這輛車上，便好像坐著雲霄飛車一樣的暈眩，又像在汪洋大海濤天巨浪裏的一葉小舟，不知道下一秒是生還是死！

魏先生將車速慢下來後，周宣差不多都分不清東西南北了，車，終於停在了一個港口。

周宣對沖口這一帶還算是熟的，但這地方他竟然是沒來過，魏先生把車一停，他就鬆了安全帶，立時衝下車嘔吐起來。一陣天翻地覆嘔吐後，那輛陸虎越野車也趕到了，下來四個人，其中有三個都是在魏先生的別墅裏見過的。

等周宣吐完了，魏先生才笑笑說：「還要多多鍛煉，小兄弟這身板可不成！」

周宣苦著臉跟在他身後，腳步都感覺是輕飄飄的。

魏先生在前頭踏著橋梯，上了一艘白色的小型遊艇，回頭向周宣招招手，「上來！」

私人遊艇這個東西，周宣知道，那是有錢人才能玩得起的。魏先生是有資格玩的，但這個地方，顯然是屬於軍管範圍，難怪以前自己沒到過這裏，這兒根本就不可能讓遊人進來，四處都有軍警士兵站崗。

對這個魏先生，周宣倒是感覺更加神秘起來，以前，陳三眼只跟他說起過，魏先生來頭很大，只是底細他也不很清楚，現在看來，果然是不一般，至少是與這邊的部隊有關係吧。

魏先生的四個手下跟著上了遊艇，魏先生擺擺手，道：

「你們在艙裏候著，我要跟小周兄弟單獨聊一會兒。」

那四個手下一聲不響都退到到艙裏。

遊艇長約十二三米，寬約六米，艇前邊擺著一張檯子，檯子邊上，一邊一張椅子。魏先生指指椅子道：「小周，坐下說！」

一人各坐了一邊，艙裏的人已經啓動了遊艇，開得並不快，周宣一點也沒感覺到頭暈，比剛才坐魏先生的快車要好得多了。

魏先生笑笑道：「小周，我的名字叫魏海洪，你以後不要老叫我魏先生了，叫我洪哥吧，魏先生聽起來好老，我可是還不到四十呢！」

周宣對魏先生確實很有好感，於是點點頭道：「洪哥！」

魏海洪笑笑說：「好，還是叫洪哥順耳多了，呵呵……來說說你那六方金剛石的事吧。說實話，不知是不是在這個圈子裏待得久了，我對現在的年輕人沒有一個欣賞的，直到遇見了小周兄弟。也許別人看起來，小周兄弟文化不高，做事土氣，但我看來……」

魏海洪盯著周宣緩緩道：「在我看來，卻是如今最難得的純樸，不貪心。不懂的可以學，有誰生來就什麼都懂的？呵呵，你那一半我就不要了，全都給你，就當是交了一個值得交的朋友吧。你那金剛石，洪哥我幫你處理就行了，其他事你不用管。不過不能急，如果你需要現金就跟我說，三兩千萬是沒有問題，只是你那六方金剛石的全額價錢，倒是一時難以集齊，我的錢都投資在各個項目裏，一下子也沒有這麼多現金！」

周宣急忙搖手道：「洪哥，本來就麻煩你很多了，哪裡還能要你費心急著辦？只管慢慢來就是，我也不缺錢，呵呵，我銀行裏有幾百萬呢，就是要用，自己的錢也足夠了！」

魏海洪呵呵一笑，搖了搖頭，不再把話題放到這事上，指著前方說：「不說了，洪哥今天就是帶你開開眼界的，以前玩過賭沒有？」

「賭？」周宣奇怪地問，「當然玩過，在老家時，沒事就玩撲克牌啊，打麻將啊，這些都玩過，不過離開家後就沒玩過了！」

聽魏海洪說這話，周宣很奇怪，這船上就他們幾個人，難道和他四個手下賭？這有什麼值得開眼界的？

魏海洪笑了笑，回頭向艙裏做了個手勢，玻璃窗裏面，那名手下點點頭，一加速，遊艇立時快了起來，艇兩邊水花濺起老高。

周宣只覺得臉上給海風拍得生疼，魏海洪大聲道：

「小周，我們這兒離香港維多利亞海港只有三百海浬，今天海王星號駛出來離我們這兒最近的距離只有六十海浬，我們可以到海王星號上面玩一玩！」

「什麼是海王星號？」周宣還真沒聽說過，「太陽系九大行星的海王星我倒是知道！」

魏海洪呵呵一笑，道：「呵呵，我就是喜歡你這份純樸，不像有的人不懂裝懂！」他停了停又道：「海王星號是一艘五星級設施的豪華郵輪，通常所說的公海賭船，就是以海王星號爲代表了！」

「公海賭船？」周宣道，「這我在香港電影裏見過，是不是真的有這麼回事就不清楚了，呵呵，像這樣的事，離我這普通人實在是太遙遠了！」

「呵呵，你倒是真不知道！」魏海洪笑說，「海王星號的行程每次是兩天，上海王星號的遊客都是要辦出境證明的，因爲郵輪有一部分時間是在公海中。公海，你明白嗎？」

周宣點點頭道：「知道，公海是不屬於任何國家的，電影裏說的公海，那是殺人放火都沒有法律管制的地方！」

魏海洪點點頭，「差不多是這個意思吧，海王星號在公海中的節目，基本上就是賭博了，就因爲公海是不受法律限制的！」

周宣望望四周，這時連海岸的影子都見不到了，到海王星號上是要辦理出境證明的，魏先生這時候能在哪裡辦？想了想問道：

「洪哥，你說上海王星是要辦出境證的，既然要辦這些證明，想必在公海上也不會允許從別的船上搭乘吧？」

魏海洪笑笑道：「那些規則是對普通人用的，我有一個鐵哥們，他是海王星號的大股東之一，老闆的朋友去玩，哪還有那麼多規矩要講？」

周宣怔了一怔，魏海洪的來頭他是猜想得到的，但海王星號可是香港郵輪，聽陳三眼說過，魏海洪好像是北方人，怎麼會又跟南方的香港扯上關係？不過也不去想了，反正自己跟魏海洪根本不在一個世界裏，就算他帶著自己玩一趟，回到沖口，自己仍然是那個原來的自己！

他們乘的這艘遊艇最高時速是七十海浬，在大海中行駛給周宣的感覺就好像在太空中一樣，橫豎沒有邊，只管橫衝直撞的。

這時，遊艇忽然減了速，慢下來後，艙裏也出來一個魏海洪的手下，「洪哥，已經跟陳先生聯繫上了，估計還有十分鐘就會到這個海域！」魏海洪的手下彙報著。

魏海洪向周宣笑笑道：「兄弟，我一直都沒見過比你運氣更好的人，呵呵，今天就上去試試手氣吧，最好來個大殺八方！」

從沒乘坐過大型郵輪的周宣一見到九層樓高的海王星號郵輪時，不禁爲它的雄偉壯觀雷倒！以前小船倒是坐過，他曾在珠江碼頭坐過渡輪，但那怎能跟這艘海王星號相比呀！

魏海洪的手下用衛星電話又聯繫了一下，海王星號在兩百米遠的地方停了下來，從船上放下一艘橡皮艇來。魏海洪道：

「阿昌，你跟我過去，剩下的人在遊艇上等我們，隨時跟阿昌電話聯繫！」隨即又扭頭對周宣道，「小兄弟，走吧！」

從遊艇上的架梯下到橡皮艇上，橡皮艇上的兩個人恭敬地向魏海洪叫了聲：「洪哥！」

魏海洪點了點頭，沒出聲，那兩人便將橡皮艇划了起來，在海王星號邊上時，上面又放下了繩梯來。

上了海王星號後，有一男一女在等候著，男的三十多歲，女的二十四五歲，穿著制服，樣子倒是漂亮，不過粉妝太濃。

那男的笑臉迎接著魏海洪，伸手道：「洪哥，怎麼會有空想著來這兒玩？」

魏海洪與他握了一下手，然後淡淡道：「帶我這個小兄弟來玩玩，也沒別的事！」

那男的這才注意了一下周宣，魏海洪的身分他可是明白，從來沒見過他帶什麼兄弟出來過，這個人看起來只有二十五六吧，想必也是他們那個圈子裏的，聽魏海洪的語氣，很有幾分重視的味道，當下也不敢怠慢，趕緊又跟周宣握了握手，熱情道：

「這位先生貴姓？我是海王星號娛樂場的副經理楊力，很高興認識你！」

周宣見魏海洪沒有特別說話，便淡淡與楊力握了握手，道：「小弟姓周，周宣！」

楊力又介紹了身邊那個女子：「娛樂場的領班呂洋小姐，呵呵，洪哥，我還得忙一會兒，先由呂小姐陪同你們隨便逛一下吧！」

魏海洪擺了擺手，示意他自去忙他的。

楊力一走，呂洋就熱情地問：「洪哥，周先生，先是到客房休息呢，還是到餐廳？歌廳？」

魏海洪瞧著周宣笑道：「兄弟，想玩什麼？你說！」

周宣臉一紅，這些他可從來沒玩過，趕緊道：「隨便玩什麼都可以，要不，我們就先賭博吧，反正是賭船！」

呂洋笑吟吟地道：「哦，現在可不行，因爲還沒到公海，不能賭博！」

周宣這下乾脆什麼都不說了，反正他說出來的都是笑話。

呂洋道：「要不，我們先去歌廳聽聽歌，喝點飲料吧。」

在歌廳裏喝著冷飲聽著歌，魏海洪那個叫阿昌的手下時不時到外邊跟遊艇上的兄弟聯繫一下。

呂洋是跟楊力特別交代過的，魏海洪是陳老闆的朋友，來頭大得很，絕不能疏忽得罪，要怎麼玩就怎麼玩，別管規則。按照呂洋的想像，魏海洪可能是國內大官的子女親屬，太子幫一類的吧，但瞧魏海洪的表情呢，又不大像，也猜不透，因爲以前見過的太子幫，都是一擲千金、左擁右抱的，囂張得很。另外，那個周宣更是看不懂，似乎這些從來沒經歷過一樣，現在的太子爺們，又有哪一個有這般清純了？所以看起來更不像！

唱歌的是個女歌手，深情演繹著一首情歌，歌唱得蠻動聽，嬌滴滴的聲音很勾人。

見周宣聽得入神，呂洋低低笑了笑道：「周先生，一點鐘過後，這裏還會有『另類』跳舞哦！」

「什麼另類？」周宣側頭問道。

魏海洪直是搖頭，笑說：「脫光了衣服的女人，你見過沒有？」

周宣一下子就明白了，臉頓時通紅，這調調他當然喜歡，只是在有呂洋和魏海洪都在場的情況下，臉上還是掛不住。

魏海洪見周宣臉嫩，也就不再提這話，一邊喝飲料一邊聽歌，歌手也換了好幾個。

呂洋倒是向周宣慢慢介紹起海王星號來：「周先生，你可能是第一次來海王星號吧？」

周宣點點頭，道：「是啊，沒來過，也沒玩過。」

「港澳的公海郵輪其實也不少，比如『金公主郵輪』、『海王星號』、『金湖號』、『集美郵輪』、『藍鑽石郵輪』、『藍明珠號』等等，都是從事公海博彩的！」

呂洋娓娓介紹著，「不過最好最有名氣的，還是數我們這艘海王星號了，它總共有九層，可以同時容納五百位客人，船上設有客房、夜總會、餐廳、三溫暖室等，可以說，只要客人想玩的，這裏都有！」

周宣讚道：「真是豪華，應有盡有啊。」

第九章

公海豪賭

檯子四周的賭客幾乎都把眼光
投在了周宣這一注三個三點的豹子注上。
荷官顫巍巍把骰盅揭開，「哦」的一大片羨慕聲音響起。
骰盤中，三顆骰子竟然真的是三個三的豹子！
美女荷官的汗水一下子冒了出來。

差不多到了十點鐘的時候，呂洋便起身道：「洪哥，周先生，已經在公海了，我們到六樓娛樂場吧。」

在歌廳裏，周宣覺得這海王星號也不是很熱鬧，但一到六樓的賭場，這才嚇了一跳！超大的一個大廳，很多個賭檯，到處都是人頭湧動。

呂洋道：「我們這兒的玩法有『百家樂』、『比大小』、『廿一點』，不知道你們要玩哪一種？」

周宣不太懂，除了廿一點他聽說過外，其他都沒玩過。

魏海洪瞧了瞧，道：「這兒有點擠，到人少的地方看看吧。」

玩廿一點的人比較少，玩百家樂和比大小的最多，魏海洪對阿昌道：

「阿昌，拿我的貴賓卡去換兩百萬的籌碼來。」

阿昌還沒走，卻見呂洋端了一碟籌碼過來，走到近前道：

「洪哥，陳總交代下來，如果洪哥要玩的話，先給您兩百萬籌碼，不夠再拿。」

魏海洪笑笑道：「陳老三真小氣，給兩百萬能有啥玩頭？」

呂洋訕訕笑著，有些不好意思，給人當面說老闆小氣，她還能什麼好說的？

魏海洪話是這樣說，倒也不客氣，把籌碼接過來，一分爲二，對周宣道：

「兄弟，咱哥倆一人一半，看誰先輸完！」

周宣嘿嘿直笑，一般人來賭場都是講好兆頭，從不說與「輸」字有關的字詞，他倒好，一開頭就說看誰先輸完。這話讓呂洋聽了都直捂嘴輕笑。

周宣看著盤子裏這些紅紅黃黃的小圓形籌碼，這些就要值兩百萬？不過魏海洪一給就是一百萬的籌碼，周宣可不敢要，以前在家玩得最大的金額，也就是百來塊的輸贏，這動輒上百萬的金額，無論如何都不敢接。

想了想，周宣從盤子裏拿了一個淡藍色標著「一〇〇〇」字樣的籌碼，道：

「洪哥，一百萬無論如何我都是不要的，就拿這一個一千的好了。」

魏海洪皺了一下眉頭，道：「兄弟，你這是讓老哥我丟面子吧，我本來還想著陳老三小氣，不想你就拿了一根毛，一千塊，那玩個什麼？老哥讓你來，就是要你盡興！」

周宣笑笑道：「洪哥，我不是讓你丟臉，但我確實沒玩過超過一百塊錢以上的賭局，拿這一千塊錢，已經是我賭博歷史上的之最了，對於賭博，我只想玩玩就好，不想沉迷在這裏面！」

魏海洪怔了怔，隨即笑道：「你倒會說，也罷，賭博是不好，隨你吧！」

呂洋見周宣顯露無遺的小家子氣息，也就不再把注意力放到他身上，心道還是服侍好魏先生吧，自己的老闆是那個圈子裏的人物，想來魏先生跟老闆差不多吧。

阿昌是寸步不離魏海洪的，呂洋端著盤子跟著魏海洪。

魏海洪對周宣道：「兄弟，想到哪兒玩就到哪兒玩吧，開心點，要籌碼就跟我說一聲！」

周宣捏著那枚一千的籌碼，笑嘻嘻地應聲走到一邊，魏海洪比較中意玩輪盤，想也不想就從呂洋的盤子裏拿了兩個一萬扔進去。

周宣則是到百家樂的檯子邊上瞧著，這一陣子他已經看得很清楚，人越多的地方，投注的人玩得最小，他站在檯子邊看了幾局，倒是搞明白了一些，最簡單的就是買莊買閒，紅線上邊是莊家，紅線下邊是閒家，還有些其他玩法，周宣也不是很明白。

又看了四五局，周宣把一千塊的籌碼都捏出了汗仍是沒敢下，這純粹是碰運氣，也不像電影裏所說的賭局中那樣，沒有一絲技術可言，人多吆喝大，刺激啊！

周宣搖了搖頭，又換了一張檯子，這張檯子玩的又不同，是賭骰子，這個東西周宣一看就比較喜歡，因爲這東西最容易懂！

荷官拿著一個黑筆筒似的骰盅，裏面放有三顆水晶骰子，然後倒過來搖了幾下就放在檯子上，攤開手示意玩家下注。

周宣見圍滿了檯子邊的賭客紛紛投注，檯子上標有大小單雙，各個賠率不同，但賭大小和單雙是一賠一，其他的小玩法就賠得高一些，也容易看得懂，比如小格子中的三個一，三個二，直到三個六，這些賠率是直接寫在格子中間的。

周宣看得清楚，三個一樣的叫豹子，這在電影中經常見到，格子中標明的賠率是四十八，應該是押一賠四十八倍吧。

下注的玩家熱火朝天，周宣差點被這氣氛勾動，極力忍了一下才沒把手中的籌碼扔出去，這也是賭運氣，要是運氣差一點，這一千塊就沒有了。又不像別的玩家那樣，都是拿著五十一百的籌碼，自己這一個就是一千，又不好意思去櫃檯換成小籌碼。

周宣看了一會兒，見檯子邊上擠滿了無數人的手，心裏一動，心想，自己把左手按在檯子上，看能不能探到骰盅裏骰子的點子？心裏這樣一想，便忍不住騷動，當下裝作跟別的玩家一樣，把左手按在檯子邊上，慢慢運起冰氣從檯子上穿過去。

距離遠了一點兒，周宣腦子裏馬上看到「鋁合金檯，二〇〇九年」的字樣，這是檯子的製造說明，他微微合著眼，深吸了一口氣，又把冰氣運出去。冰氣穿梭在鋁合金檯子上時，周宣甚至可以在腦子裏清楚看到鋁合金內部的分子密度。

周宣心裏一喜，原來自己這冰氣還是有其他能力的，只是自己並沒有在別的領域試驗過。只要一運出去，冰氣就自動把物體的名稱和年分報出來，如果想試看物體的狀態和內部結構，其實也是完全可以的。

周宣一試到這種功能，心裏立刻有了譜，既然能用冰氣探到物體的形狀和結構，那探到骰盅裏骰子的點數，那就是順便的事了。

這樣一想，周宣便努力運起冰氣往骰盅逼去，忽然腦子一暈眩，冰氣自動退了回來！或許是距離太遠，骰盅與自己間隔了兩米左右，冰氣達不到這麼遠的距離。

周宣想了想，退出人群，繞了半個圈，然後到荷官旁邊站定，這裡與檯子上的骰盅距離就只有五十公分了。

周宣把冰氣運起，穿過鋁合金檯面，冰氣一接觸骰盅底部的盤子，周宣便努力讓冰氣忽略它的名稱和年分，直接透過底盤看到骰子上。

剎那間，周宣清清楚楚見到了骰子的形狀，這是三顆水晶骰子，朝上面一方的是「三五六」三個點數。周宣還測到這三顆水晶骰子並不是真正的水晶，而是有機玻璃，實心的。

圓圓臉蛋的荷官檯邊上的小鈴「叮噹」響了一下，「各位玩家，下注時間到，請停止投注，買定離手！」

周宣雖然看到骰子的點數了，但畢竟這樣的探測還是第一次，又是賭博，心裏不免有些緊張。荷官把骰盅慢慢揭開，底盤上清清楚楚現出三五六點朝上的點數，周宣頓時鬆了一口氣，寶貝冰氣果然沒有探測錯誤！

荷官清脆的聲音又說道：「三五六點大！」接著就是收回輸了的籌碼，最後才來賠付贏家的籌碼。

待再搖了骰盅後，周宣這下探測到骰子點數是二二四，是小。骰子點數是三到九點爲小，十到十八爲大，相對來講，出大的機率要多一些。檯子上押什麼的都有，但押大的仍然是最多。

周宣沒有猶豫，把一千塊的籌碼輕輕放在了小這一邊。結果自然不出周宣的預料，荷官揭開骰盅，盤子裏三顆骰子果然是二二四點。

荷官叫了聲：「二二四，小！」然後又開始收輸賠贏。

周宣抓著兩枚一千的籌碼，心裏激動得很，這一下子就賺了一千塊了？也太容易了，就這麼幾分鐘時間，以往在遊樂場一個月才賺兩千塊，看來真是人要走運，擋都擋不住的！

周宣瞧了瞧四周，人多得很，也沒瞧到魏海洪在哪兒，別的地方還有其他玩法，不過周宣也想得明白，別的玩法都不適合他的感知能力，比如百家樂吧，那是得等你投注過後才派牌，他的冰氣感應就不起作用了，冰氣能感應到物體的年分形態，但卻沒有辦法預知到未來發生的事情，所以不能玩，輪盤和其他的玩法都是如此，唯獨這個骰子適合他。

荷官都是搖好了骰盅，然後玩家再下注，這有很多人都在聽荷官搖骰盅時的響聲，似乎能聽到骰子搖成了什麼點數。當然，這種聽力絕技，周宣也只是在電影中才見到過。

漂亮的女荷官又搖了搖骰盅，然後放到盤中，又示意玩家投注。周宣冰氣一到，立即便看到是一、四三個點數，六點，又是小。

這時候，檯子上下的注有七成以上都是下的大，下注的人更是叫喊吆喝得不得了，通常賭徒的心理都是這樣，下單的比下雙的多，下大的比下小的多，因爲單比雙多一個，大比小點多兩個，而在上一次出現什麼結果後，往往在下一注就會投相反的結果。

看看投注時間快到的時候，周宣把兩枚籌碼又放在了小點上，這時，檯面上有九成都是投在「大」和「單」上面，這兩種玩法都是一賠一，都是百分之五十，一半一半的機會。

結果自然不用提。奇怪的是，後面竟然又一連開了五次小，加上前兩次，一共開了七次小，到第八次的時候，周宣面前已經有十二萬八千的籌碼了。

由於人太多，有輸有贏的，其他的玩家自然沒人來注意周宣，但那美女荷官卻是注意起他來了。因爲每次賠付她都記得很清楚，觀察力強和記性好是每個荷官都必須經受的訓練之一，周宣雖然玩的底數並不大，但每一把都是全額投注，而且每一把都贏，像這樣的玩家，荷官是必須注意的，否則賭場的利潤從哪裡來？

贏賭場的錢是不少人嚮往的事情，不過賭場可不是銀行的提款機，它可不是等著賭客去取錢的，正好相反，它是在等著賭客去送錢。進賭場的賭客都很聰明，同樣，賭場老闆也不笨，賭場不怕普通賭客，隨時恭候你的光臨，它會說「不怕你贏，就怕你不來」。賭場只怕職業賭家，當發現你是職業水準時，賭場就會對你說「對不起，我們不能讓你進去」。

在上郵輪之前，海王星號都會有專業人員將遊客的身分資料輸入到電腦資料中審查，看是否會有職業玩家，如果發現的話，就不會允許上船。

但人是活的，機器是死的，所以也不可能會有絕對的把握。所以荷官注意到周宣幾乎百分百的贏錢機率時，就毫無例外地把注意力放到了他身上。

周宣到底是沒有這些經驗，職業賭徒都明白，好事不可占盡，贏錢還要隱藏在輸錢中，出了賭場的大門還能有贏錢在身上，那才算是贏，如果一味的只顧贏錢，不避鋒芒的話，那就不是聰明而是蠢才了。

周宣可沒想到這麼多，贏錢的感覺真不錯，分毫沒有注意到荷官已經開始注意到他。

荷官將搖好的骰盅放下後，又示意玩家投注。她這一桌檯子，雖然周宣贏了錢，但絕大多數都是輸家，總的來說，莊家還是贏的。

一連出了七次小，賭徒們大概都紅了眼，要將大頂出來，下小的雖然有，但下大的占了九成。周宣左手冰氣再運出去，這次奇怪了，竟然是三個一樣的點，三顆骰子都是三點。

在賭場規則中，骰子玩法，出現三個一樣的點數稱之爲豹子，如果玩家投注不是下的豹子，那莊家就是通吃，那就是說，無論你投注的大小單雙，除開豹子，其餘的都算輸。

周宣幾乎是想都沒想，便把十二萬八千的籌碼推到三個三的豹子上面。

「哦」的一聲，這一下檯子四周都靜了下來，所有的目光都投在了周宣身上，周宣這才覺得自己一下子引人注目起來，倒是有些不自在。

玩家投注豹子的情況當然有，但因爲豹子出現的機率是很小的，所以投注豹子的注量籌碼是很小的，像周宣這樣一下子把全副身家都投在豹子身上的，是絕無僅有的。

玩大小單雙一半一半的機率，比他投得大的遠多了去，但投豹子這麼大的籌碼，便是有錢人也很少這樣下。在他們眼中，這個投注無疑就是把錢扔水裏，下注豹子，那只能是扔點小錢好玩而已。

荷官心裏也緊張起來，這個玩家從一開始就沒輸過一把，如果這一注豹子贏了的話，那就得賠出去六百一十四萬四千塊，她可承受不起這份壓力，但骰子是她自己搖的，以她的手法和經驗來講，估計是小，有可能是二二三，一二二，二二四等點數，豹子的可能性，幾乎是沒有。

檯子四周的賭客幾乎都把眼光投在了周宣這一注三個三點的豹子注上。

荷官顫巍巍把骰盅揭開，「哦」的一大片羨慕聲音響起。骰盤中，三顆骰子竟然真的是三個三的豹子！美女荷官的汗水一下子冒了出來。

收輸賠贏，這一次，檯面上除了周宣，其他所有人都是輸家，但一起總共也不過只有三四十萬的籌碼，卻要賠周宣六百一十四萬四千！

周宣瞧著面前一大堆的籌碼，簡直不相信，自己竟然這麼輕鬆就贏到六百多萬！

驀地，周宣肩頭上給人一拍，轉過頭來，卻見是洪哥和阿昌以及呂洋三個人。

魏海洪笑道：「兄弟，老哥我沒幾下就輸了個乾淨，沒想到你竟然這麼猛啊！」

呂洋是荷官領班，當然知道怎麼處理，當即叫了另一個荷官過來，道：「小妮，你過來頂一下Loss！」然後又笑著對周宣道：「周先生，我倒是走眼了，原來你是一個高手啊，呵呵，請到我們貴賓廳坐一坐吧。」

魏海洪笑說：「兄弟，去坐坐吧，可不能在這兒拆了檯子！」

魏海洪是明白的，大廳中，像周宣這樣的贏法，那就會帶動其他玩家跟他的風，其結果自然是賭場大輸，這是他朋友的地方，當然不能拆了朋友的台。

當然，賭場中對這樣的事，也有他們的一套方法。

周宣見退到檯子一邊，那個叫Loss的美女荷官仍然擦著臉上的汗水，有些不好意思。周宣便從自己這一堆籌碼裏抓了一大把遞給她，道：

「在你手上贏了這麼多，這些請你下班後吃頓飯吧！」

這一把籌碼裏夾著最後一次賠付的大額籌碼，至少也有十來萬吧。

呂洋倒是有些意外，這個鄉下土小子竟然會這麼大氣，一手扔出十幾萬的小費，在她們的規定中，公司是不禁止荷官收受玩家小費的。

Loss汗歸汗，對這一大筆比她薪水都高得多的小費還是趕緊接下了，公司雖然輸了錢，但只要不是她故意輸的，也不是跟外人聯手作弊，那就不用擔心，賭場自然有風險管理部門來處理。

在賭船的貴賓室中，娛樂場的經理和保安部門主管都到了。賭場裏的大小事時時刻刻都在他們監控中，像周宣這樣的玩家，自然早在他們的注意之下了。

只是從監控畫面中來看，他們找不出任何一絲周宣作弊的可疑點。而且，因爲骰盅玩法不比其他的玩法，骰子骰盅自始至終都是操縱在荷官手中，玩家不可能接觸到，作弊的可能性其實非常小。所以，按照理論來講，周宣贏錢只能歸根於兩點：一是運氣太好，二是他是職業玩家，也就是說是高手。

按照監控畫面來思考，周宣是單獨對骰盅玩法作了特殊訓練的高手玩家，因爲在之前，他也在輪盤、二十一點以及百家樂的檯子前站了一會兒，但都沒有下注。有點讓賭場經理和主管感到奇怪的是，周宣一點也沒有職業玩家的那種謹慎，反而是在大開大闊地下注！

荷官領班呂洋向經理和保安主管介紹周宣的身分時，他們更排除了周宣作弊的可能，因爲魏海洪的身分可是他們都不敢碰的，作爲他們大股東之一陳老闆的朋友，魏海洪應該是不會帶人來他們這兒搗亂踩場子的。

在貴賓室裏，魏海洪安逸地躺坐在沙發中，旁邊坐著仍有些發傻的周宣，呂洋和阿昌都站在魏海洪的右側。那經理和保安主管倒是有些恭敬地站在對面，經理的衣服乾淨整潔，頭髮上的髮油幾乎讓蒼蠅都站不穩。

魏海洪淡淡笑道：「小周是我兄弟，我倒是沒想到他運氣這麼好，你們兩個也坐下說吧。」

那經理這才坐下來，點點頭道：「洪哥，我想跟小周兄弟談一談，可以嗎？」

魏海洪一擺手，道：「要問什麼你就問吧。」說實話，他自己也想知道周宣到底有什麼能力，能每注都能贏錢。

那經理向周宣笑笑，道：「小周兄弟，你既然是魏先生的兄弟，我們也不可能用別的方法，呵呵，如果你願意的話，我就是想瞭解一下情況。」

這傢伙定然是知道有蹊蹺了，左手冰氣的事，可是什麼人都不能說的！周宣這時才知道自己疏忽大意了，轉而淡淡道：

「好啊，當然可以，不知道你要問什麼？」

經理道：「我是海王星號娛樂場的經理，專門打理賭場的事務，既然是賭場，那我也就不用藏著說話，小周兄弟，大廳中每個角度我們都是裝有監控設備的，你在二十二號台的一切動作我們都有錄影，從錄影上看，你是沒有絲毫作弊的動作，我不明白的是，你是怎麼辦到每一注都有百分百贏的把握的？」

「這個啊？」周宣想了想，然後道：「我老家是在湖北武當山下，因爲小時候身體瘦弱，我父母就把我送到廟裏跟老道士練氣健體，從那時起，我就跟著老道士練打坐呼吸，後來身體好了，耳力也練強了，能聽到很細微的東西，剛剛那位小姐搖骰子的時候，我能聽到點數！」

周宣這話說得一半是真一半是假，那經理一時間也不疑有他，再者，周宣確實沒有在其他玩法的檯子上玩過，而要用聽的，確實也只有骰子這種玩法。

賭場當然不會禁止客人用聽的，事實上，聽骰，也是玩家的一種興趣，也是賭場中的一種促銷手段，很多玩家都以爲能聽到一些思路，所以才更吸引人。

周宣說得很像一回事，經理和魏海洪都相信了他的說法。

那經理想了想，吩咐呂洋去拿了兩副骰盅過來，然後把骰盅蓋上，搖了搖後又放到桌子，最後才問周宣：

「小周兄弟，你能聽到這兩副骰盅裏面的點數嗎？」

周宣在他搖盅的時候，就已經把左手放在了檯邊，身體前傾著，一副側耳傾聽的樣子，實際上已經把冰氣運了出去。

那兩副骰盅裏，一邊是四五六點，一邊是一四四點，但周宣冰氣透盅到骰子上時，又發現左邊四五六點那副骰子中，骰子裏面含有金屬物質，冰氣測出的名稱爲「智慧遙控晶片」，右邊那副骰子則是實心有機玻璃的。

想了想，周宣裝作皺眉思索了一下，然後道：

「左邊的骰盅裏是四五六點，右邊的骰盅是一四四點，不過左邊的點數不是很確定。」

那經理臉色一變，慢慢打開骰盅，兩副骰子，左邊是四五六點，右邊是一四四點，點數倒是沒變，但周宣知道他是沒有按遙控裝置。

半晌，那經理才道：「魏先生，您這位兄弟可是個高人！不知道在哪裡高就？」

魏海洪也十分驚嘆周宣竟然有這麼一手，倒真是沒看出來，停了停才回答道：「兄弟，你自個兒說吧。」魏海洪不是不說，而是他也不清楚周宣到底是幹哪一行的。

周宣對於職業倒是沒有什麼好遮掩的：「我之前是在遊樂場做救生員，前幾天才到陳老闆的古玩店做掌眼。」

那經理怔了一下，古玩店掌眼他不大懂，但救生員他可是知道，這可是很普通、很低收入的一個臨時職業，怎麼魏先生的兄弟還幹這個？

剛才他之所以沒有啓動遙控改變點數，那是周宣已經聽到了那副骰子中有古怪，所以不敢確定點數，又因爲他只是試探周宣的技能，並不是跟他實賭，所以也沒有必要改變點數，再說，周宣既然能聽到骰子中有古怪的地方，他手上的遙控裝置自然是也能聽得出來，如果是真賭的話，那還不是自討沒趣？

經理笑笑道：「既然小周兄弟沒有固定職業，那我就替我老闆做一回主，小周兄弟可否願意到我們海王星號來工作？」

沒等周宣回答，馬上又加了話：「如果你能答應的話，薪水我可以保證在百萬以上，另加提成！」

賭場的獎金提成向來是比薪水更加優厚，他這話無疑是拿兩百萬以上的年薪來誘惑周宣。

不過這經理可不是傻子，周宣這一手技能若能放到貴賓席上與那些億萬大賭家豪賭的話，幫賭場賺回來的錢又何止區區兩百萬？所以他才敢在董事會各大老闆都不在的情況下，給周宣開出這麼高的條件來。

周宣這一手確實讓他們都很震驚，畢竟像電影中所說的那些高手都是傳說，現實中還沒有這種超絕身手的人。

第十章

飛來橫禍

魏海洪低哼一聲，身子便在周宣面前軟倒下去！
周宣一時還不知道是什麼事，阿昌低沉地吼了一聲，
把周宣撲倒在遊艇上，「叮」的一下，
就在周宣剛剛站著的地方，
一顆子彈把他身後的鋼板打出了幾點火星！

經理這般邀請，魏海洪沒有阻攔，事實上他也不想阻攔，任由周宣自己選擇自己的路。

那經理又道：「小周兄弟，你不用急，可以慢慢考慮一下，我想，我們可以先聊聊關於賭博這一方面的問題。」

經理有意引起周宣的吸引力和關注度，道：

「賭，其實也是一種學問，它也是一種有規律，有思路的數學知識，我們中國有兩句有關賭的古話：『坐莊的占盡了便宜』和『久賭必輸』，前句話說出了賭規的制定原則和賭場利潤的來源，後一句話則說明了賭客在賭場娛樂的結果，並非什麼『其結果係不可預計，且純粹碰運氣』。如果是碰運氣的話，還沒有見到有哪個賭場因運氣不好而關門的。」

經理笑笑道：「很早以前，就有人開始了對賭場的研究，特別是在電腦出現以後，研究取得了實質性的進展。美國加利福尼亞大學的數學教授愛德華・索普歸納出一套理論，他認爲，在二十一點中，賭客相對於莊家能夠稍微佔有優勢，基於這套理論，索普寫了一本名爲《打敗莊家》的書。

這本書成了賭客心目中的聖經，他們按照書中介紹的方法苦練，然後去賭場一試身手，這曾一度讓拉斯維加斯的賭場老闆們手忙腳亂。

研究並沒有就此止步，後來的研究表明，在其他賭戲中，如吃角子老虎、百家樂等，也存在著破綻。目前的結論是，在二十一點中通過算牌，賭客可以贏賭場；在某種規則下，很多遊戲可以通過正確的策略減少賠率。

賭博是科學，機率論最初就是作爲一門科學而產生的。如果多數賭客在賭博之前能夠仔細研究有關賭博的知識，那麼世界上的賭博業也不會有現在這麼發達。賭博業的興旺發達說明了，雖然賭博理論已經相當完善，但多數賭客並沒有認真研究，賭博就是碰運氣之說在賭客中還相當流行。而在博彩業界，我們共用的資源不是什麼高科技設備，比如什麼遙控器和透視器什麼的，我們主要是一致把研究這門科學的職業玩家拒之門外。

澳門成爲永久性博彩區時，對博彩所下的正式定義是：『凡博彩，其結果係不可預計，且純粹碰運氣者，概稱爲幸運博彩』。所以我們在沒有證據的情況下，在分辨不出玩家是職業玩家還是普通賭徒時，是不能把幸運博彩而贏錢的人趕出賭場大門的，在這個時候，我們就需要像小周兄弟這樣的人來幫賭場避開較大的損失！」

這個時候，周宣也才真正明白了賭場經理邀請他的想法。

以往，周宣一直都是掙扎在生存邊緣上，但現在情況卻完全相反，動不動便是幾百萬上下的誘惑，比如撿漏，比如傅盈的邀請，而現在又是海王星賭船的高薪誘惑！

看著經理那很自信的表情，周宣努力抑制住自己的心情，最終搖頭拒絕道：

「多謝經理的好意，不是我不承情，只是現在我暫時還沒有想在賭博這行發展的想法，說實話，這些離我是很遙遠的事，我只想踏踏實實過著平淡的生活。」

經理嘆了口氣，半晌方道：

「呵呵，小周兄弟這天份浪費掉實在是太可惜了，記得前年三月，有四個麻省理工學院的高材生來我們賭場，贏走了兩百萬美金，當時我們保安部從監控畫面上都找不出破綻，後來我們從拉斯維加斯那邊調查到了他們的紀錄，在拉斯維加斯的賭場，這四個人也曾經贏走了數百萬美金，一開始也沒找到破綻，最後終於發現，這四個人還是靠著作弊手段才贏到錢的，不過他們的手段相當高明，主要是靠著超強記憶和數學公式加上團隊合作，在拉斯維加斯，他們這個集團已經無法再進入賭場，便轉戰到亞洲，我們海王星便是吃了虧的賭場之一！」

周宣心道，你們既然是開賭場的，那人家輸錢和贏錢就都是正常的，難道說賭場就是個只能贏錢，不能輸錢的地方嗎？

經理又道：「這四個數學天才的手段已經算是近年來極爲高明的了，但跟小周兄弟這種手段相比起來，仍然是天上地下的區別。首先，小周兄弟是一個人，不靠團隊，二來沒有借助任何工具，在賭這一行中，練眼練聽力練手法的人無計其數，也有練得很不錯的，但像小周兄弟的技能級別，卻是絕無僅有，我想再問一下，小周兄弟，」經理瞧著周宣道，「就算你能聽到骰子點數，但你又是怎麼知道我左邊這副骰子會有變數的？」

周宣笑笑，道：「我也猜不到，只是想像而已，因爲左邊的骰子跟右邊的骰子重量不相同，只有這一點點的區別，從左邊骰子滾動的響聲可以聽出來，骰子裏面有金屬，按照常識來講，骰子裏面應該是實心的，有金屬的話，想必是遙控設備裝置吧，所以我就猜測，點數可能有變數！」

周宣這話，頓時讓在場的所有人都呆住了！一個人的耳朵聽力竟然能達到這種程度，似乎是不可想像的事！

經理怔了半晌，然後從衣袋裏拿出一個小小的遙控器來，樣子有點像車子的遙控器，說道：「這個就是骰子遙控器，我可以把點數控制成任何我想要的點數，我想再請小周兄弟聽一聽！」

說著，經理把骰盅蓋上，搖了搖，問道：「小周兄弟，現在的點數是多少？」

周宣伏在桌子上，假裝聽了聽，道：「三三五點！」

經理打開蓋子，果然是三三五點，然後蓋上，又按了一下遙控器。

周宣道：「二三四點……等等，不對，你又按了一下，是三個六，豹子吧？」

經理不禁駭然，慢慢揭開骰盅，盤子中果然是三個六！

這時，就連經理身後那保安主管也不禁驚得呆了！他見過和抓過形形色色的作弊者，但從沒見過如周宣這樣神奇能力的高手。更重要的是，保安經理眼下有點茫然，面前的這二位，到底誰是作弊者啊？操縱作弊工具的可是經理啊！

魏海洪怔了怔後，忍不住呵呵笑道：「兄弟，老哥本是帶你來開開心，解解悶的，卻沒想到你竟然有這個本事，呵呵，好在你只贏了六百萬，否則老陳可要埋怨死我了！」說著，他伸手拍了拍周宣的肩膀，又道：「就憑你這一手，就夠你一生一世都吃不完了！」

漂亮領班呂洋低了頭，心道還是少說話吧，自己看走眼了，沒有跟著周宣，公司輸了錢，她可不想擔這個責任！

周宣把自己那些籌碼都放到檯子上，將十萬的籌碼挑了二十個，然後說道：「經理，這些籌碼你們都拿回去吧，留兩百萬給洪哥，因爲洪哥剛剛輸了兩百萬！」

魏海洪笑了笑，周宣還挺爲他著想。

那經理卻是把籌碼推到呂洋的面前，道：「呂小姐，到帳房去把籌碼兌成現金！」說完又補了一句：「全部要人民幣！」然後又對周宣笑笑道：「小周兄弟，我們賭場講究的就是，只要玩家沒靠作弊的手段贏了錢，那都是要無條件支付的，要是只進不出，誰還來玩？呵呵，小周兄弟就別客氣，這是你應該拿的，只是我們這邊都是用港幣支付的，小周兄弟特殊一些，我也就破例一次，幫你兌成人民幣，以免你拿去也麻煩！」

周宣瞧了瞧魏海洪，魏海洪笑了笑，道：「拿著吧！」

既然洪哥這麼說了，周宣也沒有再推辭，怎麼說也是幾百萬啊。不過剛剛他也意識到，賭場的錢可不是那麼好拿的，搞不好連自己的命都丟掉了。好在是跟著洪哥一起來的，看來洪哥的面子不是一般的大。

呂洋進來的時候，後面跟了個男子，那男的提了一個超大的旅行袋，呂洋讓他把袋子放到周宣面前，然後向經理點點頭道：

「經理，兌換成人民幣一共是五百三十一萬，全部都裝好了！」

魏海洪轉頭對阿昌道：「阿昌，幫小周把袋子提了，再聯繫遊艇，時間差不多了，我們過去！」

再次回到小遊艇中時，周宣只覺得猶如做夢一般。上了一次公海郵輪，回來就多了一袋子錢，這樣的日子，就是神仙也不想做了！望著燈火輝煌的海王星號漸漸遠去，周宣嘆了口氣。

魏海洪笑問：「怎麼，後悔了？」

「不是後悔！」周宣回答道，「只是覺得好像做夢一樣，最近的日子讓我有一種不真實的感覺，這錢，來得太容易也太不真實了，我覺得有一種隨時都會消失的感覺！」

「不要想那麼多！」魏海洪拍拍他肩頭，「那是以前你過得太平凡了，你本來就是個不平凡的人，以後會過上不平凡的日子的，這是命中注定的事，不必擔心了。」

周宣癡癡望著魏海洪。月光下，海浪泛起一點點水光，遊艇四周是無邊無際的大海。

周宣正想問問魏海洪，這麼晚了回去，港口會不會給開車，忽然聽得「嗤」的一聲尖哨般聲響傳來。魏海洪胸口立時綻出一朵黑色的花朵，幾點濺到周宣臉上，熱熱的，周宣用手一摸，黏黏膩膩的，還有股腥味。

魏海洪低哼一聲，身子便在周宣面前軟倒下去！

周宣一時傻傻地還不知道是什麼事。阿昌低沉地吼了一聲，把周宣撲倒在遊艇上，「叮」的一下，就在周宣剛剛站著的地方，一顆子彈把他身後的鋼板打出了幾點火星！

周宣倒下後，嘴裏還濺了幾滴血，腥味直逼腦子，因爲是在晚上，那血看不出紅色來，倒像是黑色的。

阿昌叫道：「小周，快臥倒，把洪哥弄到後邊去，不要抬頭，我來引開對方……」

周宣不知道發生了什麼事，只見子彈在遊艇上射得火星響聲一片，遊艇裏，洪哥的一個手下剛伸出頭，就中槍栽倒掉進海裏。

周宣頓時血往上湧，這鏡頭跟電影裏一樣，怎麼也會發生在他身上？又瞧了瞧魏海洪，已經是一動不動，哼也不哼一聲了，便趕緊抓著他的胳膊往遊艇後面爬，遊艇艙裏還有兩人，給子彈射得根本出不來。

阿昌在遊艇前邊翻滾騰挪，但似乎也中了槍，動作緩慢了些。

周宣費力把魏海洪拖到遊艇後邊，還沒緩過勁，驀地，遊艇轟地一聲，艙棚爆炸開來，周宣耳朵聾了一下，剎那間給爆炸力震得飛了起來，隨即又猛地砸入海水裏。

冰涼的海水一激，周宣立即清醒過來，雖然腦子仍有些嗡嗡作響，但還是想起洪哥來，趕緊潛入水中搜索。

魏海洪是跟周宣躺在一起的，墜海處也挨在一塊，周宣一潛進海水中，便見到他黑黑的身影往下沉，立即潛到他下方，伸手將他托了起來，另一隻手按著他胸口的傷口，不讓血流出來。

周宣這才小心地將頭浮出水面，偷偷打量了一下周圍的情形。似乎在南面七八十米外，有一艘漁船，至少外形是漁船的模樣，從船上時不時閃起的火星來看，就是從那兒開的槍。

這時，遊艇上幾乎是沒有了響動，也不知道阿昌怎麼樣，艙裏的兩個人估計是給炸死了，周宣這時仍感覺得到爆炸的餘威，從來沒有經歷過這種事情的他，也感到死亡離得如此之近，打心底裏升起一絲恐懼。

漁船突突突地往近前開，到了跟前，周宣一顆心兒便似要跳出來一般，努力屏住呼吸，只把洪哥的口鼻浮在艇底水面上，自己則側了身，只留一隻左耳在水面偷聽著。

遊艇一沉，動了動，似乎是兩三個人躍上來，只聽得一個低沉的男子聲音道：「檢查一下，再看看海面上！」接著，又聽見「噠噠噠」拿槍掃射水面的聲音，再停留片刻，那個聲音又道：「走，把錢袋子提走！」

遊艇動了動，接下來就聽到漁船發動機的聲音，再過了幾分鐘，聲音越來越遠，到最後終於消失在海面。

周宣探出頭看了一下，確定四周都沒有漁船的身影後，這才把魏海洪扛在肩上，然後拼命地一梯一梯爬上遊艇。

魏海洪身上流下的不知是海水還是血水，反正都是鹹的，周宣拼盡了最後一絲力氣才滾落到遊艇上。

歇了一會兒，身上有了些力氣後，周宣才爬起身到遊艇上檢查了一下，艙裏的儀器都炸壞了，還有兩具屍體，是洪哥那兩個手下，只是找不到阿昌，死活都不知，船也壞了，只是不會沉下去，自己那袋子錢是沒了！

周宣這才趕緊又回來檢查魏海洪的傷勢，把他的衣服撕開，只見左胸上有個血洞，別的地方倒是沒見有什麼傷口，但胸前這傷顯然很要命，探了探他鼻息，只有極微弱的一絲氣息。

周宣俯下身輕輕叫了兩聲：「洪哥，洪哥！」魏海洪沒半點反應！

周宣心下著急，可自己又不懂醫術急救，又從來沒經歷過這種事情，不知如何是好。

忽然又聽到有人低聲叫著：「小周，你在嗎？」周宣吃了一驚，警惕地俯低身子，然後循著聲音望去，只見艇側面四五米的海面上，有一個身影隨著海水一起一伏地動著。周宣仔細看了看，雖看不清面容，不過聽聲音好像是阿昌，當下伏到艇邊低聲道：「阿昌，是你嗎？」

「是我，你拉我一下！」那人回答著，然後努力游到艇邊來。周宣這才瞧清楚，果然是阿昌，趕緊把他拉上艇來。

阿昌右手臂中槍了，在海水中這一陣也耗盡了他的體力，這時躺在遊艇上直喘氣，一邊又問道：「洪哥怎麼樣了？」

「洪哥？」周宣這才驚悟，道：「洪哥也中槍了，好像傷很重，我叫他都不應！」

阿昌立刻爬起身就到魏海洪身邊蹲下，仔細查看了他的身體傷勢，檢查後，不由得急了起來，道：「糟了，洪哥傷勢很重，又失血過多，這可怎麼辦？」

說完，阿昌便從腰間裏取出那支衛星電話按了起來。

周宣心道：在海水裏泡了那麼久，還能用麼？不過也有可能這衛星電話是防水的吧。

阿昌跑到艇邊上調著衛星電話的頻率，周宣則又到洪哥身邊蹲下，看著一動不動的洪哥，心裏很悲涼，才不久前還是談笑風生的模樣，這會兒卻是奄奄一息！忽然間又想到，賺再多的錢又怎麼樣？這個時候，錢也沒有半分作用！

阿昌似乎聯繫上了，拿著衛星電話低低說著話。周宣左手輕輕按著魏海洪胸口的傷口，血還在流著，看到這麼多的血，他不禁有點頭暈！

左手裏的冰氣動了一動，周宣運起在全身轉了一圈，腦子裏清醒了些，也就在這時，忽然想到，當初自己在海底給那大海龜咬了手指頭後，睡了一覺，第二天不是連傷口都找不到了嗎？搞不好左手裏的冰氣還有療傷功能！

想到這裏，周宣哪裡還遲疑，運起冰氣就往魏海洪身子裏逼去。

冰氣在魏海洪身體裏流動著，周宣腦海中竟然清楚看到他了身體裏的器官情形，無法言喻，冰氣流到哪裡便看到哪裡，只是到了胸口的時候，冰氣遇到傷口處便過不去了。

周宣感覺得到，冰氣雖然過不去，但冰氣過處，傷口上的細胞在迅速的生長，並將損傷壞死的細胞吞噬掉再重生！

果然是有效用，只是冰氣在療傷的同時，自身也在飛速的消耗著，比探測物品的損耗大了不知道多少倍，可以說自有冰氣以來，周宣的冰氣消耗從來沒有像這樣劇烈過！

眼前突然發黑，瞧不清物體了，不過，周宣腦子裏還是瞧得見魏海洪身體中的傷口在飛速癒合著，咬了咬牙，他拼著最後一絲力氣，將僅餘的冰氣運到魏海洪傷口中！

當周宣從暈眩中悠悠然醒來時，卻發現自己已經身在港口！

阿昌正跟幾個士兵用擔架抬著洪哥往一輛醫護車裏送，然後又聽見他向一個身穿軍官服裝模樣的人說著：

「那些人不是偶然遇上的，很專業……槍法很準……我懷疑……」

後面聲音越發低了，周宣再也沒聽清楚，坐起身來，發覺自己也坐在一副擔架上。

隨後阿昌走了過來，在周宣肩膀上輕輕按了按，沉聲說：

「小周，洪哥傷勢很重……我必須馬上護送他回北京，這件事其實與你無關，那些人不認識你，也不知道是你，你不用擔心！」

周宣點點頭，道：「我知道！」

阿昌又拍了拍他肩膀，道：「保重！」

周宣點點頭，阿昌跟著上了醫護車，揮了揮手，又說了聲：「再見，小周兄弟！」

周宣也揮揮手，道：「再見！」

門口的士兵知道周宣是跟阿昌一起的，出去的時候也不盤問檢查，只是到了港口外的街上時，由於夜深，也沒有車過路。

周宣只覺得渾身痠軟，沒有一絲氣力，只想倒在哪兒就躺下去，但衣服還有點兒濕，風吹來忍不住打了幾個寒顫，得趕緊回家換了衣服，否則可能會傷風寒。

斷斷續續走了差不多一個多小時，這才碰到一輛計程車經過，搭了車往回走。

拿鑰匙打開門，進了客廳才發現燈亮著，李俊和劉叔坐在客廳裏的沙發上。

周宣詫道：「劉叔，怎麼這麼晚還沒睡？還有，李俊，你怎麼在這兒？」

劉叔嘆了口氣，沒說話。

李俊哼了哼道：「方經理已經開除你了，目無店規，又不服從主管命令，你還以爲你是老闆不成？方經理特意讓我搬過來跟劉叔住，等你回來就叫你走人！」

周宣怔了怔，瞧瞧劉叔，劉叔也無可奈何地嘆息著，半晌才道：「小周，好自爲之吧！」

陳三眼也不在，事情好像也沒有挽回的餘地，周宣也不再多說別的，便道：「那好，我收拾一下行李，換一身乾衣服就走！」

周宣的行李很簡單，把衣服塞進箱子裏，換了一身乾淨衣服，再把濕衣服和洗漱用品用塑膠袋裝起來塞在箱子裏。

在門口，劉叔有些落寞地說道：「小周，別見怪，人生在世，便是有很多事是身不由己的，以你的才能和身家，我倒也不擔心你的生計，……多多保重！」

在冷清的大街上孤單地拖著箱子走動，周宣感慨著，一天前自己還是風風光光的，轉眼又變得這般落魄，所以說，人在走運時，也是不能得意忘形的，說不定哪天運氣一沒，又會給打回原形了！

好在自己還有幾百萬的存款，倒也不是過分擔心，只可惜了今晚在賭船上贏到的五百多萬，唉，也不知道洪哥怎麼樣了，洪哥生死不明，那個六方金剛石自然也就煙消雲散，自己的上億金錢也算是沒了！

那麼有錢的人，在危險面前還是不堪一擊，再有錢，也不能幫他在死神面前買一個安然無恙，唉，錢啊，大多時候是萬能的，但在某些致命時刻，它可能會突然變成禍根啊。

周宣忽然笑了笑，不再去可惜，錢這個東西，夠用就好，皇帝錢多吧，可自古以來，還不是父子兄弟都在自相殘殺？億萬富翁有錢吧，可一家大小又有哪個不在挖空心思想爭奪他的財產？在世時活得不安寧，死了也帶不走一分錢，自己還是幸運的，只要日子過得開開心心的，比什麼都重要！

想到這裏，周宣到上次自己住過的賓館裏又開了一間房，沖了澡後覺得累得不行，倒在床上就只想閉上眼睛睡覺，卻忽然想起，自己用冰氣給洪哥治傷後就暈過去了，洪哥的傷勢如何也不知道，也不清楚冰氣現在的情況！

想到這裏，周宣趕緊運了運左手裏的冰氣，這才發現，冰氣淡淡的，若有若無！周宣吃了一驚！

說實話，經過這些天來，他已經與這冰氣有了深厚的感情，幾乎可以這麼說吧，周宣現在所有的財富和自尊，都是這異能冰氣給他帶來的，如果冰氣消失的話，那他就又回到以前啦！

顧不得疲勞，周宣又努力運起冰氣，但無論如何都不能讓它有形或者壯大一絲，冰氣似乎已經消失殆盡了！

周宣一急，便在床上打起坐來。他曾有過這種經驗，以往越是累的時候，打坐後卻是越有精神。

小腹下的熱氣行遍一個周天後，疲勞感果然淡了些，再運轉幾次，全身熱烘烘的，疲累感消失得無影無蹤。周宣自然而然又想到冰氣，於是把意念探到左手中。

但這時剛運轉小腹中的熱流隨著意念來到左手中，以前這一冷一熱兩種不同的氣息一碰頭就會廝殺拼鬥，但現在，冰氣若有若無，熱氣長驅直入，遇到那絲淡淡的冰氣，立即形成包圍之勢。

周宣也不明白，自己體內原有的熱氣把微弱的一絲冰氣吞噬掉後，全身忽然顫動了一下，熱烘烘的身子也似乎降了點溫。

熱氣流自動在身體裏隨著周宣以往打坐練功經過的路線又運轉了幾次，然後凝聚成一個丹丸狀，有如核桃般大小，又回到左手腕裏原來冰氣的位置。

再瞧瞧左手，竟然淡淡的有種金黃色的樣子。周宣很驚訝，打坐練出來的小腹熱流卻是沒有了，跟冰氣合二爲一後也不再回小腹中，搞不明白是熱氣吞噬了冰氣呢，還是冰氣化成了熱流。

不過周宣關心的是冰氣是否又復原了！當即將左手腕裏的丹丸氣運起，試著測了一下房中的物品。

這一試，周宣頓時大喜若狂！

這合二爲一的新丹丸氣竟然比之前的冰氣強了數倍有餘，以前冰氣測物時的模糊吃力，現在一點兒也沒有了，一切都清清楚楚的，想測年分就測年分，想測形態就測形態，甚至可以更清楚的在腦子裏顯現出所測物質內部的分子結構！

還讓周宣欣喜的是，在海王星號賭船上，自己曾試過，冰氣隔物運氣只能達到一米左右的距離，現在卻可以達到三米多的距離！

周宣欣喜之下，疲勞早跑了個無影無蹤，只是又擔心起來，自己這左手變異能力增強了，但略顯的金黃色卻是有些異常，仔細瞧了瞧，左手的金黃色也只是略比膚色重一點，東方人本就是黃皮膚，深一點也沒有人會注意，遠沒到達黃金或者純銅那般顏色。

周宣想了想，也無所謂，能力強了總是好事，平時不細分辨是看不出來的，再說，又有誰會無聊到比較自己的左右手哪個更黃？現在要轉秋了，到時候就買一雙手套戴上！

冰氣一恢復，周宣趕緊又把箱子裏的濕衣服取出來，把衣袋裏的東西都拿了出來，什麼魏海洪送給他的手機，傅盈給他的紙條，還有海王星賭船經理給他的名片。

打開手機，卻是進了水，已經壞掉了。傅盈的紙條因為是用圓珠筆寫的，所以沒被水浸壞。

第十一章

發財夢

經歷了從生到死，又從死到生的那份刺激，
樂極生悲啊，自己那五百多萬轉瞬間就這麼沒了！
想到錢，卻又擔心起洪哥來，也不知道他到底怎麼樣了。
當然他也不會去找他追要六方金剛石來，
就當是做了一場發財夢吧。

天亮後，周宣醒來神清氣爽，似乎眼力耳力都靈敏了許多。

洗漱後，又不得不思考了一下以後怎麼發展的問題，是回老家呢，還是留在這邊繼續找一份工作？昨天發生的事仍猶如做夢一般，不過倒真是見證了從生到死，又從死到生的那份刺激，樂極生悲啊，自己那五百多萬轉瞬間就這麼沒了！

想到錢，卻又擔心起洪哥來，也不知道他到底怎麼樣了。人都傷成這個樣子，他當然也不會去找他追要六方金剛石來，就當是做了一場發財夢吧，好在自己還有三百多萬，仍然還是一個百萬富翁。

但是周宣不想坐吃山空，最後還是決定再待兩天，出去找找工作試試。最好是能在古玩典當一類的地方找到工作，學學技能，以後就算左手異能真不管用了，自己也能找份飯吃，要是兩天內找不到工作的話，那就死了心，回老家蓋房子娶老婆吧！

在酒店櫃檯再交了兩天的房錢，周宣到外面隨便吃了點東西後，買了份報紙，找了個地方坐下來慢慢翻看徵人欄。

古玩店的徵人廣告一個都沒有，但典當行就多了，有徵人消息的就有四家。周宣用筆圈了起來，然後記下地址和電話。

如今的典當行都是有限公司的形式，與陳三眼的私家經營方式已經大不相同。招聘的職位有總經理，會計，主管，評估師，業務員等等，但無一例外，都很要求學歷，最普通的業務員都要求是大專文憑。

周宣有些氣餒，這些職位裏，自己勉強能與業務員掛上鉤，但文憑顯然是不夠的了，再說，典當行與陳三眼的古玩店又有所不同。

古玩店基本上只收古玩玉石器件，而典當行卻是任何物件都可以有，只要典當行的評估師認爲有價值，能從中賺取到一定的利益，那就會收。當然，典當的物價一般最高只會給到實價的四分之一或者更低。

而周宣琢磨了一下，自己最大的長處便在於自己的異能，但這是不能公開的，只能見機行事了。

果然，走了三家典當行，塡了幾張表格，面試的人一聽說他只有高中文憑，便敷衍了幾句話，然後叫他等消息。想也不用想，周宣就知道石沉大海，不會有音訊了。最後一家也沒有信心和興趣再去了。

在街上逛了半個小時，周宣一點精神也沒有，如果不是忽然得到左手的異能，他毫無疑問仍然得像以前那樣，只爲生存而掙扎。

街邊有不少擺地攤的，有賣衣服鞋襪的，有賣水果的，有派發廣告傳單的，在大樹下，甚至還有穿著僧衣化緣，以及算命問卦的攤子。

周宣無聊地慢慢走著，一邊看路邊攤的物品，一邊想著事情，忽然聽到一聲喊：「走鬼啦（編注：意指流動小販逃避執法人員抓罰而相互招呼走脫的暗語，後來被人們當作無牌流動小販的代名詞。）！」接著便聽得「嘩啦嘩啦」幾下，擺著地攤的人拉起攤子帆布兩個斜角一扯，挎在肩上就跑。

就幾秒鐘，這些走鬼居然都各自消失在人群中或者建築中。幾輛標著「城市管理」字樣的車開了過來，原來是城管車過路！周宣嘆了一下，現在低層打工者也挺艱難的，不過如果自己找不到工作，又幹上以前那樣的事，那跟這些走鬼也沒多大區別。

城管車開走後，那些走鬼地攤又如雨後春筍一般，從各處冒了出來。周宣笑笑，可能越是生活在底層的人，生命力反而越旺盛吧，見前邊一個地攤著圍了七八個人，看不見裏面是什麼。

周宣也走過去，擠了一下，卻見原來是一個穿得很土氣的中年男人蹲在地下，他面前的地上擺了一個很奇怪的東西。

這東西很奇怪的樣子，外形像個大圓蘿蔔，但比蘿蔔大得多了，像個小娃娃，紫黑色，頭上還長著幾顆綠枝樹葉。

周宣從沒見過這樣的東西，越看越有趣，這東西有眼有口有鼻，還有手腳，當然手腳就是分開了的枝身，但看起來就是一個紫黑色胖乎乎的人形娃娃，娃娃身上還有不少泥土，擺著的地上也撒了不少黑色的泥土沫。

周宣奇道：「這是什麼東西？」

旁邊有幾個年歲大約五十多的半老頭兒嘀咕著，周宣聽得是：「何首烏……」

那鄉民抬起頭來，周宣見他的樣子極土，臉上是那種常受陽光和風霜打磨的痕跡，看起來三十多，不過也說不準，有可能四十多，一雙眼睛顯得無比的樸實。從表面這一點，周宣肯定這中年男人只是一個樸實的鄉下農民。

那農民眨了眨巴眼睛，吭吭地說道：「聽我們後山的老人家說，這是千年何首烏，是個寶物，是我在老山崖上採的，家裏缺錢，所以拿來換錢！」

幾個老頭兒嘀咕著，還有些年輕人純粹就是看熱鬧，這東西別說他們年輕人，就是幾個老頭兒，那也沒有一個人見到過。

千年何首烏這個名字，聽過的人倒是不少，那可是跟千年人參一樣齊名的寶貝，傳說中，這是玄幻小說中才有的東西，功效是可以生死人而肉白骨，是可遇不可求的寶物。

其中一個老頭兒伸指頭在何首烏身上掐了一下，沾了點黑泥。那農民伸手一攔，驚道：「你買不買？不買別弄壞了！」

那老頭兒把手指拿到鼻端聞了一聞，有股子淡淡藥味的幽香，連旁邊幾個人包括周宣都聞到了，這香味，聞起來挺舒服的，但肯定不是香水味。

那老頭兒點了點頭，衝著一邊的幾個老頭兒點了點頭，低聲道：「可能是真的！」接著又問了那農民：「你想要賣多少錢？」

那農民沉吟了一下才道：「我也不清楚它到底値多少錢，但我們村裏的老人家都說，這是個寶物，可以救命的寶物，你……你給多少錢？」

那老頭兒也有點拗，又問道：「你要多少錢？」

周宣心中一動，心想：要是不太貴的話，他倒是想買回去，給父母和外公補補身子也好，但不知道是不是真的有千年以上，當下把左手伸過去觸在何首烏身上，把丹丸冰氣運了過去。

當周宣把冰氣運上何首烏後，得出的訊息讓他不禁哭笑不得！

這何首烏的成份裏有膠泥、黑土、麵粉，還有麝香粉末，麝香有藥理成分，所以周宣覺得聞到了淡淡的藥香味。毫無疑問，這傢伙是個騙子！

周宣不禁大跌眼鏡，看起來那麼一個純樸老實的農民竟然是個騙子！看來「畫虎畫皮難畫骨，知人知面不知心」這個古話是很有道理的，真是人不可貌相啊！

那農民見周宣用手摸著何首烏好一會兒，但又沒有像開始那老頭兒用手掐皮，也就沒有推開他的手，只是問道：「老闆，你買不買？」

周宣縮回了手，笑笑沒說話。

那老頭兒又忍不住道：「你到底要多少錢？」

那農民瞧了瞧他，又瞧了瞧周宣，咬著牙伸了一個手指頭，道：

「這個價，少了不賣！」

嘿嘿，一根手指頭是多少？周宣心裏暗笑著。

那老頭兒皺著眉頭道：「十……萬？」

周宣笑笑搖頭，轉身就走。

可就在這個時候，那農民急急開了口，衝著周宣道：

「老闆，你要不要？一萬塊給你！」

周宣一回頭，只見那農民正盯著他，又道：

「老闆，我要不是家裏急用錢，一萬塊說什麼我也不賣的，村裏老人家都說了，這是無價之寶！」

周宣微笑著，手摸著下巴，心想：這農民難道還盯上他不成？又有些嘆息，演技不錯，要是自己沒有左手異能，還說不定就真上當了。

看著周宣站著沒說話，那老頭兒忽然道：「賣給我好了，一萬零五百！」

另一個老頭兒這時也說道：「我要，我給你一萬一，但我身上沒那麼多現金，你跟我到我家裏拿去！」

那農民似乎見到這些人圍上去就有點發慌，慌忙用雙手攔著，護住何首烏，然後對周宣道：「老闆，我就賣給你，他們要到我家裏拿錢，我不敢，也不大相信，你要不要？」

周宣這時恍然大悟，原來這些人是一夥的，當真是演技高明啊，這個圈套，搞不好就會有人一頭栽進去！

既然他們都是一夥的，那周宣也就不用擔心壞了他們的好事，笑笑道：「一萬塊要我買你這一堆麵粉泥巴？」

那農民一怔，幾個老頭兒也都臉色一變！

周宣不再說話，轉身就走，心裏感嘆著，這個世界還真不好混，從大路上望過去，不用說，那些扮相淒慘的乞丐，是騙子集團的可能性更大！

回到賓館房間後，待了好一陣子，想著是就此回鄉下呢，還是再闖一闖？若說以前的話，周宣有了三百多萬的錢，那肯定是直接回家娶老婆，打工，打一輩子工也掙不到這麼多錢啊！但是現在他擁有了異能，這個東西讓他心裏騷動又猶豫，就這麼回老家平平淡淡過日子，又心有不甘，老天爺賜給他這份能力，難道以後就用它來挖土種田的？

浪費了浪費了！

可自己現在也實在是找不到工作，洪哥生死未卜，陳三眼又回了揚州，劉叔又無可奈何……

忽然間，周宣又想到傅盈和海王星賭船經理這兩個人來，趕緊從衣袋裏摸出名片和紙條。

拿著名片和紙條，周宣猶豫著到底是找賭場經理呢還是找傅盈這個大美女！

賭場經理那兒是承諾給他至少一百萬以上的年薪加提成，而傅盈則是最少五十萬美金，賭場的事幹久了似乎不是長久之計，還不如跟著傅盈幹一次，成與不成都可以拿五十萬美金，以後再回老家的話，身上也有七百多萬，說啥都夠了！

深深吸了口氣，周宣就下了決定，拿起賓館裏的電話，按著紙條上的電話號碼撥了起來。

電話裏撥號的聲音響了幾秒，然後就是一首英文歌曲的鈴聲，再過了將近十秒鐘，電話那頭就通了，一個女子聲音問道：

「喂，你好，請問你是哪位？」

周宣心裏忽然有些發慌，也沒聽清楚到底是哪個，結結巴巴地道：「我……我……我是周宣，你是……是傅小姐吧……」

那女子一怔，隨即道：「你等一下！」

接著，電話裏再傳過來的聲音又不同，顯然是更好聽的女子聲音：「我是傅盈，你是周先生？……你……」

「傅小姐，我想……你跟我說過的那事，我考慮好了。」周宣使勁才憋出要說的話來，「我……同意。」

「哦！」傅盈似乎一喜，道：「好啊，我……現在正在勝佳廣場五樓的珠寶賣場，你過來吧，一起吃過飯再商量，好不？」

周宣口吃著還沒說出話來，那頭傅盈又道：「你搭車過來……嗯，好，看看這款！」前面一句話是跟周宣說的，後面的話顯然不是。

周宣還沒來得及說，傅盈已經掛了電話。

餓倒是真有些餓了，不過周宣不想跟傅盈這樣的女子一起吃飯，要是他自己，十塊錢就可以搞定了，傅盈可就不一定了，人家跟他的生活水準環境天差地別的，只是傅盈沒給他說話的機會，自己又同意了她的邀請，如果再打電話過去說吃飯的事，好像也沒意思。

想了想，周宣還是收拾了一下趕過去，吃就吃吧，反正答應了傅盈的事，以後也得跟她面對面，那就趕緊替她做了事，賺了錢好回老家吧。

勝佳廣場是沖口市這裡最大的商業大樓，一到七層聚集了國內外最頂級的大型賣場，而五樓整層全都是珠寶首飾賣場，比較有名氣的一些金店在這都設有專門店，像周生生，周大福，國外的頂級品牌也有專賣店面，比如梵克雅寶、海瑞溫斯頓、卡地亞、寶詩龍、寶格麗等等。

周宣趕到五樓轉了一圈，在寶詩龍店面裏就看到了傅盈和王玨兩人。

店裏面有六七個穿著漂亮制服的銷售小姐，人也漂亮，不過有傅盈站在裏面，那就像是星星包圍著月亮一般，星星的那點螢光，就不值一提了。

傅盈也見到周宣了，笑吟吟一招手道：「我在看珠寶，你進來坐一下，這裏的款式不錯，有沒有興趣給女朋友買一款？」

銷售小姐個個都是以一頂十的角色，傅盈一句話，立即讓她們以爲大生意又來了，因爲傅盈選購的那些款式，無一不是頂級超貴的珠寶，如果是她的朋友，那肯定也是不差的。

珠寶金店這一行業的銷售，一般都是底薪加提成，底薪不會太高，但提成極爲可觀。銷售小姐的第一訓練就是練眼看人，就是說，你必須看得出客人是否真心想買，還要分辨出他的購買力大小，當這一切被確定後，銷售小姐就會用吹捧的語氣將客人帶到鑽石及玉器櫃檯。

因爲黃金和鉑金都是跟國際市場的價位極相接近的，在珠寶商裏，金價只能賺得極低利潤，給銷售小姐的提成也只有百分之一左右，差不多一千塊有十塊錢的提成，而鑽石和玉器的提成就可以達到百分之五到百分之十五之間！

因爲鑽石和玉這兩種的虛頭就大得多了，從採購到打磨製作到成品銷售，都與金飾品有天上地下的區別。像傅盈和王珏兩人自一進店中來，兩個銷售小姐便將她倆帶到了鑽石和玉器櫃檯，櫃檯上擺了好幾件鑽石項鏈。

王珏拿著一條鑽石項鏈在胸口比劃了一下，頗覺滿意，對傅盈道：「盈姐，你看我這條怎麼樣？」

傅盈接過她那條項鏈，仔細瞧了瞧，然後問那銷售小姐：「這項鏈多少錢？」

那銷售小姐趕緊道：「這是一款一點六克拉的納米比亞產白鑽石，價格是四萬八千八百八十八元，它是由我們義大利寶詩龍總部設計師設計的，是獨一無二的款式，跟那位小姐很相配！」

傅盈沉吟了一下，然後說：「寶詩龍的牌子，義大利設計師設計，獨一無二的款式，按理說應該不止四萬多這個價位吧，是不是鑽石有瑕疵？」

那銷售小姐頓時笑了，道：「小姐，你說什麼呢，我們店所有產品都有品質鑑定書，有出產地，再說，像我們這樣的知名品牌店能假麼？這是我們店剛好有酬賓折扣活動，也就這幾天時間，錯過了就沒有了，你再看看！」

說著，那銷售小姐把鑽石項鏈拿到燈光下，又道：「你瞧，每個鑽面透明無色，標準的一級鑽石！」

傅盈瞧了瞧，略微皺了皺眉，她總覺得有點問題，想了想，問那銷售小姐：「有沒有送的禮品？」

那小姐一怔，隨即喜道：「有，小玉件，翡翠的！」說完，趕緊從櫃檯裏拿了一個碧綠色的小玉佛，這一筆生意做成的話，這條項鏈的提成有百分之二十，將近有一千塊呢！

傅盈淡淡一笑，拿起項鏈，將鑽石往那小玉佛面上劃了一下。

銷售小姐又一驚，道：「小姐，這……不能劃的，弄壞了就麻煩了！」

傅盈笑笑，道：「你瞧，不是一點事都沒有麼，好好的！」

那銷售小姐拿回項鏈瞧了瞧，果然沒有絲毫損傷，又瞧瞧小玉佛，也沒有劃傷。

傅盈又道：「小姐，你這項鏈不是鑽石！」

那銷售小姐臉頓時變了，瞪著眼道：「小姐，你可不能亂說啊，你怎麼能說它不是鑽石呢？」

「你瞧！」傅盈指著那小玉佛道，「鑽石的硬度是十，這玉的硬度是九，你們做這行應該知道，鑽石是地球上最硬的東西吧。我劃了一下，這玉佛居然沒有一點劃傷，那就肯定不是鑽石了！」

那銷售小姐怔了怔，心裏也有些怔忡，傅盈這麼一說，道理上好像是，但她們可不敢這麼去試，而且平時經理說，店裏所有的物品都是有品質保證的。

周宣一直站在一邊看著，他對鑽石和玉器都不懂，所以也不發話，但聽傅盈這麼一說，心裏一動，便道：「我看看！」

從那銷售小姐手裏接過項鏈，周宣左手早動了意念，冰氣一轉，腦子裏便有了結果，呵呵一笑，道：「這是鋯石！」

傅盈偏著頭望著他，奇道：「你怎麼知道是鋯石？」

她剛才也懷疑不是鑽石，所以用玉佛試了一下，反正那玉佛質地不好，不值什麼錢，又是送的禮品，所以無所謂。結果一試，還真給試出來了，但周宣在她印象中，只不過是潛水能力很強的鄉下小子吧，怎麼對鑽石也這麼熟？

周宣笑了笑不語，認得出真假，不讓她們上當就好，要他說個所以然來，他是說不出來的，看來還得趕緊買些專業書籍，好好補一補習。

那銷售小姐怔了怔，隨即拿眼望著身邊的同事，接著，她幾個同事就挨了過來。

傅盈見周宣不說，也就不再追問，笑看著幾個銷售小姐。

另一名看起來比較精明會說話的銷售小姐，咬了咬唇，問道：「先生，你怎麼能說這顆鑽石是鋯石呢？當然，我們櫃檯也有鋯石產品銷售，價格可是差得遠了！」

傅盈笑笑道：「這簡單，鋯石的硬度是八，玉的硬度是九，它劃不破玉，但能劃傷玻璃，玻璃的硬度是六到七點五。」說著，又拿了那項鏈用鑽石在櫃檯上的玻璃角邊劃了一下，滋的一下，那角邊就出現了一道劃痕。

這一下，那幾個銷售小姐都愣了，客人都分辨出來了，那還有什麼好說的？不過也確實想不到，爲什麼這個等級的產品會出現鋯石出來？

就在雙方僵持時，櫃檯裏面那個三十來歲的西裝男子趕緊過來瞧了瞧，陪著笑臉道：「不好意思，不好意思，是我們店裏擺錯了，這是鋯石項鏈，可能是早上擺貨的時候放錯了，對不起，請看別的吧！」

周宣沒覺得什麼，擺錯也有可能吧，王玨卻是心道：自己差點就買下來了，要是沒認出來，花幾萬塊就買了個鋯石？然後就一句擺錯了算沒事？

傅盈卻明白，這很顯然是那經理做的手腳，按說，像寶詩龍這樣的牌子品質應該是可以信得過的，不過可能是天高皇帝遠吧，這經理肯定是借了公司的品牌來銷售一些他自己的假產品，賺點額外佣金。

不過傅盈也沒打算揭穿他，這在很多賣場是常見的，沒有哪一個店能保證百分之百的事情，所以真正要不上當，還得靠專業的眼力，一般的客人，不吃點暗虧是不可能的。

幾位銷售小姐趕緊又讓傅盈去看她們店裏最新款最貴的商品，心想：給你看最沒有可能是假的東西吧。

傅盈笑指著其中一件道：「把這款拿出來我看一下。」

周宣望過去，那是一條銀色鏈子，很漂亮，鏈子吊墜是心形造型，中間是一顆圓形鑽石，在燈光下，閃著冰一樣的光線。

那銷售小姐對這件商品倒是很有自信，介紹道：「這是剛到的新貨，南非鑽石，鉑金玉帶鏈，大師設計，純手工製作，售價是二十八萬八！」

傅盈仔細檢查了鑽石，點了點頭，道：「鑽石的色澤，淨度和切工都是上上之選，唯一的缺憾就是……」

還有缺憾？那幾位銷售小姐立時又緊張起來。

傅盈笑笑說：「缺點就是鑽石小了一點！」

「哦！」幾個銷售小姐這才鬆了一口氣。

周宣摸著頭，傅盈見他這個樣子，就把項鏈遞給他，笑說：「你也瞧瞧，剛剛你的眼力還不錯嘛，看看這個怎麼樣！」

周宣小心翼翼接過項鏈，這可是幾十萬的東西，他這一輩子可能都不會捨得買，可別摔壞了！當下又運起冰氣在項鏈上流轉一遍後，周宣皺著眉頭，覺得有些奇怪。

傅盈怔了一下，難道他真的還認爲這條項鏈也有問題？可自己已經確認了，確實是品質上乘的鑽石啊！

見周宣仍沒說話，傅盈忍不住問道：「怎麼了？」

第十二章

魚目混珠

這枚鑽石表層極白，應該是上等品，但形狀就差了，
表面上，露在外面的這部分完美無瑕，
但包在裏面的部分卻是斷裂的寶石。
從包鑲外托邊的大小來看，是不是有意掩蓋瑕疵才如此？
也許這鑽石只是切崩口了的殘次品！

這枚鑽石表層極白，周宣測得的資訊是顏色D，淨度是FL，應該是上等品，但形狀就差了，表面上，露在外面的這部分完美無瑕，但包在裏面的部分卻是崩口，是斷裂的寶石。

傅盈一問，周宣倒不知道怎樣來回答，如果說出來，那他又怎麼解釋理由？看來他還是太缺乏專業知識了。

傅盈見他若有所思的樣子，不禁又問道：

「你覺得這項鏈怎樣？」

「這個……項鏈是PT900鉑金不假。」周宣沉吟，努力用比較說得過去的詞句回答著：「只是那鑽石有些奇怪，我覺得那鑽石包鑲外托邊是不是太大了些？如果包鑲小一點點的話，鑽石就會顯得大一些，鑽石不是看起來大些，就更貴重些麼？」

周宣說到這裏，又頓了頓道：「從這不合常理的情況來看，是不是有意掩蓋瑕疵才如此？也許這鑽石只是切崩口了的殘次品！」

周宣這話一說，幾個銷售員都是嗤之以鼻，不屑地望著他，如若不是一開始有鋯石的事件，怕不就要橫眉冷對了。

傅盈卻是怔了怔，她是這方面的行家，剛才那顆上等鋯石冒充鑽石的事，如果是一般人，那也就給騙過去了，但可是騙不倒她。手上這副鉑金鑽石項鏈近乎完美，鑽石確實略小，但款式很新潮，說實話，她是很喜歡的，不過周宣這麼一說，倒是引起她的警惕心來。

鑽石的鑲法有六種，分包鑲，軌道鑲，釘鑲，爪鑲，卡鑲以及藏鑲等六大類，其中爪鑲，包鑲和藏鑲是比較傳統的工藝手法，軌道鑲和釘鑲多用於群鑲鑽飾或成爲豪華款的點綴。卡鑲則是當前時尚工藝的代表，由設計師賦予生命，變化無窮，是時下流行的新寵。

傅盈再仔細瞧了瞧項鏈，這是款式新潮的新品，按理說，應該做卡鑲才配這款式，但實際上卻用了傳統的包鑲手法，有點不合理，再加上鑽石包鑲得過大了一點，確實值得懷疑。

想了想，傅盈又問了櫃檯裏另幾款的價錢，價錢卻是四十七萬、五十六萬，還有一款鑲鑽胸鏈是九十九萬。

傅盈淡淡道：「對不起，這款項鏈我不要了！」

幾個銷售小姐呆了一下，隨即嘀咕了幾下，其中一個道：

「小姐，這款式真的不錯，鑽石你也看了，都是上乘的南非鑽，而且價錢在同類款式中並不貴，你考慮一下！」

傅盈搖搖頭，向王玨招了招手，道：「王玨，周先生，我們去吃點什麼吧！」

走到玻璃門處，最開始給傅盈介紹的那個女孩子低聲說著：「買不起充什麼樣兒？」聲音雖低，但偏偏他們三個人都聽見了。

傅盈微微一皺眉，停了步子轉回身，淡淡道：「把那款項鏈包起來，我買了！」

周宣急道：「傅小姐，那鑽石……」

傅盈笑笑說：「我知道！

知道你還要買？錢多燒得慌啊？周宣心裏嘀咕著，不過這傅小姐確實是錢多，就衝她向周宣隨手便能扔出幾十萬美金，那也不是個小款。

王玨也想開口阻攔，但見傅盈神色自若地掏卡遞給銷售小姐，以她對傅盈的認知，心知沒有這麼簡單便宜的事，也就閉口不語。

那銷售小姐倒是真正呆了一呆，但隨即接了卡迅速刷卡開單，刷了卡開完單，就是她後悔也不行了，這一款項鏈賣出去的話，她的分紅可是有將近三萬塊，那可是一筆超大單了，有錢人雖多，但平時買幾萬錢的不少見，買幾十萬的還是少有。

傅盈在她遞出來的簽單上簽了名，那銷售小姐鬆了一口氣，笑吟吟做了收尾工作，把項鏈的品質保證書同發票疊在一起，然後拿出一個小紅盒子，準備把項鏈裝進去。

傅盈搖搖手道：「不用了！」接過項鏈遞給周宣，然後又問那銷售小姐：「你們有鉗子之類的工具吧？借我用一下！」

那銷售小姐不知道她要幹什麼，疑惑地從工匠師那兒取了小鉗子出來給她。

像這些店面都是有工匠師的，平時珠寶首飾的維護和翻新以及簡單的修繕，都是店裏的工匠師直接完成，除了一些大的複雜的技術活需要送回總部外，小件的普通的就在店裏做了，所以這些工具都是有的。

傅盈把鉗子遞給周宣，道：「你把鑽石取出來！」

幾個銷售小姐以及那個經理都是一呆，那經理趕緊道：「小姐，這可是幾十萬的項鏈啊，你們搞壞了，我們店可是不負這個責任啊！」

傅盈點點頭：「我知道，我自己搞壞的當然不要你們負責，但如果這鑽石真是個殘缺品呢？」

那經理愣了愣，道：「不可能，這是我們從義大利剛空運回來的新品，品質是絕對沒問題的！」

「那就行，弄壞了是我自己的事，這點錢我還承受得起，買得起，那我也就玩得起！」傅盈淡淡說著。

聽了傅盈這句話，剛才說傅盈「買不起充什麼樣」的銷售小姐低了頭不說話，反正生意成交了，賺到錢就行了，這個傅小姐看樣子確實是個有錢人，自己一個打工的跟她鬥個什麼勁！

周宣拿著鉗子，很小心地把鑲邊的鉑金包打開，這種包鑲是死包，一般如果背部封底鑲口，中央會有一小孔用以調整鑽面位置，但這條項鏈卻沒有那個小孔，讓他費了些力氣，幾個銷售小姐和那經理都在櫃檯邊盯著。

周宣把鑲邊打開，輕輕把鑽石取出來放到玻璃檯面上，翻轉過來，小小的鑽石顆粒，前半面晶瑩剔透，很漂亮，但下半片卻是崩口，果然是顆切壞了的殘次鑽石！

傅盈低垂了眉毛，淡淡道：

「經理，這條項鏈我且估計價值兩萬吧，這手工設計再估它兩萬吧，當然也許不止，但這顆鑽石無疑破壞了它的價值，一個高級設計師的作品，有時候也是無價的，但這個設計師能為殘次品鑽石做了設計，那我相信，不管他技藝多好，他的人品也是不值錢的，人家信任你們這個品牌，就是衝著它的信譽而來的，我想，就算兩萬，我也估高了，那顆鑽石，完整的話，遠不止二十八萬，但像這個樣子，兩萬八我都不想拿！」

那經理苦著臉，有些手足無措，開單的女孩子還在嘀咕著：「我說了不能打開的，打開了我們可不負責！」

傅盈道：「無所謂，好吧，你們不負責，我自己找個負責的人來吧！」說著，側頭問王玨：「王玨，珠寶協會的電話是多少，你給我查一下，另外，再給消基會打個電話通知一下，二十八萬買了殘次品，官方有沒有人管！」

那經理頓時臉色都白了，趕緊道：「傅小姐，有事好好說，凡事好商量，好商量！」

幾個銷售小姐才意識到事態有些嚴重，以前也有退貨一類的事情發生過，但那都是不超過一萬以上的交易，像這次幾十萬的交易發生這種情況還從來沒有過，一來，這麼高的價錢，一般人也不會懷疑，二來，如果不是很懂的，又有哪個敢冒幾十萬塊錢的險來打開這種死包鑲首飾呢？要是完好的鑽石，那就是自己倒楣了。

傅盈已經把事情做到了雙方都沒有退路的份上，退錢，那是二十八萬，一個不剩，或許她還會有另外的附加條件，因爲鑽石項鏈的實際價值沒有那麼高，屬殘次品，已經可以歸納爲欺騙消費者的行爲。

不退錢的話，那就更難說，想必傅盈也不幹，但已經開了發票，所有買賣手續都完成了，這項鏈的產地證明書都是齊全的，現在把柄全握在對方手裏，難辦！經理頓時急得額頭汗水也冒了出來！

其實他更加著急的是，這條項鏈是他從另外的管道私人進來的，本金三萬多塊，賣了二十八萬的話，就能賺二十五萬的暴利，但一旦出事的話，也許他的工作前程就此夭折，但金錢的誘惑力實在太大，再就是，如今買珠寶首飾的人都不是很懂，即便有略懂的人，又有哪個敢把包鑲打開呢？

但現在，經理確實得考慮這個問題了，是賠禮道歉再退錢呢，還是硬撐？能買幾十萬塊錢的首飾，這種人就絕不會是普通人，非富則貴嘛，這點經理很清楚。

想了想，經理低著聲音問道：「傅小姐，你說……怎麼解決啊？」

傅盈瞧著這個三十多歲的中年男人，淡淡笑道：「你說呢？」

一開始，這個經理時不時色迷迷地盯著她，這會兒卻如同喪家之犬一般。

「聽說……」傅盈漫不經心道，「聽說國內的規矩是，有個什麼三一五打假組織吧？是不是說假一賠三呢？」

那經理頓時一軟，差點摔倒，趕緊扶著櫃檯，哀聲道：

「傅……傅小姐，這個……你放過我吧，我退你的錢，你就別難為我了，我也只是一個打工的，要我賠幾十萬的話，我只有死了！」

傅盈哼了哼，冷著臉，半晌方道：「說實話，我當然不差幾十萬塊錢，想必你也明白，我並不是故意來找麻煩的！」

「我明白我明白！」經理說著話，把頭點得跟雞啄米似的。

「要是退錢的話，我有個條件，你答應就好說！」傅盈淡淡說著，臉上表情看似柔弱不堪，任誰也想不到這麼一個漂亮到極點的女孩子，手底下可一點也不弱。

經理直是點著頭，心裏雖然緊張，但嘴裏還是趕緊說著：「你說你說！」

「你們的這幾個營業員，都給我寫一份道歉書，我滿意的話，這事就算完了！」傅盈眉眼也不抬地說著。

那經理一怔，隨即喜道：「好好，我馬上叫她們寫！」

傅盈這個條件讓那經理心裏一鬆，本來還擔心她提出更苛刻的條件，但一聽後，覺得心裏好受多了。

在經理的督促下，那三個跟傅盈推薦介紹過的女銷售員不情不願的寫起了道歉書，雖然不情願，但迫於經理的威勢，加上這份工作待遇確實不算差，捨不得丟掉，捨不得的話就趕緊寫吧。

花了十多分鐘，三個女孩子才寫好，經理陪著笑臉把道歉書遞給傅盈，傅盈看也不看地接過就遞給周宣，道：

「你瞧瞧，不可以的話重寫！」

周宣接過來瞧了瞧，寫這道歉書顯然比她們開單填發票難多了，不過周宣還是不忍心為難她們，都是打工的，想掙點錢誰不明白呢，嘆了聲道：「可以了！」

不過，傅盈刷了卡的錢可沒辦法再轉回來，那經理只有從櫃檯裏用點鈔機點了現金，好在有三十來萬，最後經理還賠了一個小旅行包，把錢裝好後，傅盈笑說：

「小周，你是男人，這活兒就只有你幹了！」

周宣只得笑笑提了包包。提錢的感覺當然好，只要沒劫匪。

乘電梯下到底層後，周宣才嘆道：「傅小姐，你真厲害！像你這麼漂亮的女孩子，我真想像不到！」

傅盈淡淡道：「看來你是少了些社會閱歷，世界本就是弱肉強食，適者生存的原則，中國不是有句古話叫做：『人善被人欺，馬善被人騎』麼？我不反對做好事，但我討厭善良到白癡境界的人，所以我也特別討厭看那些肥皂劇，通常那些電視劇裏的主角就是這種人！」

周宣幾乎是說不出話來，傅盈說的這些，其實只是基本常識，但偏偏不明白的人卻很多。

傅盈又道：「我在國外，從小就受到家庭獨立訓練，我也明白，所有的事都是有因必有果，你做任何事，都得承擔後果。」

周宣聽得一愣一愣的，這道理他也明白，但就是從來不去多想，笑笑問道：

「傅小姐，你挺厲害的，但爲什麼剛才卻又只對那經理提了這麼簡單的條件？」

傅盈嫣然一笑，道：「簡單麼？我卻不這麼認爲，我這是在教他們做人的道理，今天我算好說話的，如果碰到那種有心人，又或者是靠這種方式賺錢的，那他們就慘了，這幾張道歉書有什麼？我只不過是讓他們幾天睡不好覺，看人的眼光別那麼勢利就好！」說著，從周宣手裏拿過那幾張道歉書，輕輕撕了兩半就扔進廣場邊的垃圾箱內。

周宣搖搖頭，這個傅盈，簡直是他不能想像的一個人，又漂亮又聰明，書上不是說過，漂亮的女人不聰明，聰明的女人不漂亮麼？

走了幾步，周宣又問道：「傅小姐，你請我，到底是要做什麼事情？」

傅盈想了想，側頭望了望周宣，盈盈一笑，道：「這個……話說來就長了，一下說不清，之後再慢慢跟你說……還是先吃點東西吧，好餓！」

傅盈這一笑，把周宣的眼都閃了一下，趕緊把頭扭開，不敢再看她。

這妞兒的漂亮和智慧都非同尋常，遠不是自己可以想像的，以後還是少看她，免得迷了眼，就只當她是個臨時老闆而已，幹完事也就各自東西了。

傅盈又道：「周先生，我是第二次來國內，時間都不長，南方還是第一次來，有什麼好吃的，你帶我們去吃吧，好不好？」

「這個……」周宣愣了一下。他壓根兒就沒去過高檔餐廳飯店，哪知道有什麼好東西？消費最高的一次還是跟幾個同事朋友在大排檔吃了三百多塊，但主要是喝了好幾箱的啤酒。

傅盈笑了笑：「怎麼，不可以？」

周宣心裏忽然一動，像傅盈這樣的女孩子，什麼好的沒吃過？只怕是越差的才沒吃過，自己以前經常去的一間小吃店倒是不錯，又便宜又好吃，就帶她們去吧，愛吃不吃，反正自己也沒必要去討好她，原本兩人的生活環境差距就是這麼大，也不必在她面前演戲扮清高。

「這樣吧，我帶你們去一個地方，我請客！」周宣笑呵呵地說道。

傅盈笑吟吟道：「好啊，讓你做個嚮導還以爲你不願意呢，去哪兒你帶路！」

周宣也沒答她的話，隨手攔了一輛計程車，拉開後車門，禮貌地讓傅盈和王玨上了車，這才坐到前邊，又跟司機說了地址。

看著路兩邊的建築越來越矮，也越來越差，王玨疑惑地問道：「你要帶我們到哪兒？我記得這邊好像到了城郊邊，沒什麼飯店餐廳哦！」

周宣道：「只管跟著就是了，難道還怕我把你兩個拐去賣了不成？」

傅盈聽後，忍不住「撲哧」一笑，周宣頓時紅了臉，這話沒經過大腦就竄了出來，傅盈那身手，別說拐賣，就是周宣再叫四五個幫手來，怕也不是她的對手，要說用強的話，外表就不能比較了，周宣雖說是個高大威武的男人，但在傅盈面前，無疑是挨踩的那一個。

計程車停了車，周宣付了車錢，然後看了看兩個亭亭玉立的女孩子，指著旁邊一條小巷子，說道：「兩位大小姐，請吧！」

傅盈倒無所謂，笑笑就走在前頭，王玨瞧著這又偏僻又破舊的地方，只是皺著眉頭。

小巷子並沒有多長，沒走多久，周宣指著左手邊的「吳嫂農家菜」的小吃店說道：「到了，就這兒！」

周宣說著就走到裏頭，拉開兩張椅子，拍拍桌子，道：「進來坐吧。」

王玨咬著唇，氣呼呼地不動，傅盈笑嘻嘻地走了進來，四下裏瞧了瞧，小店不大，只有二十個平方左右，兩邊挨著牆擺著餐桌，一邊四張，總共才八張，有兩張桌子邊坐了人正吃著東西。

傅盈笑吟吟地坐下了，向王玨招手道：「王玨，進來吧，我瞧著不錯！」

吳嫂是個四十歲左右的婦女，跟周宣很熟，笑問：

「小周，倒是好久沒見你來了，呵呵，這兩位是你……」

周宣不在意地隨口道：「我老闆，吳嫂，嗯……一碟炒田螺，一碟炒青菜，再來個臘肉炒嫩筍，還要三個蒸格子。呵呵，差不多了，吃了再說！」

「好。」吳嫂笑問道，「要來點喝的不？」

周宣瞄了瞄傅盈和王玨，瞧著王玨一臉不高興的樣子，笑呵呵地道：「來三瓶青島！」

吳嫂從冰櫃裏提了三瓶青島，開了瓶蓋，凍得不錯，瓶口裏直冒著一絲絲白色的霧氣。在桌邊，吳嫂一邊倒酒一邊說著：「小姐，你長得真漂亮，比電視上和畫裏的人都好看！」

傅盈笑道：「謝謝，吳嫂也挺漂亮的！」

吳嫂頓時呵呵笑道：「我也漂亮？呵呵，就你一人說過這話，或許二十年前還行，現在可老啦！」

傅盈端起玻璃酒杯喝了一口冰凍青島啤酒，熱天裏確實不錯，與酒店裏的紅酒洋酒各是一種滋味。王玨卻是拿了紙巾使勁擦著筷子杯碗，擦了一遍又一遍。

吳嫂瞄了一眼，淡淡道：「小姐，別擔心，這些我都是用滾水燙過的，然後又拿到消毒碗櫃裏消過毒的。」

王玨臉一紅，沒說話，拿眼瞪了一下周宣，都是這個傢伙，帶她們來這個地方，一點也不自在！

吳嫂很快就炒好了菜，周宣指了指說：「吃吧，挺好吃的。」

傅盈拿起筷子嘗了嘗臘肉炒筍子，讚道：「這個不錯，就是這肉的味道有點怪，說不出來是什麼味。」

周宣笑笑說：「這個肉叫臘肉，是鄉下農村人自製的，以前沒有冰箱，殺了豬後，豬肉就用鹽醃了再用柴火炕乾，就是臘肉！」

「哦！」傅盈又指著三個碗大小的小蒸子問道：「這又是什麼？」

周宣把格子上邊的蓋子揭開，說道：「這也是鄉下特色小吃，吳嫂不是南方人，所以這些小吃都是外省老家的做法，這個叫蒸格子，裏面是用馬鈴薯、玉米粒、辣椒粉、豬肉、肥腸等一起蒸熟的，當然有私家調味法，挺好吃的。」

傅盈挾了一點嘗了嘗，噓了一口氣，端起杯子喝了一大口冰啤酒，然後才說：「哈……好辣，不過真的很好吃，就是辣！」

王玨忍不住誘惑，也伸筷挾了吃，辣得眼淚汪汪的，喝了口冰啤酒鎮了鎮，果然覺得很有勁頭，辣過後又覺得好吃，這味道確實不錯，與酒店裏的精品食物形象差了十萬八千里，但味道卻是各有所長。

第十三章

大開眼界

李大功這裏的玉，大多數都是剛玉，也就是翡翠，
對於翡翠，周宣也想多瞭解一些，
看傅盈她們在玻璃櫃檯邊瞧著、討論著那些玉，
也就悄悄往木架子邊擠了過去。

兩個女孩子喝了兩杯啤酒後，話也多了，特別是傅盈，白皙的臉蛋兒上飛了兩朵紅雲，分外誘人。

鄰座的一對小情人，那男的時不時偷偷瞄著傅盈，女朋友氣不過，在桌子下面狠狠踩了男朋友的腳。周宣瞧著好笑，不過傅盈的誘惑力確實非同一般，美麗的人兒好是好，可是卻是帶刺的。

喝了一口酒，周宣把頭湊了過去，問了問傅盈：

「傅小姐，你請我到底是幹什麼事？你不說我心裏不踏實！」

傅盈聽了周宣的話，咬著唇笑了笑，然後道：

「其實還不到時候，但你總是要問，那我就說吧，我主要是看中你超強的潛水能力，這份工作是跟潛水有關的，有危險，但不違法，行動的地點不在國內，所以這幾天我還要幫你辦好護照等手續。我們大概一個星期後出發，晚上你把資料給我，我托朋友給你辦證。還有一個星期的空檔呢，反正沒事，你跟我一起走一趟深圳吧！」

「要……到國外？」周宣疑疑惑惑地問，更讓他驚訝的是，傅盈居然說工作的地點是在國外！

要出國，這幾個字在無數人腦子裏只是個夢想，對周宣來說就更遙遠了，遙遠得幾乎沒有一點點兒的牽連，忽然就這麼一下跳出來：他也要出國了！

周宣走得最遠的地方就是南方，出國的事，當然是想都不會去想，忽然之間可以出國，這讓周宣有些兒擔憂起來。

傅盈笑嘻嘻道：「怎麼……怕我把你拐出去賣了？」

周宣怔了怔，傅盈可是把他之前說的話又送還給他了，不過傅盈這麼一說，周宣還真是心裏一緊，臉色也變了變！

王玨哼道：「還真怕了，虧你還是個男子漢呢！」

周宣心道，你們這位小姐比男子漢還兇，七八個男子漢都打不過她一個女孩，真要出了國，你們還不是要把我怎麼捏就怎麼捏，我還能怎樣？出了國，那是逃也逃不回來，打你們也打不過！

傅盈瞧出周宣心裏的害怕，趕緊道：「別瞎說了，啥事都沒有，還是我跟你說過的那話，這工作危險是有，我也不騙你，但不會讓你去幹殺人放火的壞事！」

周宣嘆了聲，然後又道：「算了，既然答應你了，那就要辦，不過你也說了，殺人放火的壞事我可是不幹，還有，去深圳幹什麼？」

「也沒什麼大事，反正就是空著，逛一逛吧。」傅盈淡淡說著。

周宣哼了哼，以他對傅盈的初步認識，肯定不是沒事逛一逛而已，不說就算了，看看也吃得差不多了，就叫吳嫂結賬。

一共才四十六塊錢，周宣遞了一百，吳嫂找回給他五十五，少收了一塊，雖然是一塊錢，但小本生意，這也是一種手段。

周宣笑笑道：「吳嫂，謝謝了！」

「有什麼好謝的，我也是靠你們這些顧客才能經營的啊，以後有空多來！」吳嫂擺擺手說道。

她這店本小利小，連幫忙的人都沒有，從大廚到小工都是她一個人，一塊錢，那也是一份人情。

出了巷子，王玨才低聲嘀咕著：「真小氣！」

周宣笑了笑，淡淡道：「王小姐，一樣米養百樣人的話聽過沒？古時候，皇帝也要生活，百姓也要生活，可皇帝跟百姓能過一樣的日子嗎？我以前在遊樂場上班的時候，那也是一周才來一次這地方，在我們老家鄉下，有些人一年都不曾去一次餐館！」

王玨哼了哼，沒有再說什麼。

「我倒是覺得不錯，別有風味！」傅盈道，「周先生說得對。」

周宣覺得傅盈並不完全像她表露的那樣，接觸的時間越長，越覺得她很耐看，而這個耐看並不是因為她的漂亮，而是她自身所顯露的一言一行所煥發的魅力氣質。

想了想，周宣道：「傅小姐，我比你也大不了幾歲，如果在一起做事的話，老是先生先生的，我覺得很不習慣，我也沒你們那麼多講究，你隨便點吧，叫我周大哥、小周、周宣都可以，就是別叫周先生！」

傅盈頓時一笑，道：「好！」卻是沉吟了一會兒才說：「我叫你小周吧！」

傅盈又道：「剛才在小店裏不方便說，現在告訴你吧，我們家之前是在國內，後來我的祖父到了美國，做起了生意，其中就有珠寶生意，這次我來國內倒不是專程的，而是我們家族在香港有生意，順便就來了國內。我祖父跟爺爺一直想回老家看看，但總是沒有時間，我香港的朋友是做珠寶的，這次在深圳有一批剛從緬甸運回來的原石，我陪她去看看，順便想給祖父和爺爺買份禮物！」

周宣哦了一聲，說道：「哦，那我去好像也沒什麼事吧，我也不懂這個。」

「我瞧你在珠寶賣場的時候，眼光很厲害啊，你是不是學過？鋯石跟鑽石的區別，懂行的人才瞧得出來，這也罷了，那條項鏈的殘鑽包死在裏面，這可是高手才瞧得出來的！」傅盈盯著周宣說著，「你這一手可不像是不懂行的，反正辦證這幾天也沒別的事，就一起去瞧瞧吧！」

周宣趕緊閉了嘴苦笑著，一提到這事他就沒話說了，能敷衍最好就敷衍過去吧。

回到傅盈住下的那間酒店後，傅盈又讓王玨給周宣開了一間房。

這間酒店是四星級的，而沖口這地方最高檔的也只有四星級，有兩間據說是五星級的酒店還在投建當中。

周宣還得回自己住的那家賓館去把行李提過來，跟傅盈說了後，傅盈叫他把身分證給她好辦護照。

周宣把身分證給了她，又問道：「護照不是都得在戶口所在地辦理嗎？在這邊也能辦？」

傅盈搖搖頭：「當然不能，不過我的朋友在省廳有關係，公安部門辦理當然是方便得多，辦法是怎樣的我也不清楚，只要給錢就行了，還有……」

傅盈頓了頓才說：「你在這邊還有別的事嗎？有的話就一併處理好，出去後，最少可能會有兩個月時間吧。」

「這麼長時間？」周宣問著，心想：這份工作恐怕不簡單，要這麼長時間，不過也想得到，能付幾百萬的報酬也不會有簡單的事情，否則人人都變成有錢人了！

見傅盈正看著他的身分證，趕緊又道：「我去提行李過來，也沒什麼別的事了，我已被遊樂場開除了，剛到靜石齋古玩店才兩天，又被炒了魷魚……唉！」

傅盈怔了怔，問道：「被炒了嗎？為什麼？」

周宣苦笑道：「說起來，遊樂場的工作是因為你的關係，古玩店的工作，是因為另一個朋友的關係！」

「我嗎？」傅盈笑嘻嘻地問，「又關我什麼事了，那時候我們好像只不過才剛剛認識吧？」

「還記得那天在海邊你給了我一張寫有電話的紙條嗎？」周宣苦笑道，「你那電話號碼是用唇筆寫的，給手上的汗水浸了一下就不見了幾個數字，我們組長想要你的號碼要不到，結果惱羞成怒之下，就把我給開除了！」

傅盈怔了一下，隨即哼了哼道：「無聊，就算他拿了號碼又有什麼用？」說著卻又笑笑道，「不過這樣也好，那樣的工作又有什麼好做的？如果不是他們開除了你，我猜你可能還不想答應我吧？想必你還是擔心給拐賣了！」

周宣給她說笑了幾次，訕訕地有些不好意思。

「算了算了，不跟你說笑了，去辦完事，回來早點休息，明天到深圳！」傅盈不再跟他說笑，擺擺手回房去了。

周宣到賓館取了行李，退了房然後回酒店，傅盈想必是出去辦事了，房間裏燈都沒亮。

周宣的房間就在她對面。洗完澡後，坐在床上又看了一會兒書，這時候，周宣對古玩玉石已經感興趣多了，看了一個小時的書也不覺得悶，放下書，又打起坐來。

自打冰氣跟自身的內息合二爲一後，冰氣似乎越來越純，也越來越強，每打一回坐練一回氣，回到左手腕裏的丹丸氣顏色就顯得更黃一些。

不過周宣也有些擔心，丹丸氣練得越純，左手的膚色卻是也越來越呈金黃，會不會到最後就變得跟黃金一個顏色？

看樣子是在朝著那種趨勢發展，這倒是有些令周宣擔心，但每日裏練左手丹丸冰氣卻像是吃了鴉片上了癮一般，一有空時便會想起這事來。

有了能力，又有了錢，等再賺到傅盈這一筆錢後，就衣錦榮歸，那時坐擁七八百萬的鉅款，修棟房子，再買輛車子，白日裏開開車釣釣魚，晚上摟著老婆，這樣的日子想起來就覺得甜美。

夢想是好的，最關鍵是，這個夢想並不遙遠，幾乎就近在眼前。

確實有點興奮了，周宣這一晚還真做了個美夢！夢裏回了老家，蓋了房子，娶了老婆入洞房，老婆在燈下的面容很漂亮，可周宣總是沒瞧清楚，摟著老婆正纏綿的時候，忽然聽到有人在敲門，周宣直罵娘，什麼時候不敲，偏要挑老子入洞房的時候來敲門？

周宣還沒說話，懷裏摟著的老婆卻說道：「小周，開門！」

周宣一怔，問道：「老婆，你幹嘛叫我小周？」仔細一瞧時，卻又吃了一驚！

懷裏摟著的老婆竟然是傅盈，卻聽得老婆又說著：「小周，起床沒？」

周宣立時醒了過來，愣了一下，見床上就自己一個人，哪裡有別人，卻聽房間門外傅盈的聲音仍在叫著：

「小周，起床沒？」

周宣這才大窘，原來夢裏聽到老婆的叫聲卻是傅盈在叫他，趕緊應了一聲：「好，等會兒！」卻發現內褲裏一團濕，竟是真做了一場春夢，只是沒想到的是，這春夢竟然是和傅盈……

周宣臉都發起燒來，趕緊到洗手間裏沖個涼，又趕緊衝出來取了乾淨衣服換上，再看看沒什麼異狀才去打開門。

門口等候著的傅盈和王玨倆人都穿得很漂亮，其實傅盈也不是穿得很時尚，但她人太漂亮，身材又好，近一米七的身高簡直就是個衣架子，穿什麼都會覺得很順眼的感覺。

傅盈笑問：「好了？」

周宣點點頭，有些不好意思，睡過頭了，時間已經快到九點鐘了。

「我朋友找他公安部門的朋友幫忙給你辦護照去了，剛給我電話，馬上就到酒店門口，她開車，我們直接到深圳。」傅盈領頭往電梯口走，邊走邊說：「到深圳再吃飯吧。」

在酒店大門外等到四五分鐘的樣子，傅盈就向路口駛進來的一輛紅色寶馬車招手。寶馬車緩緩開過來，近了，周宣才瞧見開車的也是一個女孩子，大約二十三四歲的年齡，頭髮齊肩，耳朵以下的部分燙成了小波浪捲。

車一停，那女孩子打開車門，跳出來就拉著傅盈的手香了一個，笑道：「姐姐，你太漂亮了，我要是個男的，就把你給追回家了！」

傅盈淡淡一笑，道：「好啊！」

那女孩子模樣兒挺嬌俏，比傅盈矮了半個頭，漂亮活潑，屬於嬌小玲瓏型的。

傅盈向周宣介紹道：「這是我朋友楊璿，香港人，在南方做珠寶生意。」

楊璿瞄了瞄周宣，上下打量著。

周宣伸了手，倒是大方道：「我叫周宣，內地鄉下人！」

「哦！」楊璿隨即伸了手跟他一握。

楊璿的手很小很柔，不過周宣也沒起別的念頭，畢竟在他眼裏，楊璿是不及傅盈那般有殺傷力的，再就是因爲昨晚做了這荒唐的春夢，讓周宣一看到傅盈就覺得心裏怪怪的。

傅盈又介紹著說：「小周是我剛認識的朋友，有些事想請他幫手，楊璿，小周對珠寶這一行可是個高手，今天跟著也好幫你瞧瞧！」

一聽說「高手」這兩個字，周宣就有些臉紅，除了擁有異能之外，「高手」這兩個字與他相去甚遠！

楊璿這才釋然，不過對傅盈所說的「高手」卻也是不以爲意，拉著傅盈的手說：

「高手當然是好，好啦，上車走吧，到深圳要兩個小時，還得趕緊，那邊聽說是十二點前開始，現在九點半，可不能再耽擱了！」

楊瓘拉著傅盈坐到了她身邊，周宣自然自個兒往後邊鑽，王玨跟他坐了後排。

其實坐車的話，後排空間大些，人要舒服點，不過好在路程不遠，走高速公路的話，一個半小時也能到。

上了車後，楊瓘一邊開車一邊說道：「護照一個星期可以拿到，嘻嘻，報酬呢，那就是姐姐陪我一個星期！」

聽著倆人嬉笑，時不時還夾著幾句英文，周宣靠在座椅上閉目養神，三個女孩子在一起，他一個男人也插不上話題。

從市區上高速公路花了十分鐘，上高速公路後，楊瓘車速就加快了起來，周宣閉著眼只聽見「嗖嗖」的聲音，時不時一聲喇叭響聲，響的時候在身邊，尾音卻是似在身後隔了很遠，從這就感覺得到，車速已經很快了！

周宣心想著，不知道玉石原石又是什麼樣，反正這些高檔的東西他都沒見過，見過的只是金店裏那些玉飾，可自己從來沒摸過，不知道左手冰氣會是什麼感覺？

楊瓘要帶他們三個人去的地方沒在關內，而是在龍崗區，因為運回來的原石可不像切割打磨出來的玉，那是成噸成噸的大件，在市區一是沒有足夠寬敞的地方，二是切割開石料的機器設備同樣不適宜在市區內，噪音和灰塵太大。買賣時，也有一部分買家會當場切石，總之，爲了方便，這位老闆便把交易地方設在他的切割廠。

楊璿家族在南方也不過是剛剛進入珠寶市場，龍崗這個老闆每次運貨回來，都會邀請行業中的朋友去交易。

楊璿只去過一次，還是由同行中的朋友介紹去的，不過她去可不是賭石，她還沒那個眼力，去只不過是看看有沒有合適的切割出來的玉，有的話能買則買下，然後由公司的工匠師做成成品，這樣的利潤當然沒有賭石的利潤那麼高，但卻是安全穩當得多。楊璿這次去，依然只是看能不能收到成色好的玉。

這個原石老闆姓李，叫李大功，楊璿聽她朋友估計，至少有過億的家產。

到李老闆的解石廠時，時間剛好到十一點半。

解石廠的一個大廳裏，前排靠邊擺放著四台解石切割機，從左邊起，由小到大四個型號。大廳中間又有三排玻璃櫃子和四排木架檯子，玻璃櫃裏面擺著的是一些切割出來的玉，周宣看了看，與珠寶賣場裏的那些玉件成色相差太遠，不知道是沒經過打磨還是本身玉質不是很好的原因，對於玉的等級也確實不懂。

木架子上的就是一些石頭，不過從外表看，有些有綠意，彷彿像青苔一般，有些又是別的顏色，有十多二十幾塊，不過個頭都不是很大。

另外，靠牆的左右邊都是白花花的石頭，有小的也有大的，但都是沒有顏色的，小的小到只有拳頭般大，大的有一塊竟然像個假山，只怕是有一噸多兩噸重吧。

大廳裏的人，男男女女約有四五十人，不過女子的人數占很少，只有七八個吧。周宣和傅盈，楊璿以及王玨一進石廠裏，幾乎便成了眾人視線的焦點，到底是美女的吸引力夠強。

周宣注意到，其中有一個二十七八歲的男子很是注意著傅盈，這男子面貌頗為英俊。沒過五分鐘，那男子終是找了個機會湊過來，對傅盈笑著說：

「你好，請問小姐也有賭石愛好嗎？」

傅盈瞧了他一眼，隨即道：「沒有。我從沒賭過石，只是跟朋友一起來開開眼界，我倒是愛好玉石，看看瞧瞧！」

「那請儘量看！」那男子笑笑又道，「也只有像你這麼美麗的女士才適合最好的玉，很高興認識你，我是南方陳氏珠寶的經理陳辰，呵呵，既然大家都是玉的愛好者，不如等一下我請你吃頓飯，聊一聊這方面的話題？」說著伸出了右手。

傅盈淡淡道：「有機會再說吧，今天沒空！」說完扭身走開了。

陳辰有些訕訕地縮回了右手，這妞兒顯然不如他想像的那麼容易上手。周宣心裏哼了哼，以他對傅盈的認識，這種爛招又豈能上得了手？

李大功四十多歲的樣子，紅光滿面的，很有精神，看看人都來得差不多的時候，就大聲說道：「各位老友，時間差不多了，人也來得差不多了，就開始吧，呵呵，我先介紹一下！」

「對於各位老友，我也向來是實話實說的，這批原石是剛從緬甸進回來的，是烏龍河老坑的原石，品質不錯，總額我花了兩千六百萬，這些原石是一個坑裏出的，所以大大小小也有六七噸，我把色澤質地好的都選了出來放到架子上，無色的、次一些的，就堆在牆角，大家自個兒看吧，看好選好再論價。」

楊璿悄悄介紹說：「這個李大功，據說是靠一次賭石而發了大財的，之後借著這條路子越做越大，本來一般的人在賭石上發了大財後就會收手，因爲賭石的風險太大，通常都是十賭九輸的，但李老闆確實是個生意精，他在緬甸賭石，然後運回南方來，自己卻不解石，召集南方的珠寶商們來賭石，把風險轉嫁給這些珠寶商們，南方的有錢人也實在多，賭輸的自然是絕大多數，但也有賭漲了的，久而久之，這倒又成了李大功的生財之路，每次的原石都沒有虧過。」

傅盈也點點頭道：「確實是個好路子，關鍵是人人都有冒險心理，賭博是人的天性，不過賭石呢，我確實沒見過，看起來還是很熱鬧的。」

楊璿笑道：「刺激著呢，不過這裏也只是小敲小打的，比起緬甸原石產地的賭石場景，這就是小巫見大巫了！」

這時木架子邊人太多，擠都擠不過去，幾個人乾脆就在玻璃櫃檯處看那些切割出來的玉。

楊璿邊看邊搖頭，道：「成色都不太好，沒有太高的價值。」

傅盈低著頭瞧了一會兒也道：「最好的就那塊青花地，其他都是些白沙地灰沙地等等，老種水頭好的一塊也沒有！」

周宣昨晚翻看了玉石方面的書，記了一肚子有關玉的資料，但實戰經驗卻是一點也沒有。

傅盈說的這些他倒也明白，是說玉的質地之分，李大功這裏的玉，絕大多數都是剛玉，也就是翡翠，國內的玉大部分是軟玉，優質的翡翠只產於緬甸一地，經過上百年的開採，翡翠也越來越少，價格自然也是相應的越來越高了。

對於翡翠，周宣也想多瞭解一些，看看傅盈她們三個女孩子在玻璃櫃檯邊瞧著、討論著那些玉，也就悄悄往木架子邊擠了過去。

木架子邊，廳內絕大部分人，包括那個老闆李大功都在這兒，此刻議論著的是一塊有籃球般大的橢圓形石頭。

那石頭有一縷如霧狀的翠綠環繞在中間，像條帶子，那翠綠的顏色很誘人，緊緊咬在石頭的表皮中，看起來很舒服。

李大功笑呵呵道：「這塊原石是這個坑中所有石頭中，顏色最好、質地最好的一塊，按顏色來講，這可是正宗的寶石綠啊，你們看怎麼樣？」

眾人嘀嘀咕咕中，有個人倒是先開口道：

「李老闆，顏色外形還是不錯，你的底價要多少？」

周宣聽這聲音很熟，一眼瞧去，果然是剛才搭訕傅盈的那個陳辰。

李大功右手比劃了一個八的手勢，道：

「這一坑中，我只瞧中了這塊原石，兩千多萬的價錢幾乎就是為了它，按形狀和經驗估計，解出寶石級的翡翠可能性極大，大家都是行家，這也不用我來講解，要價，呵呵，底價就從八百萬元開始吧！」

第十四章

賭徒心理

自己好不容易撿了幾次漏才積攢到三百多萬，
卻不曾想到這賭石來得更加的瘋狂。
八百萬元的底價確實高了些，
但那石頭上那一抹綠意又確實誘人，
翡翠原石的買賣之所以神秘誘人，就是因為這個「賭」字！

八百萬元？周宣吃了一驚！

就這麼塊石頭？要是解不出玉來怎麼辦？自己好不容易撿了幾次漏才積攢到三百多萬，卻不曾想到這賭石來得更加的瘋狂，會有人拿近千萬的鉅款來玩這心跳嗎？

八百萬元的底價確實高了些，但那石頭上那一抹綠意又確實誘人，再就是，來的這些人都帶有賭徒心理，翡翠原石的買賣之所以神秘誘人，那就是因爲這個「賭」字！

一塊好的玉石原石，從外表上看，並不能看出它的「盧山」真面目。即使到了科學高度發達的今天，也沒有任何一種儀器能通過這層外殼判出其內在是「寶玉」還是「敗絮」。因而賭石的買賣風險很大，也很刺激，賭贏了一夜暴富，賭輸了傾家蕩產，強烈的刺激和暴富心理讓這種買賣從古到今歷久不衰。

這塊原石如果解出來，裏面有玉，且玉的色彩跟外表殼的翠綠一般的話，那就是一塊極品翠玉，這種綠色在翡翠中又叫祖母綠，是翡翠中的上品。

就算裏面的玉只有拳頭大，但這種質地的玉價值至少就會超過千萬以上。所以李大功叫價雖略高，但圍觀的人群中仍然有不少人躍躍欲試。

李大功叫價過後，那個陳辰倒是先開口了：「我來開個頭吧，八百萬！」

李大功笑笑道：「小陳經理先出手了，好，八百萬一次……」

「八百一十萬！」

「八百三十萬！」

……

「九百八十萬！」

「一千萬……」

周宣雖然不會出價去買這塊石頭，但見眾人你來我去的把錢當數字叫來玩一般的情形，也不禁全身發熱，激動起來！

難怪賭石的誘惑力如此之大！

又是一輪叫價，這塊原石的價格被最終定格在一千三百萬的天價上了，拍得者是一個四十多歲的中年男子。

那個陳辰曾經叫到一千零五十萬的高價，看來手底下還是有一定的實力，否則也不可能拿著千多萬來顯眼了。

周宣不禁感嘆著，這個世界，有錢人還真多！

那個中年人從包裹拿出支票來寫了金額，然後遞給李大功，隨後抱著那塊原石走到邊上。

周宣見那個中年人在叫價的時候頗為冷靜，但現在抱著那塊一千三百萬的石頭時，手卻有點兒發顫，把石頭放到另一邊的空架子上後，又轉頭瞧著這邊。

李大功笑問：「楊老闆，需要我幫你解出來嗎？」

那姓楊的中年人搖搖頭，沉聲道：「我回去齋浴兩天後自個兒解！」

李大功笑笑點頭。

周宣不知道，這種習慣在書上都是看不到的，很多商人賭石後，當真正切開加工時，一般不敢親自在場，而是在附近燒香、求神保佑。特別是南方這一帶，很是信神信佛這一套，本地人家中，差不多都供有神佛位。

周宣隔這個周老闆只有兩三米的遠近，木架子就在面前，忽然間便動了心思，想試試看他那石頭裏面到底有沒有翡翠。

想到便做，周宣左右瞧了瞧，裝作身子有點軟，前傾了一下，然後把左手搭在木架子上，丹丸冰氣運過去。

楊老闆那塊原石放的地方離周宣只有兩米多一點，不到兩米五，周宣目前最遠可以達到的距離是三米多一點，但冰氣從木架上傳過去時，卻是感到有點兒吃力，估計是木頭沒有金屬導氣好，在金屬體上距離就會遠一些。

冰氣剛傳到那塊原石上，周宣神情微微一凝，腦子裏立刻清清楚楚地看到了原石內部裏的形態。

那翠綠色的霧狀下，裏面卻是灰白的沙頭，什麼也沒有，冰氣再流轉到那原石最外邊，在靠近右外殼六七分處，周宣倒是見到了一條帶狀形的玉，長有六七分，寬只有三四分，厚則有一分，但是水頭不好，灰濛濛的，而且玉裏含有細沙子一般的雜物。

周宣再運轉冰氣在那塊原石裏通體轉了一遍，再也沒有其他地方有玉了！

再用冰氣測了一下原石裏那點玉的名稱，得到的名字是：

「灰沙地！」

就算周宣再不懂玉，也知道這位楊老闆是賭輸了，從書上看到的，灰沙地是很低質的玉，這塊原石裏的灰沙地恐怕不值什麼錢，楊老闆肯定是血本無歸了。

周宣一邊替楊老闆可憐，一邊卻又是興奮無比，原來自己的冰氣對玉石一樣的可以進行測驗，而且現在這丹丸冰氣又比以前的單純冰氣強了不少，以前只能測名稱年分，現在則可以用意念控制著檢測物體的內部結構，那要是自己去出手賭石的話，那不是百戰百勝了嗎？

周宣一時興起，這念頭讓他腦子裏都被金錢塞滿了！

古玩撿漏那還得碰到好東西才行，現在玩古玩的人又多又精，難得見到一份真品，要是自己專門來賭石，憑著自己的左手異能，那簡直就是老天爺把錢往他手裏塞啊！

周宣樂呵呵地在木器廠架子邊上走了一會兒，裝作到處看石頭，私底下卻運起冰氣把木架子上的原石都測了個遍，結果是有些喪氣！

幾排架子上那數十塊原石，不管是什麼顏色，不管看起來多麼好的質地，裏面卻都是灰白一片，連指甲般大的一點狗屎地，皮包水這樣最差質的玉都沒有！

周宣興奮的心情又冷淡下來，看來賭石說的十賭九輸果然不錯，李大功花了兩千六百萬元鉅款買回來的石頭，其中挑出來最有可能出玉的原石竟然都沒有玉，要不是把風險又轉嫁給這些商人，李大功可是要虧慘了，不過剛剛這塊石頭賣給楊老闆就已經賺回了他一半的投資了。

就在周宣思索的這一陣子，李大功又賣出了將近兩千萬的原石，至此，他的投資已經全部收回，並且還賺了近七百萬，不過木架子上的原石還只賣了一半，還剩下一半的數量，大廳兩邊還有大量的原石呢，只是顏色質地都極差，跟普通石頭沒什麼區別，只是因爲都是從一個坑裏採出的，所以也算是原石。

那個陳辰也花了四百六十萬買了一塊，那塊石頭表皮上也有綠，不過沒有楊老闆那塊濃，但色彩很好。但不管怎麼好，那些石頭裏是一星半點玉都沒有的！

周宣很討厭那傢伙，讓他去悲哀吧，別的人也不認識，輪不到他去搭救，既然來賭石，那便是知道有風險的。

周宣沒有了興致時，退到一邊，也懶得再看李大功賣他的石頭，一開始賭石給他帶來的刺激也蕩然無存，想想也是，賭石之所以誘人，那是因爲有可能會賭中極品玉石，那就跟買彩票一樣，有可能會中五百萬。

但若是你知道彩票是作弊的，你根本不可能中時，那就沒有絲毫的興趣了。賭石也是一樣，周宣便跟作弊的人一樣，早知道這些原石中都沒有玉，那還有什麼興致可言？

看小說看電影看電視，如果你慢慢從頭看，你會有精神看下去，但若是先看了結尾，再從頭看的話，你還會有興趣麼？

周宣嘆了一下，覺得腿有點軟了，退到邊上，大廳中又沒有椅子，便就近坐在了一塊石頭上。

傅盈這時走過來問道：「怎麼樣，看賭石挺刺激的吧？有沒有想玩一把？」

周宣搖搖頭，嘆了一聲道：「我哪裡夠格？看來還是要遠離賭的好，十賭九輸啊，像這樣玩法，多大的家產都會賠光！」

傅盈笑笑道：「那也不見得，我瞧好些原石都有綠，賭漲的可能性很大，不過不知道賭石的人會不會在這兒就解石！」

周宣又搖搖頭，卻沒說話，他還能怎麼說？難道說那些石頭裏全都沒有玉？

說話間，王玨和楊璿也走了過來，楊璿低聲道：「姐姐，等會兒看有沒有願意現場解石的，如果有好玉的話再說吧，櫃檯裏的那些玉我沒有中意的！」

傅盈點點頭：「也好，極品好玉那也是可遇而不可求的，講緣份吧！」

周宣雙手按在身下的石頭上，心想，什麼緣份都沒有用，那些石頭裏根本就沒有玉，拍賣的結果只是讓李大功賺了個盆缽皆滿，輸了全部人來填他一個人，這樣的賭局，可沒什麼意思！

周宣心裏頭想著，將左手上的冰氣無意之中運到了身下手按著的石頭上，冰氣流轉時，腦子裏卻見到了一汪濃烈得喜人的綠意！

周宣莫名其妙地被突如其來的綠意晃了一下腦子！接下來才省悟過來，自己屁股下面坐著的這塊大石頭裏，就有一塊綠意瑩然的翡翠！

周宣剛剛覺得無聊又失落的心情又一下子給點燃，當即起身蹲下身子，仔細地瞧著這塊大石頭。

這石頭起碼有一個籮筐大，周宣用雙臂環摟著試了一下，紋絲不動，重量起碼在兩百斤以上。爲了確定，周宣又運起冰氣仔細查探這塊大石頭。

石頭裏的那汪翠綠並沒有在正中間，而是在靠左一邊，在大石塊的左面三分之一處，右邊的絕大部分石質裏都是灰白一片，什麼都沒有，而左面裏這汪翠綠呈手掌狀的長方形，體形比手掌大，長約三十多釐米，寬約二十釐米，厚約十來分。

冰氣在這翠綠裏遊弋顯得十分舒暢，不論這塊玉是什麼級別質地，周宣都覺得很喜歡。

傅盈和楊璿以及王玨三個女孩子這時倒沒有十分在意周宣的動作，她們的注意力都被李大功拍賣的最後那幾塊原石吸引過去了。

周宣一不做二不休，乾脆用冰氣測起這些被認爲是最差的原石來，冰氣借物而過的距離在普通的地板上只能達到兩米左右，但以一個點爲中心，橫順左右就能達到四米，這樣測下來也不用多久，不用專門一塊一塊去試。

不過數目還是不少，大大小小約有數百塊吧，周宣一直到測完時，已是累得額頭上汗意淋淋，好在冰氣與內息結合後壯大了許多，累是累，卻沒有以前那般一用便似乎要躺倒睡覺的地步。

測是測完了，但再沒有一塊石頭裏有綠出現，偌大的廳裏，這數百塊石頭就只有兩塊裏面有玉，一塊是自己測得的這個大石頭，另一塊則是那個楊老闆天價買下的那個，但楊老闆那塊原石裏只有小小一縷灰沙地的雜質玉，跟自己剛剛測到的這塊那可是天差地別了！

傅盈這時走了過來，見周宣趴在這些灰石上來來回回的，又奇又笑，道：

「喲，小周，是不是真想出手買兩塊石頭？」

周宣臉一紅，但還是點了點頭，道：「是有這個意思！」

傅盈反而是一怔，本來是說說笑話，卻沒想到周宣真的想買，怔了怔道：

「你真要賭一把？可那邊架子上的原石都賣完了，再說，那些石頭動則幾十上百萬的，你……」

周宣知道傅盈是說他本錢不夠雄厚，但她卻不知道自己已有三百多萬躺在銀行裏，不過就是有點猶豫應該在多少價錢內買下那石頭，也不知道測得的那塊玉能值多少錢，反正虧本的生意是不能做的。

李大功把挑出來的好質地的原石都賣掉了，算算總價，還賺了千多萬，剩下那些灰沙石就無所謂了，有人要則可以低價隨便處理，沒人要就放著，有空讓工人把石解了。不過憑他的經驗來看，這些石頭的價值幾等於無了，多半是要讓打石場拉去碎了建房子。

周宣對著傅盈笑了笑，說道：「我知道，合適的話就買，太貴了就算啦，我不買那些好的，我在這邊挑幾塊！」說著，指了指面前這一排灰沙石。

傅盈又怔了怔，剛剛見他在這些灰石上又摸又看的，又聽他說想賭一把，卻沒想到是要這些看來無用的石頭。

周宣想了想，又搬了七八塊小石頭放到那塊有玉的大石頭一起，然後拍了拍手，道：「就要這些！」

加了七八塊小石頭，那只不過是周宣作了點障眼法，不能就單挑那一塊有玉的原石，否則，一個大廳裏價值幾千萬的數百塊原石中，怎麼單單你挑中了那唯一有玉的石頭呢？

李大功笑瞇瞇地捏著一疊支票走過來，原石賣的價錢不算差，再看看剩下的那些垃圾石有沒有人要，不管高低，有人要也好過沒人要。

李大功接著又招呼了一下那些賭下原石的客戶，如果有要解石的，他這兒可以幫忙解掉。

楊璿和王玨也跟著來到傅盈身邊，見周宣忙碌地搬動著石塊，楊璿好奇地問：「小周，你幹嘛？」

周宣訕訕道：「我想把這幾塊買下來，這賭石的氣氛確實誘人，呵呵……我也想試一下手氣吧！」

「就這些石頭？」楊璿指著他搬到一起的那些灰石問道，接著又搖頭嘆氣道：「就這樣你就激動了？那你到了緬甸烏干和雲南的騰衝，見到那成千上萬噸的原石賭石，那你還不得把老婆本也搭上了？」

周宣仍然訕訕笑道：「大有大賭，小有小玩嘛，我也就小玩試試而已，當不得真！」

楊璿嘆道：「賭石這玩意易上癮，還是少玩的好，我見過的多了，每次都是想試試，但最終都還是忍了下來，老老實實的買解出來的玉吧，雖然利潤少了很多，但勝在穩妥，不會虧損！」

楊璿說的確實在理，如果他不是靠著左手裏的異能，這一行打死都不敢玩。

李大功那邊的原石賣完，一群人各自抱著賭下的原石分散開來，那個陳辰神采飛揚的抱了石頭走過來，然後放到地下，對傅盈笑笑說：「我看小姐頗喜歡玉，不知道賭過石沒有？」

傅盈淡淡道：「沒賭過，今天第一次見。」說話的語氣很淡，對陳辰的搭訕也不大愛理，隨便回了一句。

陳辰本來是想在傅盈面前炫耀一下，但見傅盈冷冷淡淡的，有些沒趣，又見跟她們一起的那個男子正搬了幾塊灰沙石堆在一起，不禁好笑，道：

「老弟，怎麼也想賭一把？就你那幾塊石頭，哎，老弟，看來你還是個雛，多學學吧，賭石不是隨便什麼人都能玩的！」

周宣對這個陳辰莫名的厭惡，倒不是因爲他對傅盈有若蒼蠅一般，或許是對那些自以爲瀟灑俊逸的世家子弟本能的反感吧。

瞅了陳辰一眼，周宣淡淡道：「是啊，我哪能跟你這樣的高人相提並論呢，玩玩而已，學習嘛，到哪都得交學費是不！」

陳辰對周宣的話自然是不以爲意，因爲從周宣選的那幾塊原石，就知道他是沒有一點經驗的菜鳥，生手！

周宣把七八塊小石頭聚放到那塊大石一起，然後問李大功：

「李老闆，這幾塊石頭，你看看要多少錢？第一次來玩這個，總是要開個張嘛，嘿嘿！」

李大功瞧著周宣的樣子就有些忍俊不禁！呵呵笑了笑道：

「小兄弟，第一次玩賭石吧？呵呵，本來呢，我這些色質不好的原石是不單賣的，也因爲色澤相對差些，所以價格自然低一些，價格低了難道還三幾百的零賣啊？要買的話，就是成批的全部買去。」

李大功瞄著周宣又道：

「俗話說，賭石如賭命，小兄弟入行可是要謹慎啦，今天我也就給你開個葷，這些原石雖然無色無質，但都還是那老坑裏出來的，從緬甸這麼遠運回來，就算油錢，那也是要損耗不少的，小兄弟你要的話，那就兩萬塊吧！」

李大功這樣一說，大廳裏不少人頓時都暗暗罵他沒良心，對一個無知的菜鳥也要價兩萬，雖說兩萬塊對這些人來說，自然是不足一提的，但是錢也不是這樣花的，花在明處，該花的，再多也捨得扔出去，但若是不應該花的，那是一分錢也不願意掏出來！

這批運回來的原石，稍微有點能看的，李大功都先挑出來了，剩下這些垃圾，那就算是最不懂行的也瞧得出來，是些廢石了，就這麼幾塊李大功還要兩萬？

虧他還提起油錢，剛剛那些原石毛料賣了三千多萬，除了本錢還賺了一千多萬，什麼油錢有這麼貴？就算開飛機空運，切個零頭出來那也夠了！

傅盈皺了皺眉頭，也不知道周宣是不是傻，但有時見他幹的事卻又像是扮豬吃老虎的高手，爲什麼現在卻要買這麼幾塊廢石？

周宣沉吟著，再怎麼不行，那塊玉肯定是不止兩萬塊錢的，要肯定是要，但不能那麼露骨，其實就算李大功要的再高一些，他還是會買下來的，這整個大廳中，除了他，還能有誰會明白這其中的秘密？

周宣點點頭，正要說好，那個楊璿卻搶了話頭，道：

「李老闆，小周是我帶來的，也算是我的朋友了，再不成，我也不能讓他瞎扔錢，但他一定要開個手，那也罷了，我說句話吧，李老闆，這石料你也很清楚，就五千塊讓他買回去墊床腳吧！」

楊璿是氣周宣硬是要買，因爲是她帶來的，眼見沒指望的事還是忍不住出了聲，五千塊對她這樣的人來說，那是九牛一毛，但瞧周宣也不像經濟好的人，幫他開口省省吧。

李大功笑呵呵地說：「那好，我也爽快點，既然楊小姐開口了，五千就五千吧，當交個朋友！」

周宣從皮夾裏取了銀行卡出來，有些不好意思道：「李老闆，你這兒能刷卡嗎？我沒有那麼多現金，也沒有支票……」

李大功沉吟了一下道：「有是有，不過不在這邊，是在關內，這……」

一般來他這兒做賭石買賣的人，差不多都是以支票形式支付，現金和刷卡的幾乎是沒有，畢竟來他這兒的差不多都是業內人，動則也是幾十萬以上的金額，自然不會有人帶這麼多現金來。

楊璿哼了哼，從手提包裏取了一大疊錢出來，順手遞給周宣道：「拿去，我借給你，剛好五千。」這錢還是她早上提出來準備吃飯加油的，沒用到，卻給周宣救了急。

周宣接了過來遞給李大功，反正又不是白要她的，也沒有什麼不好意思，不過這小妞心地還不錯，曉得給他提醒別上當。

李大功然後又問眾人：「有沒有哪位需要我這裏幫忙解石的？」

一聽的人都沒有人回答，按照以往的經驗來看，在他這兒買了原石的人一般不會在這裏直接解石，除非那些價錢頗低的原料才會在這兒現場解了，因爲買的人也沒那麼心驚肉跳的。

周宣見沒有人回答，便道：「李老闆，可不可以幫我解了？」

這一下，李大功同大廳裏的大多數人都笑了起來。

就他這幾塊無色無質的破灰沙石還要解？李大功笑笑道：

「好好……沒問題，張師傅，幫這位……解開來吧！」

他不認識周宣，自然不知道他姓什麼叫什麼了。

張師傅是個五十歲左右的老人，臉如雕刻，滿是風霜痕跡，手骨節上到處都是石渣粉末的，看得出來是個經常解石的老手。

張師傅瞧瞧周宣，然後問道：「你要解哪塊石料？」

周宣呵呵笑著說：「張師傅，麻煩您了，我搬過來就是。」說著，把那七八塊小的搬到解石機旁，然後又道：「這塊大的我就弄不動了！」

張師傅說道：「我們這兒有機器，我叫小張拖過來就是，這些石料是我給你作主解呢，還是你自個兒拿主意？」

周宣摸摸頭，然後道：「就全部從中間解開吧，這樣夠快！」

第十五章
一刀決生死

這一縷綠如綠茵，如翠鳥，水綠瑩瑩欲滴，
雖然不太濃，但綠卻是上好的陽綠。
就憑這一縷綠，這半塊原石料的價值就已經衝上來了，
比楊老闆花一千三百萬那毛料的綠只稍稍淡了些，確實是賭漲了！

張師傅頓時一愣！

這話又讓大廳中那些人都哈哈笑了起來，菜鳥始終是菜鳥啊！連傅盈和楊璿都不禁又好氣又好笑。

解石的學問也很深，張師傅是老經驗人，解了幾十年的石了，對原石料的解石手法極爲精湛，解石要講對石內部可能會有的玉進行安全無損的解開才算到家，否則石解開了，玉也切壞了，自然損失很大。

解石手法又講究擦，切，磨三種，張師傅就是箇中好手。

擦石是解石中最古老的手法，效果好又安全，擦石部位沒有找準就下刀切割的話，那是盲動，會把綠色解跑，結果會導致損玉賭輸，這是賭石的大忌。俗話說，神仙難斷寸玉，擦石看霧，看底看色，是判斷玉石的竅門。

有了擦口就可以打光往裏看，或是用嘎片利用日光看，判斷綠色的深度、寬度、濃淡度，若擦口小，可以繼續擦寬，只要有綠色，儘管擴大擦的面積，即便把整塊皮殼都擦掉，裸露出來的全是綠色，剖開不如擦的方法好，擦時見肉不見顏色，就要立即終止，進行細心分析，作出動不動刀切的決定。

擦石還有順序：一擦顳，二擦枯，三擦癬，四擦松花。擦的目的只有一個，就是找到真正的綠顏色。擦石的經驗，首先要把場口判斷準確。各個場口的塊體都有明顯的表現特徵能不能擦，擦哪裡，如何擦，必須要心裏有數。其次是要找準色顏，不要把肉顴當成色顴，那是永遠擦不出顏色來的。

最簡便的擦石方法是用手工擦，可以分別用粗、中、細三種沙條拭擦。沙條硬度要高於翡翠的硬度，否則擦它不動。若在琢玉機上擦拭，轉速要減慢，分別用粗、中、細三種金剛砂鉈拭擦，找準順時方向，不可逆擦或橫擦。

切石與擦石又有區別，擦漲不算漲，切漲才是漲。切石是賭石最關鍵的步驟，輸或漲的結論，是把石頭剖開之後才能認定。

有些賭石商人，只要擦石見漲，他就轉手出讓，讓別人往下去賭，因爲繼續擦或是動刀切割，風險將會更大，漲與垮只在絲毫之間，可見切石是非同小可的。

原始的切割方法是用弓鋸壓沙，緩慢地把石頭鋸開。若發現不能繼續切割時，便於懸崖勒馬，以利挽救，用玉石切割機，刀片鍍有金剛砂層，切割準確迅捷，但夾具夾著石頭泡在油裏或是水裏，不容易查看，只到完全剖開，才知輸贏。

下刀切石，首先是部位要準，可以從擦口處下刀，也可以從顴上下刀，可以從松花下刀，也可以順裂紋下刀。切第一刀不見有顏色，可以切第二刀，切第三刀，直到找見顏色爲止。

俗話說，一刀窮，一刀富，指的就是這個道理。切割完畢，色少或是沒有顏色，就輸定了，若有一些色還不算完全輸，還是有一定的價值，若能賭個平手也不算輸。

磨石是爲了拋光，把透明度完全表現出來，使人看到它的色好或水好。如若無磨石的條件，可用水或油潤澤，可以起到磨石拋光的作用，同樣使顏色或底水得到充分的表現。磨石有兩種賭法：一是暗賭，石頭一點都沒有擦切的痕跡，也沒有自然的斷口，賭這類石頭叫暗賭。二是半明半賭，就是在石頭上有敲口，有擦口，或是有小缺口，已經能夠看到石種的顏色或底水，但還有極大部分仍然是未知數，有較大的可賭性。這種賭法叫做半明半賭。

兩種賭法的關鍵是評價問題，若價格適中，賭也不擔驚受怕。

但俗話說得好，「十賭九輸」，賭石的話，甚至十賭十輸也很平常，但賭石的人寧願輸九，但求服一賭石的人多如牛毛，更何況石頭的顏色是藏在裏面的，玉也是藏在裏面的，誰又能判斷得清楚裏面到底有沒有寶石呢？

而周宣則完全是無顧於這些新老經驗，一味由著他自個兒瞎幹，就算石料中有玉，像他這般地說法來解石，即使有玉，那也多半會給解壞賭輸。全部原石料都從中間剖開！這話也只有周宣才說得出來，連老張師傅都笑了。

當然，這些石料也只有周宣才明白內幕，七八塊小石頭中那是什麼也沒有，大的那塊毛料裏，玉則在左邊三分之一內，從中間切開當然也沒有問題。

問題是，一大廳的人都把周宣當成了傻子和菜鳥，送錢的菜鳥。

特別是那個陳辰，就站在周宣身側，笑著道：「哈哈，還好你這只是送點小錢，要是賭到我這樣的原石料，像你這樣玩法，多大家產也賠光了！」

周宣把他看得透了，無非是有傅盈這樣的超級大美女在面前，他想顯露一下他多有才華，多有身家罷了。

看著陳辰這副嘴臉，周宣極是不爽，忽然惡作劇心起，心道你很喜歡炫耀是吧，那我就讓你丟臉一回！於是笑嘻嘻對陳辰說道：

「是嗎，說不定我運氣好，解出一塊好玉來，你那塊料想必不錯吧，等我的石頭切完後，你也來解塊玉出來，大家都高興嘛！」

周宣的話顯然是暗中藏刺的，但陳辰顯然愛聽，凡是賭石的人都喜歡聽好話，據說這是兆頭，南方人很是信這個。

陳辰抱起手瞧著，笑呵呵地說：「好啊，看看你的解出多好的玉來！」

周宣也不多說，從地下撿起小塊的石頭就遞給老張師傅，道：

「張師傅，麻煩您了，就從中切開吧，這樣比較快，不耽擱時間！」

解石也還有搶時間的？張師傅有些無語，但周宣既然這樣說了，他也就照做，以他的經驗來說，這些灰石也是解不出玉來的，也就無所謂切好切壞了。

數十人就圍著看熱鬧一般，沒有半分壓力，因爲石料差，又是別人的，就當看看小丑演戲一般。

張師傅技術確實很好，熟練得很，小石頭在他手一刀下去，再第二刀，一分二，二分四，石屑紛飛中，也在眾人意料之中，那五千塊錢的石料便去了一大半。

圍觀的人是越看越笑，傅盈初始覺得周宣有點傻，有點倔，但後來又覺得不像，她所認識的周宣好像也沒這麼傻，再說以他的經濟實力來說，也不可能拿五千塊錢來打水漂啊？

周宣自己也是笑吟吟的，沒有絲毫懊悔的表情，沒有幾下，八塊小石料全部解完，玉皮兒都沒解出半顆來。

最後只剩下那塊大石料，因爲大又重，搬是搬不起的，老張師傅讓那個小張推了小型的吊架將那塊石頭吊到三號切割機口上。

老張師傅還是問了下周宣：「小兄弟，這塊仍然還那麼切？」

周宣點點頭，用手比劃了一下，道：「從中間切！」

老張更不多話，用吊機把石頭的切割位置調到正中，開了電閘，切割機接觸到石頭時，刺耳的聲音就響了起來。

石頭確實大了些，飛沙走石的好一陣子，待聲音停下來後，老張瞇著眼睛道：「剩下的怎麼切？」

兩片石頭，中間切割面仍然是灰白色，別說綠，就是其他稍差一點的顏色也沒有一星半點。

周宣指著右面那半片，道：「照中間切！」

旁邊圍觀的人不禁都是搖頭，這純粹就是拿五千塊錢買了些石頭切來好玩，哪有解石這樣子解的？如果有玉的話，那不也解碎了？

周宣就是要把驚喜留在最後，刺激一下那個陳辰，然後慫恿他來解石，讓他羨慕自己的同時，再給他來個大悲，叫這狗日的囂張！

老張抱著反正這也是廢石料的心態，也無謂壞不壞他的名頭，照著周宣的說法，又將那半塊切成了幾塊，不管怎麼切，依然是沒有一點點綠現出來。

就剩左半片的石料了，周宣走到切割機邊上，用手抱了抱那半片，似乎是試了試重量，其實卻是運出冰氣確定了玉的位置，然後雙手合什念了句經：「阿彌陀佛，菩薩保佑出塊玉！」

眾人都是好笑，一開始見他不痛不癢的，一點兒也不著急，剩這最後半片時，卻來臨時抱菩薩的腳。

周宣抓了抓頭，對老張師傅道：「張師傅，就剩這麼半片了，就慢慢兒切吧，別一下子切斷了念頭……」

傅盈忍俊不禁，「撲哧」笑了笑，這傢伙，倒是有幾分幽默感。

老張對周宣的耿直也有幾分喜歡，笑笑道：「好，反正你說怎切就怎切吧。」

周宣「嗯」了一聲，指著那石料的邊上約十公分處，道：「就從這兒切吧，一二三四，還可以切四刀，還有四次希望呢！」

那個陳辰嘿嘿笑了笑，輕輕嘀咕道：「傻瓜！」

說得雖輕聲，但周宣耳力好得很，又隔得不遠，卻是聽到了，心裏哼哼著，到最後，看看誰是傻瓜！

眾人這時都不在意，老張也是不置可否的心態，一刀切下後，看了看石料，忽然一怔，口裏「咦」了一聲，隨即低下頭瞧著，又用手輕輕抹掉石料上的石屑。

切開的這半片石料中心部位，一縷鮮豔的綠色剛好沁出來，若再多切一分便有可能傷到了，但若少切一分，那又會擦不出這一縷綠出來，當真是一分不多，一分不少，恰到好處！

這時候，大廳中的人才轟動起來：「賭漲了……賭漲了……賭漲了！」

這一縷綠如綠茵，如翠鳥，水綠瑩瑩欲滴，雖然不太濃，但綠卻是上好的陽綠。就憑這一縷綠，這半塊原石料的價值就已經衝上來了，比楊老闆花一千三百萬那毛料的綠只稍稍淡了些，確實是賭漲了！

這一下把所有人都驚住了，最懊悔的卻是老闆李大功，最眼紅的卻是那陳辰，最驚喜的卻是傅盈和王玨楊璿三個女孩子。

而周宣本人卻是沒多大驚喜，早已經知道結果了，還有什麼好驚喜的？他唯一想知道的就是把這塊玉解出來後能值多少錢！

老張這時沒再動作，拿眼望著周宣，周宣卻是在沉吟著。

老張的意思其實是想問一下周宣，看他有沒有意思不解了，就此把這石料再轉讓出去，就憑切出來的這縷綠，至少就值五百萬，如果這樣轉手的話，賺了錢又不用再擔風險，如果再切的話，說不定就又是灰沙石，畢竟這塊原石開始可是沒有半分徵兆的廢料來的。

老張這樣想著，這時也真有人開了價，還是之前那個花了一千三百萬的楊老闆，湊過身子問著周宣：

「小兄弟，願不願意轉手給我？我出四百萬！」

楊老闆出價四百萬的時候，那個陳辰也出價了，他離周宣近，伸了兩根手指頭，道：「我再加二十萬，四百二十萬，怎麼樣，夠你吃一輩子了，這回你算是發了！」

周宣笑瞇瞇地瞄了他一眼，道：「你那塊石料比我這塊要好吧？你發得更大。呵呵！」隨即轉頭對老張師傅道：「老張師傅，再接著解石，現在，呵呵，我就不做主了，您老憑經驗幫我解吧！」

陳辰臉微微一紅，知道這周宣是說他開始買下的那塊石頭毛料成色還不如這塊好，卻是花了四百六十萬，現在要買周宣這塊成色更好的，卻只給四百二十萬，看來這個周宣也並不像他想像中的那麼笨。賭石這玩意兒，雖說現在一刀漲了，但誰知道下一刀又會怎麼樣？像他這樣的鄉巴佬最好是見好就收，現在轉手還能賺個四五百萬，好過再擔驚受怕的。

陳辰又見周宣並不理會他，反而是讓老張師傅再切，心裏微微失望，但想換作他自己的話，也是會有一多半要自己再解下去，畢竟切出上好的綠來了，賭漲的可能性大增，既然是賭，那誰不想再賭一把呢？搞不好就切出上好的玉來了！

老張師傅心裏也是對周宣另眼相看了，這個小周雖然看起來是毛頭毛腦，毛手毛腳的，但運氣確實好得可以，前面切了一大堆，從中剖開，確實也全是一堆廢料，但最後這一塊大石就奇怪了，從中間剖開吧，中間也是沒有綠，右半片吧，切了個稀巴爛，照樣沒綠，但這最後的左半片，他卻忽然轉性了，要慢慢切，誰料到這一刀下去，居然就真的出了綠！

這個周宣是真傻還是假傻呢？老張心裏琢磨著，手底下卻也不慢，將石料略微轉了轉方向，解毛料如果出了綠的話，爲了不損傷玉的完整，一般會多擦少切，不過瞧這毛料的這一面所現出的綠來看，玉在這半片石料的中心位置，大小形狀也有了個估計。

老張師傅是個經驗豐富的老手，然後在石料的左右背後三面切了三刀，將外層的薄皮切開，這三刀卻是沒有綠出來。

眾人不禁嘆息著，剛讓他賣卻不賣，這幾刀下來，這毛料又看跌了。

不過毛料仍然還有籃球般大小，這時候老張師傅卻不切了，改用砂輪擦石，擦石對已經出綠的毛料來說，是最安全的手法了，慢慢從邊上往裏擦的話，是不會損傷到裏面的翡翠的。

果然，沒擦幾下，右面和後面最中心的位置也現出了一點點綠來。

老張師傅心裏有了譜，然後再改從上下擦，慢慢把毛料的外殼灰沙擦淨的時候，剩下的這塊石核剩有酒瓶大小，略顯長方形，卻是通體都被一層綠包裹著。

確實可以確定賭漲了！

在眾人的驚嘆聲中，老張把現綠的毛料遞給周宣，說道：

「小兄弟，你運氣確實好，現在你可以再做決定，是轉手還是再繼續賭下去，像現在擦出的四面綠都環著的核心，這塊料可以肯定會出翡翠，唯一不敢確定的就是翡翠質地水頭的好壞，翡翠的綠色一般以『濃』、『陽』、『俏』、『正』、『和』等幾種色爲上品，如果帶有雜色或者間隔形的條狀分佈，那就是『邪』『花』了！從擦出的綠來看，雖然略淡，但卻是翠而不帶雜質，估計出中上品的可能性極大，如果你現在轉手的法，最少可以在八百萬以上，你想想吧！」

那個陳辰躍躍欲試地又道：

「我出六百萬，怎麼樣？」雖然說老張講了至少可以在八百萬以上，但畢竟沒把玉完全解出來，不知道玉質的好壞，二來也還沒有人開口出價，沒有人出價的話，那他叫六百萬也不爲過，買賣還得你情我願，雙方同意才行。

陳辰雖然略顯輕浮，但在這個年紀便坐上獨當一面的經理位置，也不能說就全無本事，在這一行中浸淫的時間也不短，早看出來周宣這塊石料比他買下的那塊值錢多了，他那塊尚是毛料，只是表皮有綠，而周宣這毛料卻是已經將外表的殼全部擦完，渾身都已經出綠，可以確定其中有翡翠了，價值自然高過他那塊。

周宣卻毫不爲所動，既然擦出綠的毛料都這麼值錢，那裏面純正的玻璃地老坑種翡翠至少都不會低於這個價錢，自不屑理會那個陳辰的引誘。

這時連傅盈這三個女孩子都驚訝了，也沒再出聲，畢竟真個讓周宣賭中了。

周宣把現綠的石核又遞給老張，道：

「老張師傅，再麻煩您一下，我還是決定把它全部擦出來。」

老張點點頭，擦就擦吧，作爲一個賭石者來說，賭的心理通常都很重，就拿他自己現在的心態，也是極想把這塊石料完整擦出來，畢竟現今也是極難解出一塊好質地的翡翠來的，再說以周宣出手的價錢來說，無論等下解出的翡翠質地如何，他都不會虧本，裏面的翡翠再差也不會差過油青地，就算是一塊油青地，以這塊的分量，那也比他出手的五千塊價值超多了。

老張師傅換了細砂輪，再一層一層仔細擦掉表皮，凡是稍稍露一點玉表皮的地方立即停止擦磨，換另一面再擦，這一陣子細活可比開始切石累多了，半個小時，老張額頭上全是汗水。

這活兒可也是極耗精力體力的。

到最後，老張把表皮上的外殼層擦得差不多的時候，整塊翡翠就現出真身來了，大約有三十釐米長，二十釐米寬，只是沾了太多的石灰塵粒，看不清質地如何。

老張將下襬的衣襟捲起來，在翡翠上面擦拭起來，把石粒灰塵拭乾淨後再拿到眼前一瞧。周圍的人頓時發出一片驚呼！

老張手中拿著這塊翡翠，此時瞧得十分仔細，除了底部最下方有一兩分顯出淡綠外，大部分面積都是鮮豔的翠綠，濃厚深邃，濃綠中似乎又是透明，隱隱見到老張下邊托著的手指影子，而這表面則是嫩綠，水頭很足，像要滴出水滴來一般！

在場的人都是行家，不用說都知道，這是一塊上等的老種玻璃地！

老張握著翡翠的手有些發起顫來，這塊翡翠的色澤、水頭以及顏色，都是上品中的上品，唯一有一點點缺憾的就是下面一兩分淡白色，但這顯然無損於整塊翡翠的美感以及價值。

老張解石也有幾十年的工齡了，好玉差玉都見得多，像這塊翡翠質地、水頭這麼好的也不是沒見過，但那都是很多年以前的事了。如今上等翡翠越來越難尋，今天怎麼就碰上了這麼好的運氣，竟然給他解到了這麼好的翡翠！

老張在感嘆自己的運氣好，卻壓根兒沒去想，買到這塊原石料的主人，運氣更好。這塊翡翠若要仔細地完全打磨出來，那還需要很長時間，打磨翡翠也是很費力氣的細緻活兒，要讓它的真面目完全顯現出來，就像一個人要洗乾淨澡後才看得清皮膚的好壞一樣，至少都還要幹十天半月的細緻活兒。

但在場的所有人都已經明白了一個事實，那就是：周宣賭漲了，漲爆了！五千塊錢的本金，說是一本萬利也不爲過！

最懊悔不過的就是李大功了，他倒不是懊悔自己沒解出來，而是後悔這原石料賣得這麼低價。

做這一行這麼些年來，李大功深爲明白一件事，賭石，想賭漲，那是一件跟賭彩票五百萬沒多大區別的事，所以他自己堅決不賭，而是隔一段時間就到緬甸運一批原石回來，把風險轉嫁給南方的這些珠寶商人，從中賺取差價利潤。要是他自個兒也解石去賭的話，那遲早都得把他的家底敗光，這個道理，他是明白的。

這就跟經營賭場一樣，老闆是不賭博的。就像澳門賭王何老吧，人們稱他爲賭王，並不是因爲他賭博跟電影裏的賭神一樣厲害，而是因爲他經營賭場的手段好，能從中賺取豐厚的利潤，這才是成功所在。

周宣從老張手裏接過翡翠，瞧了瞧，感覺是好東西，但心裏卻是沒有太多的激動，畢竟自己是老早便知道了的，而且自己擁有了左手異能後，就算以後賭再多的原石毛料，那也對自己沒半分驚險可言，賭石的刺激感在他心裏已經蕩然無存！

那個楊老闆這時又上前對周宣道：「小兄弟，你這翡翠我出一千五百萬，你賣不？」

想想看，他剛買下的那塊毛料都花了一千三百萬，雖然表皮上的綠不錯，但這是賭石，誰也不知道解開後是怎樣，但如果買解開後的翡翠，那基本上就是只賺不虧的了，只要價格拿捏得不錯。

像周宣這塊翡翠，可以做四個手鐲子，以這種極品玻璃地老種的翡翠做出來的成品鐲子，賣價不會少於六百萬，再剩下的料還可以做一些戒面和掛件，也可以賣個千萬以上的價錢，實際上，這塊翡翠的總價至少可以值三千萬以上，不過做生意的人都是這樣的，你叫價我還價，買賣嘛，那就是討價還價的。

老張嘴撇了撇，沒說話，不過有些不屑。

周宣對這個楊老闆沒什麼偏見，一千五百萬嘛，這個價錢對他本身來講，那也沒什麼說的了，自從擁有左手這冰氣以後，撿了幾次漏，錢財真像撿到一般，說來就來了，不過魏海洪那兒算是一個意外，這也不能怪到洪哥頭上，沒有誰願意拿命來開這樣的玩笑！

但周宣確確實實認定了，現在的自己根本不用再爲金錢生計而煩惱，似乎幹什麼都能掙到一大筆的錢，像現在，不又輕易就賺到了上千萬的錢麼？

這樣看來，自己銀行裏那三百多萬還真是不足道哉，魏海洪那兒，自己倒不是想那六方金剛石，但願他好好的吧，他好，或許自己那兩億的金剛石還有救！

楊老闆見周宣沉思著沒回話，還以爲他嫌這價錢低了，正要試探著問一下，卻見那個陳辰也說道：「我出一千六百萬！」

陳辰其實是沒有權力動用這麼大的資金來賭石的，他能動的金額也就五百萬左右，但這塊解出來的上好翡翠，算算大概需要的手工成品及賣價，大致會要多少，以什麼價格買入絕不會虧本，他還是可以做主的，這不用擔風險，像他賭下的那塊原石毛料，那就有極大的風險，誰都知道，賭石是十賭九輸的，他也不敢保證裏面就一定有翡翠。

如果能把周宣這塊翡翠以不超過兩千萬的價格買回去的話，那至少還有接近千萬的利潤，就算他那塊毛料虧了，這上面也能填補回來。

第十六章
極品翡翠

陳辰雖然與周宣不對眼，但這話聽著著實舒服，
又見周宣這菜鳥確實也行了大運，
自己那塊毛料成色跟他的毛料外形瞧來那真是天差地別，
心裏一動，便有種立刻就想解開來瞧瞧的衝動！

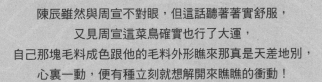

面對陳辰的提價，楊老闆皺了皺眉，在賭石時買解出來的料，所有的人都會擔心出價的人太多，這只會導致價格被無限制提升，那只會讓買家受損賣家受益。而競價的人是沒有好處的。

周宣很是討厭陳辰這傢伙，東西自是不會輕易賣給他，就算要賣給他，那也得狠狠敲一下，讓他沒什麼便宜占。當然，現在最重要的就是設法讓他現場把那石解了，讓他悲從中來！

想到這兒，周宣倒是故意沉吟了一下，然後說道：「一千六百萬……」

「我出一千六百五十萬！」

楊老闆沉聲又加了五十萬，對於有人提價加價跟陳辰鬥，周宣當然是歡迎的。

「我出一千八百萬！」

說這話的卻是此地的老闆李大功，突然加價一百五十萬，讓楊老闆和陳辰都有些措手不及。

其實李大功是很富心計的，對玩這一套，他的經驗老了去，如果想要這塊翡翠的話，十萬八萬的加，他們都得跟上較勁，但如果一下子提得猛，跟他們的底價相差不遠的時候，那一般的人就不會輕易再出價。這賭就是一個心理遊戲。

李大功想得好，這次的毛料去除所有的成本開支，賺的也差不多一千萬出頭，添一點能把周宣這塊翡翠反買回來的話，再運作運作，利潤至少會有千萬以上的，而且沒有那麼大的風險。但是，現在的周宣卻已經不是從前的周宣，看似是很笨很傻，其實心裏計較著呢。

楊老闆和陳辰都沉默著的時候，李大功幾乎以為他可以笑到最後了，但他還沒有想到周宣自己是否會答應，按李大功的想法，周宣無疑會答應下來，這麼大一筆錢，夠他揮霍一輩子了。

另一邊，傅盈身旁，王玨和楊璿兩個女孩子都是又好氣又好笑又驚訝，這個周宣還真給他撞了大運。

傅盈心裏有了念頭，對周宣輕輕說道：

「小周，你能把這塊翡翠賣給我嗎？我曾祖父就要過九十八的壽辰，我一直都在找送給他的禮物，這塊翡翠送給老人家的話挺好的，可以嗎？」

之前傅盈確實跟周宣說起過，看能不能給她曾祖父和爺爺買到什麼禮物回去，連曾祖父和爺爺都在世的家庭，現今可難得找到，要是她有哥哥姐姐，也結婚生子了的話，那可是真正的五代同堂啊！

周宣的爺爺倒是在世，但奶奶過世了，曾祖父壓根兒就不知道長什麼樣，傅盈雖說有時候看似挺驕傲，但這份孝心周宣還是十分欣賞，當即想也不想，便把手裏的翡翠塞到她手裏，笑道：

「你既然開口了，那我還能賣給別人嗎？」

傅盈沒料到周宣連價錢都不講，便直接把翡翠就塞給了她，有些感激，微笑著把翡翠遞給王玨裝到袋子裏，然後又從皮包裏拿了支票簿出來，取了筆，填了數字後撕下來給周宣。

周宣笑笑接過來道：「支票我就收了！」也不客氣，不過瞧也沒有瞧便塞進衣袋裏。

其他人都是一皺眉，特別是極想買下這塊翡翠的陳辰和楊老闆李大功三人。

陳辰更是哼了哼道：「老弟，大手筆啊！可惜了，禮物送得再大也未必……」

周宣斜睨了一眼陳辰，這傢伙真是欠揍，淡淡地道：「剛才，好像你叫價是一千六百五十萬吧，雖然傅小姐填的支票我沒看，不過我賭她給的價錢比你高，信不？」

陳辰臉一紅，哼了哼沒說話，他本意是嘲諷周宣，即使花再大的心思也未必會討得傅盈的歡心，意思他根本不配傅盈，卻沒有想跟傅盈交惡的意思，周宣這樣的話，無疑是把他往傅盈的對立方逼了過去。

周宣哼了一聲，從衣袋裏又掏出那張支票，攤開到陳辰的眼前，道：「瞧清楚了，是多少？」

陳辰雖然不開口說話，但視線還是瞄到了支票上，見支票上寫著兩千五百萬元人民幣的字樣，心裏一怔！

確實，這塊翡翠的真正價值也能值那麼多，但若是以這個價錢買下來的話，再付出手工以及其他費用，利潤就不大了，陳辰也確實沒想到傅盈能給到這麼高的價錢，看來這小妞來歷很不簡單，容貌美極不說，家世也絕不差，看她出手的數字就可以知道，比他陳辰的背景只高不低，如果真能把她弄到手，無論是對他的事業和愛情兩方面來說，都是不錯的結果！

陳辰自個兒意淫著，對傅盈是越看越喜歡，心裏計較著等會兒離開這兒後，要用怎樣的藉口去邀請她。

周宣猜測傅盈不會給少於陳辰出的價錢，但也沒想到會比他們出價高出一千萬！他之所以那麼爽快就把翡翠給傅盈，一是因爲自己是跟她一起來的，二是覺得她這個人確實不錯，不僅因爲她相貌漂亮的問題，周宣還很尊重那些有孝心的人，再就是見過傅盈出手大方，想必她怎麼也不會給低於楊老闆和陳辰出的價，這種價碼，有錢人家還是拿得出的。

想了想，周宣把支票又揣進了衣袋中，在傅盈面前，沒必要做得那麼矯情。

此後，周宣的心情就完全放鬆了下來，笑笑向陳辰道：

「運氣確實不錯，隨便買了幾塊石頭便値兩千五百萬。呵呵，做夢都能笑醒了，你那塊毛料可比我的好多了，就解了吧，說不定能解到更珍貴的極品翡翠哪！」

做這一行的確實都喜歡聽吉言，他們把這稱之爲「好兆頭」！陳辰雖然與周宣不對眼，但這話聽著著實舒服，又見周宣這菜鳥確實也行了大運，自己那塊毛料成色跟他的毛料外形瞧來那真是天差地別，心裏一動，便有種立刻就想解開來瞧瞧的衝動！

周宣瞧他有些心動，便搧風點火道：

「解吧，大家都想瞧瞧呢，李老闆這批貨都是一個老坑出的，肯定還有更好的翡翠，再說，這好事也不能就我一個人占了吧！」

陳辰笑眯眯的，千穿萬穿，馬屁好話不穿，當即道：「老張師傅，可否再麻煩一下？」

老張今天解出了周宣這塊幾十年都未曾再解到過的極品翡翠，心裏頭仍然激動著，陳辰一說，立即點了點頭，活兒雖累，卻是也想再能解到那般成色的翡翠！

陳辰這塊毛料的外殼表皮已經有綠出現，比楊老闆那塊毛料的綠色要淡一些，當然，相對的價錢也就便宜得多了，只是這毛料的綠雖淡了些，但顏色著實不錯。

老張捧著這塊毛料，手也有些抖了，陳辰這塊料並不大，跟周宣那塊切開後開始擦時的大小差不多，籃球般大小，但綠在外表皮就有了，顯然比周宣的毛料估計是要好得多。老張這一下可不敢像周宣說的從中間剖開的做法了，拿了筆在左右表皮周邊點了幾個小點。

陳辰對解石的技巧顯然還是略懂，見老張那幾個點，便知道是選擇幾個比較安全的切口。

老張對出綠的這一面沒做選擇，而是在另外三面的灰白區域都只選擇了兩分左右的切口，先切一刀，按他的經驗來說，像這樣的灰石顏色表面，兩分左右是不可能出綠的，所以一刀切下去一般不會傷到裏面的綠，而有翡翠的話，就極有可能會現綠，切出綠的話，後面就不能再切，要開始擦石。

老張把毛料固定在切割機口，把刀口調到毛料的兩分表皮處，然後開動電閘，將刀切了下去。

陳辰開始緊張起來，別看他說起幾百萬的東西眼都不眨一下，但真正解石的時候卻是看都不敢看。別的人卻是並不替他擔心。

老張一刀切開後，翻過面來，眾人都嘆息了一聲，切面灰白，什麼都沒有。

老張臉上沒有任何表情，這個切口淺，從表皮的石料顏色來估計，原也沒可能在這個深度就切出綠來。陳辰臉上卻已涔出汗水來，捏著拳頭，這時候也沒心思再偷瞄傅盈了。

老張再從另兩側的點口切下去，兩刀過後，依然是灰白的切口，除了表皮上有綠的這一方，三刀切下去都沒見綠，照這樣的話，還是不用擦石，因為可能表皮較深，沒有出綠的話就擦，太費時，也沒必要。

老張按著後面的切口，又切了近兩分的一刀，這一刀下去，陳辰沒敢看，但聽見有人在嘆息：「唉，賭垮了！」

陳辰一聽到這聲音，從心底裏便絞痛了一下！

老張這一刀下去，稍懂的人都明白，這是第二次往裏切，已經快到毛料的三分之一厚度，還沒出綠，那就有些難了。

不過也沒完全失望，畢竟沒切的那一面表皮都有綠，也有可能裏面的翡翠靠向那一面的表皮。但終究是幾刀沒出綠，失望的心態越來越大。

只要沒出綠，那就依然可以往裏切，下刀注意分寸就可以了，只是好好的一塊毛料切了幾刀都沒有綠，心裏自然是很可惜的。

當然，最難受的那還是毛料的主人陳辰，尤其是剛剛看到周宣這個土包子都解出一塊極品翡翠來，這叫他心裏又如何不難堪加難受？

這樣一刀一刀地往裏剝皮一般地切，過了三分之二的厚度，差不多切了大半片毛料，切口面上仍然灰白白的，沒有半星綠意，而毛料只剩不到十公分厚度。

老張搖了搖頭，到這個階段，這塊毛料也就這一面表皮上有綠而已，嘆道：

「這塊料，廢了！」

陳辰如何能忍受？幾百萬就這樣給他打了水漂，這錢也不是紙來的，終究是業務損失，以後在公司的地位自然會下降！

老張拍了拍手掌上的石屑，這料基本上沒什麼切的必要了，七八分的厚度，切口一面沒有一丁點的綠，按照常理來說，如果有翡翠的話，一般在四分的厚度左右就會有綠出來，陳辰這塊料，除了表皮那一面仍有點微薄希望外，幾乎可以說是賭垮了。

陳辰紅了眼，有些不信地走到切石機台邊，看了看，把刀口對準了石料，自己一刀切了下去。

他的技術自然是不能跟老張比的，這一刀原本是要再切兩分左右的皮層，但他技術差了些，刀切下去，竟然切了四分，差不多是從毛料中間切下去。

這樣的切法，有翡翠也容易切傷。

不過毛料切開後，仍然是灰白一片，別說切的這一面，就是剩下表皮有綠的那一面，薄薄的只剩三四分的厚度，切口這一面依然是灰白色的石頭。

「賭垮了！」

徹底是賭垮了！

現在幾乎就可以肯定了，毛料表皮上的綠就只是表皮上有這麼一縷而已。

陳辰不用再切，將石料扔在地上，兩半都摔成了碎片，裂口中，這一下倒是可以清晰看到，有綠的表皮那面，也就是表皮上有一縷，再入裏，便是一毫的深度也沒有了，便如是在表皮上塗了一層綠。

四百多萬此刻也就剩下一堆碎石屑，希望越大，相對的失望也就越大，陳辰鐵青著臉，心裏盤算著如何向公司董事交差，再也沒有半分心思去勾搭傅盈。

周宣這時冷冷地哼了哼，不過心裏卻是爽快了許多，他就瞧不得這傢伙的得意勁，所有的結局都在他的腦子裏。陳辰可真是自我感覺良好，傅盈又哪有半分把他瞧在眼裏了？

李大功的石料基本上都處理掉了，錢也賺得不少，剩下那一批毛料卻是再也沒人要，留著自個兒慢慢解也不是不行，反正本錢已賺到了，說不定也有驚喜，那個周宣不也是從這些廢料中解出極品翡翠了麼？

買賣基本上是結束了，楊璿不顧形象地摸了摸肚子，扁了扁嘴，衝著傅盈道：

「姐姐，走吧，給曾祖父的禮物也有了，你心願是了啦，可是我的肚子就慘了！」

傅盈嘻嘻笑了笑，道：「好啦好啦，去哪兒你帶路吧，你以爲就你一個人肚子餓啊，我們都是一大早被你給叫起來的，什麼都沒吃呢。」

在解石場的停車場裏，楊璿把她的寶馬開了出來，周宣坐了前邊，傅盈和王玨坐了後排。

車開出時，周宣從車窗前的倒後鏡中瞧見，陳辰有些失魂落魄的樣子，心道，這人就是不能得意、不能囂張，否則說不定便會樂極生悲了。

不過，來這麼一趟就撿了兩千五百萬，倒是買彩票也沒有這麼厲害！

周宣笑笑道：「賺了這麼大一筆，不請客就說不過去了。楊小姐，你帶個路吧，想吃什麼都行，我請客，這一回不用心疼我的錢！」

這倒不是說假話，周宣心想，再貴也吃不過十萬八萬吧，那支票上的零頭也有五百萬，這會兒就是讓他買十隻穿山甲來吃，那也捨得。

楊璿笑吟吟道：「那好，難得有一個讓我也敲敲竹槓的人，吃潮州菜吧，這邊也就潮州菜最出名！」

「吃什麼都行，反正你熟悉些吧。」周宣既然開了口請客，那自然得大方些，任由她找地方。

傅盈笑著沒說話，心道周宣那張支票還沒兌現，想必他沒那麼多錢吧，楊璿這丫頭的底她又不是不知道，這一頓怕不得吃個上萬塊。對於她們來說這當然是小事，家常便飯一頓，但周宣不同，傅盈知道，打工一月才掙兩千塊的辛苦錢，哪能去吃他的？說歸說，後面還是她買單才過意得去。

南方潮州菜的名店也多，不過這一帶不在市區，屬郊區，店少一些。楊璿哪裡還有精力往市區開？就近找了一間叫做「福興魚翅樓」的店。

店不算太大，上下有兩層，裝修很精緻，這時候客人倒不是很多，酒樓的女服務員領著周宣四個人到二樓的小間裏，挺幽靜。

服務生拿出兩本菜單來，楊璿一點也不客氣就點了好幾個，周宣不在意，任由她點。

然後，楊璿把菜單遞給周宣，說道：「我點了我們三個女孩子吃的，你要吃什麼自己點吧，口味不同，自己點喜歡吃的。」

周宣翻了翻菜單，也沒給自己省錢，點了一個「乾煸蟹塔」，一個「炒桂花魚翅」，一個「神仙鴨」，最後還點了一條三斤重的東星斑。

傅盈不禁瞄了一眼周宣，真的準備大失血了？看周宣的樣子又不像是做樣扮戲，前一次讓他請了客，雖然才幾十塊錢，傅盈都覺得很不容易了。

不一會兒，女服務生上來三碗燕窩魚鮑湯，女孩子是喜歡吃這個的，美容美顏。餓了大半日，自然也沒有誰客氣，周宣自己更不會客氣，花了幾千塊吃一頓飯，還能裝斯文不成！

楊璿的住處是在市區內，在回去的路上，對周宣的運氣之好是讚嘆得無以復加，傅盈也是笑盈盈地替周宣高興，說道：

「意料之外的喜事吧，也全靠他，替我找到了一份給曾祖父壽辰的禮物！」

楊璿嘻嘻笑了笑，忽然咬著唇輕輕問著：「俊傑表哥最近還好嗎？」

問這話時，楊璿頭也沒回，似乎是淡淡地無意問候了一聲，不過坐在她旁邊的周宣卻是發現了一絲異常。

楊璿臉上飛了朵紅雲，周宣當即心想著，這個俊傑表哥搞不好是她的情人，否則哪會這個羞法？

傅盈笑吟吟回答：「好與不好，你自己飛到美國去看看不就知道了？」

這個楊璿叫的「俊傑」表哥，是傅盈二姑傅仙妮的兒子李俊傑，二姑嫁給一個臺灣人，後來舉家遷到美國。楊璿的曾祖父跟傅盈的曾祖父幼年時是同窗好友，後來一個去了美國，一個去了香港。

楊璿十六歲的時候，去美國傅盈家住了一個月，在那時候認識了傅盈的表哥李俊傑，頗爲傾心，後來回了香港始終未曾忘記，但那個李俊傑似乎無心於兒女之情，最喜歡的便是遊歷名川大海，專做那探險刺激之事。

對傅盈的回答，楊璿切了一聲，不再扯這個話題，專心開車。

楊璿的房子是在南山區的一個社區內，她住的那一棟大約有二三十層樓的樣子，搭乘電梯的時候，周宣看電梯裏的按鈕最高是二十八樓。

楊璿按了二十七的按鍵，電梯三面都是用鏡面的鋼化玻璃貼的，無論從哪個方向都能從面前的玻璃鏡面上看到別人的動靜，防小偷或者鹹豬手還是有一點效用。一起乘電梯的還有另外兩個男人，從一進電梯，那眼神便落在傅盈她們三個女孩子臉上，掃來掃去的。

周宣是不被他們注意的，不過那兩個男人一個在七樓，一個卻是在十一樓就出去了，看漂亮女孩嘛，誰都喜歡。

到了二十七樓，楊璿打開了自家的門。周宣不由得吃了一驚！

這房子起碼有一兩百坪，複式結構，無論是裝修還是傢俱，都是極盡奢華。

在客廳裏的沙發上一坐下，楊璿便對傅盈和王玨道：

「姐姐，我看這幾天你們也不用住酒店，就住我這兒吧，有現成的房間，反正我一個人也寂寞，我想要你陪我！」

周宣很吃驚，這麼大的房子就她一個人住，不嫌太浪費了嗎？看來有錢人家的標準就是不一樣！

楊璿瞄了瞄周宣，哼了哼，說道：「你是第一個住進這裏面來的男人！」

周宣笑笑，道：「哦，那倒是有些榮幸。如果楊小姐覺得不方便的話，我還是去住酒店吧。」

傅盈接了話頭，道：「算了，圖個方便，反正也就幾天，你護照辦下來，咱們馬上就走。」

周宣瞧了瞧房間四周，摸了摸下巴，呵呵道：「這附近有超市吧？我想去買點換洗的衣服和日常用品，箱子留在沖口酒店了！」

「知道，知道！」楊璿哼哼著，「就你沒有啊？姐姐跟王玨還不都要買，等一會兒去不就行了，嚷嚷什麼！」

看來這妞是剛剛傅盈沒告訴她情人的事，心情不大好，還是少跟她說話，免得受氣。

跟幾個美女住一起並不是好事，尤其是幾個美女沒一個會跟他周宣搭上關係。

傅盈跟楊璿都是大富人家，跟他不搭邊，就是那個王玨都沒將他瞧在眼裏，人家是雙博士，懂幾國鳥語，自然也不會看中他這個土包子。

好在周宣很有自知之明，也從不為這事去煩惱，各人自有各人福，有錢人就過有錢人的日子，他以後也不一定就過得不好，賺錢恐怕不會比王玨這個博士來得差，動不動就賭回來一塊兩千五百萬的翡翠，她有那個本事嗎？

有地方住了，周宣也就沒必要成天跟這幾個女孩子一起，自己就一趟一趟的瞎跑起來，從超市買了些日用品和兩套換洗的衣服，另外還買了些自己需要惡補的書，然後回來便把自己關在屋裏不出來。

楊璿的房子很大，她們三個女孩子住樓上，他一個人住樓下，也很清靜。每天出去吃兩餐，有時候也叫外賣，傅盈和楊璿、王玨三個人成天就出去東遊西逛。

周宣沒事就練左手丹丸冰氣，練完又看書，也過得很充實自在，只是閒暇的時候想著，自己這左手裏的丹丸越練越純，顏色也越來越金黃，甚至左手的膚色都跟著變黃了些，心裏越來越擔憂，自己的手會不會有一天練得跟塊金子似的？

本來想找洪哥幫忙托關係到科研所化研一下，看能不能檢查出什麼來，但現在洪哥也生死未卜，沒辦法了。他心裏倒是一直替洪哥擔著心，來南方這麼多年，也就洪哥是唯一幫他不想要回報的一個人！

這次已經答應了傅盈，就幫她把事做完後，回來就好好過自己的日子，就憑自己左手這本領，這一生怕是都吃用不盡了，沒什麼好擔心的。

只是一直搞不清傅盈究竟是要他去做什麼事，但已經知道是必須下水的，估計是應該極深的水域裏吧，難道是到北美大西洋裏撈沉船？

但也奇怪，以她家族的金錢和實力，難道不能買小型的潛水艇嗎？那玩意兒無論如何都會比人潛得深得多，在這個世界上，機器雖然是創造出來的，但機器的能力卻是要比人遠遠大得多了。

第十七章
高手雲集

愛琳娜憋不住了，便浮起身子，
周宣也不想做得太過驚人，畢竟這是在游泳池裏，
太過分的話，或許會讓李俊傑他們有懷疑，
當即也跟著愛琳娜一起浮上水面。
李俊傑按下計時器，心裏震驚不已。

第五天時，周宣的護照就下來了，在之前，周宣先到銀行裏把支票上的錢兌換好，存到銀行中，錢躺在自己的帳戶裏才是最安全的。

這幾天，楊璿帶著傅盈和王玨算是把深圳的旅遊風景點轉了個遍。而周宣也趁著這幾天的空檔，把左手的丹丸冰氣練得更加純熟，幾乎達到了意氣合一的境界，只要腦子中的意念一動，冰氣便指哪兒打哪兒，而傳送的距離也增加了二三十釐米。

差不多到九月了，周宣到超市裡買了一副薄手套，美國那邊應該比國內的天氣要冷一些，戴手套也說得過去。

王玨打電話訂了三張單程到紐約的頭等艙機票。下午三人就乘車返回沖口。楊璿有些不捨，埋怨道：「要不是我這兒剛開店走不了人，否則我就跟你們到紐約了！」

傅盈笑笑道：「我歡迎，我家裏人更歡迎。」

楊璿知道傅盈的意思，嘆了口氣，揮了揮手，明知無望的事也不再多說了。

趕回沖口提了行李後，沒再做過多停留，起飛時間是傍晚六點五十五分，也僅僅只有一個多小時，並沒有太多的空餘時間。

就在這時候，周宣忽然覺得心裏有些怔忡，就這麼隨隨便便出國了，也沒跟家人說一聲，但之前沒想這麼多，就覺得只是替傅盈做件事，事情做完就回來了，現在突然覺得心裏惴惴不安，畢竟是要離開好幾個月，還是去美國。

不過現在給家人打電話，周宣又覺得不妥，這樣只會讓家人徒增擔心，索性不說了。

由於三人都有行李，所以一輛計程車還載不走，就搭乘了兩輛。飛機是南方航空的班機，到紐約的航班是沒有直達的，得從香港轉機，或者到北京再至紐約。今天這班飛機就是從北京再轉機至紐約，飛行時間大約十八個小時。

只是上飛機時又遇到了一點小麻煩，周宣的行李箱經檢測有金屬物品。周宣打開來後，機場的安全人員檢查出來是一塊黑石頭，檢測是金屬，但不確定是何種金屬，不過最終測定爲非危險物品後通行。

六點五十五分，飛機準時起飛，到北京後，天還沒黑盡，又停留了一個小時，飛機才再度起飛。

這個時候，周宣的新鮮勁已經過去了，雖然是第一次乘坐飛機，但飛機飛在天上的時候跟坐在空調房中也沒多大區別，從小窗口上望出去，黑乎乎的，什麼都看不見。

唯一讓周宣感覺不錯的就是空姐又靚麗又溫柔，你叫她幹什麼，她都是「好的，請您稍等」！周宣心道，要是想跟你親個嘴打個啵，是不是你也這麼柔得膩人地說「好的，請您稍等」呢？

經常坐飛機的人都不喜歡吃飛機餐，九點鐘左右時，周宣倒是吃了一餐，以往沒吃過，也吃得津津有味，吃完後，又喝了一杯空姐送來的熱牛奶。

傅盈和王玨都沒吃，周宣知道她們是不想吃，心道這都是家境好給慣的，要是餓你們兩天再試試看，豬食都吃得熱乎！

坐了一會兒，身邊鄰座的乘客都閉目休息了，周宣睡不著，隨手拿起座位邊的雜誌翻了起來。

差不多十二點後，終究還是睏了，便放躺了座位，閉著眼慢慢睡覺，思來想去倒也不知道什麼時候睡著了。

醒來的時候已經第二天十一點多，窗外仍然是漆黑一片，應該是時差的關係，這個周宣是知道的，只是搞不清楚這時差是幾個小時。

空姐告訴周宣，大約還有半小時就到了，乘客已經開始做好著陸的準備。著陸前十分鐘，機長已經通透廣播通知乘客繫好安全帶，飛機準備降落了。

窗外仍然是夜晚，但燈火輝煌，紐約的夜景的確漂亮。搭乘機場的接駁巴士到機場大樓後，周宣拖了兩個大箱子，王玨提了一個小的，動力氣的事，男人還是需要當仁不讓的。

在大廳檢票口檢過票後，剛出通道，周宣就聽見出關處有個男子聲音叫道：

「小盈，這邊！」

周宣瞧過去，出關處有四個男子望著他們幾個人，其中一個是二十多歲的東方人，另外兩個是白人，還有一個黑人，對老外的年齡，周宣向來是看不準的。

但一個個都是高大剽悍的樣子，估計都不會超過三十五歲以上，準確一點的話應該是二十五至三十五歲之間。

傅盈擺了擺手，笑吟吟道：「表哥，你怎麼回來了？」

那東方男子臉型瘦削，身材挺拔，大概有一米八左右，比周宣略高了些，笑著走上前拉著傅盈仔細瞧了瞧，道：

「小丫頭，半年不見，又漂亮了不少啊，有進步！」

傅盈又氣又笑，道：「說什麼呢？怪腔怪調的，漂亮就漂亮吧，還有進步？」

周宣心想，這個會不會就是傅盈的那個表哥，楊璿想著的情人？

那男子一偏頭，瞧了一眼傅盈身後的周宣，問道：

「這位是？」

傅盈側過身，給兩人互相作了介紹：「這位是我表哥，李俊傑。這位是我從中國帶來的頂級潛水高手，小周，周宣！」

「頂級高手？」李俊傑眼睛瞇了瞇，伸出手來與周宣握了握手。

周宣也微笑著跟他握手，李俊傑笑瞇瞇的，面上不動聲色，但手上卻是用勁一捏。周宣的右手掌「喀喀吧吧」響了幾下，痛得他差點叫了出來！

這李俊傑的手便像個鐵板一樣，又硬又大力，周宣這才想起，傅盈都那般嚇人的身手，她表哥自然也是練家子了，自己這種普通人哪裡能跟他們相比？

龜兒子的，捏得老子手指都快斷掉！周宣齜牙咧嘴的，倒是努力沒叫喊出來，但表情要有多難看就有多難看。

李俊傑一下子又鬆了手，笑呵呵道：「呵呵，頂級高手好啊，高手，呵呵，高手！」

傅盈瞧在眼裏，嗔道：「表哥，你幹嘛欺負我的朋友？」

李俊傑呵呵一笑，伸手拍了拍周宣的肩膀：「呵呵，別見怪。我這人啊，別的不喜歡，就喜歡跟高手交流交流。」

李俊傑一揮手，後邊跟著的那三個黑白佬上前就接過了三個箱子，周宣手也拖得痠了，正巴不得有人接手。

出了機場大廳，周宣看著那走到路邊停放著的兩輛深黑色三廂加長的邁巴赫車邊，打開後車箱把行李塞了進去。

這車，周宣也知道不是普通人能用的，雖然不及洪哥那輛布加迪威龍拉風，但邁巴赫的大氣和寬敞卻遠不是布加迪威龍跑車能比擬的，北美同歐洲人一樣，都喜歡車內寬敞和動力強勁的車型。

傅盈和王玨以及周宣三個人坐了其中一輛車的後座，還很寬鬆，那個黑人開車，旁邊還坐了李俊傑，另外兩個白人開了另一輛車。

車開上街道後，兩邊的高樓燈光讓周宣瞧得應接不暇，紐約的建築風景同國內的大不相同。

李俊傑轉過頭來說道：

「小盈，先到昆斯區別墅，把你的高手朋友安置在那裏後，再送你回唐人街。」

周宣皺了皺眉頭，這個李俊傑不知道哪根神經作怪，就是盯緊了他，跟他有什麼好過不去的？自己又不會把他表妹傅盈勾走，又不會搶奪他家裏的財產，只不過是來打一份工而已，完成就走人了。

傅盈淡淡笑了笑，道：「不，我也去昆斯區別墅吧，我還有事要辦，辦好了才能回去見曾祖父和爺爺。」

李俊傑又說道：「我這次回來帶了三個人，等會兒到了介紹給你認識，呵呵，也是頂級高手，不知道跟你這個高手相比，哪個更高呢！」

傅盈倒是沒再理會李俊傑的嘲諷，笑問：「表哥，你找到三個人？我可是花了不少時間才找到小周這麼一個，還是無意碰到的……以後你就知道了，小周是挺好的一個人，潛水，嘻嘻，有點誇張！」

李俊傑雖然一直覺得周宣沒什麼出奇的，但他對傅盈這個表妹的性格卻是深知的。傅家偌大一個家族，但到了傅盈這一輩，卻是人丁不旺，只有傅盈這麼一個女孩子，所以從小便當寶貝一樣看著。而傅盈聰明美麗不說，性格上也很倔很硬，絲毫不比男孩子差，傅家自小也拿她當男孩子般看待。

傅盈對人從不假以辭色，基本上沒有什麼朋友，孤高冷傲得很，今天見她居然還很認真地說周宣是個潛水高手，又說他是一個挺好的人，李俊傑也不得不關注一下。

傅盈家在昆斯區的別墅一共三層，二三樓是客房，一樓有一座室內游泳池，健身房和娛樂設施一應俱全。

在別墅前面，還有一個百多個平方的室外泳池，被高大的樹木掩映。這樣的別墅在紐約的價碼周宣不知道，但若在國內，比如沖口那個地方，起碼得花幾千萬才能買得下來。

在別墅一樓的大廳裏，李俊傑的三個手下放下了行李箱。客廳裏還有三個人正坐在沙發中，兩個男的看電視，一個女的在翻書。

三個都是外國人，周宣也瞧不出都是哪個國家的人，但年齡應該都不會超過三十歲。那個女的估計是二十五六歲吧，臉形很漂亮，但給周宣的感覺就是粗獷，也許西方女人就是這個樣子，跟東方女子那種嬌俏玲瓏的美麗是兩個類型。

李俊傑對傅盈笑著介紹道：「小盈，給你介紹一下，他們三個人，這兩個是德國人，是親兄弟，這位女士是英國籍，在紐約有個姑媽，每年要來紐約幾個月。」

那三個人一見李俊傑和傅盈等人進來，馬上都站起身來。

李俊傑又道：「這兩兄弟一個叫丹尼爾，一個叫沃夫。呵呵，女士的名字叫做Allina，譯成中文叫愛琳娜！」

說到這裏，李俊傑又向這三個人用很流利的英語介紹了傅盈。傅盈也用英語說了幾句話，然後點了點頭，卻並沒有像東方人那樣跟他們握手。

德國兄弟丹尼爾和沃夫用英語也說了幾句話，雖然不大流暢，但還能勉強溝通，愛琳娜就不用提了，英語就是她的母語。

當聽到李俊傑介紹那個很不起眼的東方人是個潛水高手後，他們三個人的眼光都一致投到周宣身上。

周宣雖然聽不懂李俊傑說什麼，但卻感覺得到，這兩個德國兄弟和那個愛琳娜眼光中都有些不以爲然的味道。

周宣心想，這個什麼高手的名頭也不是我自個兒加上去的，那都是傅盈說的，自己不是專業潛水的，也不爲什麼虛名，來這兒只是賺錢的，自然也不會去爭個高低來，他們瞧不瞧得起，那又有什麼關係了！

不過那個愛琳娜的眼光一直在他身上瞄來瞄去，周宣有些不自然起來，這外國女人穿著一雙高跟鞋，站起來比他的身材似乎都還要略高，顯然身高不會低於一米七五。

愛琳娜忽然笑著說了幾句話，那德國倆兄弟也頷首點了點頭，然後把視線又都投到周宣身上。周宣知道肯定是在說什麼事。

果然，傅盈側身低聲問著周宣：「他們說現在沒事，要跟你到游泳池裏比試一下潛水，你願不願意？」

周宣心裏頭有氣，這些傢伙怎麼各個都拿他當目標？來這兒不就是想賺幾個錢嗎，他們幾個又有什麼好比好鬥的？不過氣歸氣，周宣對這些外國鬼佬還真有些忌憚，一來對歐美人很陌生沒有真正接觸過，二來從電影電視中也見得多了，阿諾史瓦辛格、史特龍這些角色，震撼力是很強的，就算女人，那安潔莉娜也不是蓋的，像自己這豆桿一樣的身子，還真不能跟他們相比，就憑那李俊傑吧，剛剛在機場不也把自己捏得手指骨都差點碎了？

李俊傑瞧出周宣有些猶豫，伸手拍拍他肩膀，淡淡道：「小周，也就是玩玩，大家相互熟悉熟悉，游泳池裏又不是深淵大海的，沒危險！」

傅盈瞧著周宣，微笑著沒說話，但眼神裏明顯有種鼓勵的意思。

周宣點了點頭，道：「好吧，那就玩玩吧。」心道不就是在游泳池裏潛個水嗎，也確實沒什麼危險，要是真比不過他們，那也沒什麼，反正自己又不來跟他們比高下爭名頭的！

周宣第一次出國的新鮮勁兒早過了，又在時差中，一身都是疲勞感，這幾個傢伙像吃了興奮劑似的，大半夜還搞什麼潛水比試？真討厭啊。

李俊傑的三個手下早拿了計時表，並打開了別墅外面的幾盞大燈，游泳池裏的水也不冷，藍色的水映著燈光一閃一動的。

別墅外的這個泳池比房間裏的那個大得多，丹尼爾和沃夫兄弟倆先回房間裏換了泳褲出來，接著愛琳娜也到房間換了泳衣。

周宣苦笑了一下，對李俊傑道：「今天還是算了吧，我沒有泳褲，明天買了再說。」

李俊傑笑笑，向那個黑人一揮手，嘰嘰咕咕說了幾句英語，那黑人就到客廳右側的房間裏拿了一大袋子的泳褲出來。

「這全是新的泳褲，放心，沒用過的，你瞧哪條合適就拿哪條。」

李俊傑笑咪咪說著，似乎是存心要看周宣出醜。

周宣心想，比就比，也不一定就怕了這三個人，只是潛水又不是比拼游泳，要是說速度的話，那自己確實不行，但若論潛水的話，自己早在沖口的海裏便試過了，那麼深的海底也可以待上好幾分鐘，在這淺淺的游泳池裏，想必潛個三四分鐘也沒有問題，總不至於弱過人家太多吧。

瞧傅盈的表情，估計她也是想瞧瞧，難道她一個女孩子家就不累？但又想到在沖口見她一個人打倒六七個大男人時，馬上知道自己又想錯了，根本就不能拿她嬌柔美麗的外表來想事。

周宣也沒再多話，隨便挑了一條泳褲，然後到室內那間游泳池的房間裏換了，來到外面的大游泳池旁邊。

李俊傑和傅盈早坐在池邊的椅子上，三個外國佬和王玨站旁邊。丹尼爾、沃夫和愛琳娜都已經在池子裏游泳活動著。

周宣走出來，蹲下身子試了試水溫，然後伸了一條腿入水，最後將身子全部滑進水中，這個入水姿勢極其難看，李俊傑和傅盈臉上都是笑意盈盈。李俊傑是覺得表妹傅盈找回來的這個所謂的潛水高手有些莫名其妙，而傅盈是知道周宣真實的潛水能力的，但見他這個入水姿勢也忍不住笑了起來。

周宣一下水，丹尼爾兄弟和愛琳娜立即游過來到池邊聚集。

李俊傑的三個手下，一人握了一個計時器，李俊傑自己也握了一個，愛琳娜和李俊傑說了幾句話，周宣也聽不懂，這一群人中就他一人聽不懂，來的時候完全沒想到語言不通這回事，到了現在才覺得這還是挺麻煩的。

李俊傑伸手指做了個姿勢，道：「OK！」他娘的，周宣暗暗罵了一聲，這一句他倒是聽得懂，對這鳥語最熟悉的就是「YES」「OK」了。

李俊傑又用普通話說道：「小周先生，我幫你計時，他們三個給沃夫兄弟和愛琳娜計時，看我手勢潛入水中，明白嗎？」

李俊傑的普通話帶有濃重的外國腔，周宣很不喜歡聽這種語氣，還有，叫他小周就小周，先生就先生，還叫什麼「小周先生」，明顯戲謔他。

李俊傑看了看幾個人，說了一聲「準備」，然後揚起手道：「one，two，three！」

這三個單字周宣是聽得懂的，當李俊傑數一時，他們四個人都深深吸氣，數到三時就一起潛入水中。

游泳池裏的水只有兩米深，周宣潛進水中後，蹲在池底，面前三個腦袋都面對面互相盯著，不禁有些好笑。

周宣雖然疲勞，但把左手裏的丹丸運轉幾遍，便立即神清氣爽，在兩米深的水底裏，幾乎等於沒有壓力。很輕鬆悠然地瞧著沃夫兄弟和愛琳娜，四個人就這麼憋著勁兒相互盯著。

周宣估計過了兩分鐘吧，自己倒沒什麼感覺，那個丹尼爾身子就有些搖晃了，周宣感覺得到他在憋著最後一絲勁，他的哥哥沃夫稍好一些，那個愛琳娜也沒有太大的動靜。

約莫又過了三十秒的時間，丹尼爾再也忍不住，一頭躥出水面，如缺氧的魚兒一般大口大口地喘氣。丹尼爾跟他哥哥沃夫的實力其實相差不太大，只多了十來秒，沃夫也躥出水面。

剩下愛琳娜和周宣倆人還在面對面盯著，愛琳娜倒是很吃驚了，一般人能屏息兩分多鐘已經是超常了，她自己能達到三分鐘，那是她經常苦練的結果，也算是很驚人的紀錄了，當然，這還是在淺水中，若是在超過二十米以下的深水，她是不可能超過兩分鐘的。

愛琳娜也知道自己已經達到極限了，但對方，這個普通的東方青年卻似乎沒有半點憋氣難受的樣子，這時才知道，原來傅小姐說的高手倒真不是說笑的。

不過想來也是，聽李俊傑說起過，任務並不輕鬆，甚至可以說有很大危險，給這麼高的報酬又哪能是隨便什麼人能拿走的？

愛琳娜憋不住了，便浮起身子，周宣也不想做得太過驚人，畢竟這是在游泳池裏，太過分的話，或許會讓李俊傑他們有懷疑，恰到好處就行。當即也跟著愛琳娜一起浮上水面。

李俊傑按下計時器。他心裏已是震驚不已，一開始確實有些瞧不起表妹帶回來的這個中國人，但現在事實卻讓他閉了嘴。

三個手下把計時器拿了過來，丹尼爾的時間是兩分二十九秒，沃夫是兩分四十秒，愛琳娜是三分零一秒，而最不看好的周宣卻是三分零四秒。

這個成績讓除了傅盈之外的所有人都吃驚不已，傅盈淡淡笑笑，上次在沖口海底，她可是跟了周宣起碼有四分鐘的時間，在那麼深的海底，周宣都能徒手潛四分來鐘，這個游泳池裏又算得了什麼，這才三分鐘，周宣明顯是隱藏了實力。

當然，愛琳娜也發覺周宣是沒有盡全力的，她自己浮出水面喘著粗氣的時候，周宣也跟著浮出來，但絲毫沒有喘氣，仍然平淡如常，這讓她心裏更是吃驚，當真是人外有人，天外有天！

李俊傑把計時器遞給黑人手下，然後笑呵呵地伸手給周宣，道：

「周先生，對於我剛才的無禮，請你原諒！」

周宣握著他的手上了水池，李俊傑的爽直讓他對他稍爲有了好感，喜歡就是喜歡，不喜歡就是不喜歡，比陳三眼的那個小舅子方志成這種人好得多。

沃夫和丹尼爾兄弟也過來跟周宣再次握了握手，這個社會就是這樣，憑實力說話，你有足夠的實力，人家就會認可你，你比人家更強，人家就會服你。

愛琳娜捋了捋耳邊的濕髮，然後伸了個大拇指，對周宣說：「究……good！」

這蹩腳的中文讓周宣愣了一下才明白，原來愛琳娜是叫他「周」！

雖然只是在游泳池裏的一個小小測試，但沃夫兄弟以及愛琳娜都明白到，這個周宣其實才是他們之中實力最強的，無形之中，對周宣的態度就好得多了。

第十八章

雕刻怪人

我們要去見的這個人，是一個玉器雕刻老師傅，
他的技藝沒話說，但性格很怪，
喜歡刁難人，經常出些古怪的問題，
如果對了他的胃口，也許他一分錢也不收，
要是不對盤，你給多少錢他也不做。

夜已經很深，李俊傑安排周宣住到二樓的房間。二樓一共有十二間客房，沃夫兄弟以及愛琳娜都是住在二樓。

傅盈和王玨住到三樓的房間，李俊傑和那三名手下卻是開了車離開昆斯區的這棟別墅。

周宣也沒什麼好收拾的，就一個行李箱子。房間挺寬敞，拉開窗簾從玻璃窗望出去，黑乎乎的什麼也看不見，但隱隱見到一座黑影，不知道是小山還是高樓。

放下簾子，周宣回到床上打坐，練了一陣吐納，將丹丸冰氣運行了幾個周天，疲勞感漸漸消退了，也不知是不是時差的問題，在國內的話，這個時間應該是白天一點鐘左右。

不過時差的後遺症在第二天早上就開始顯現出來了。

周宣是被一陣敲門聲驚醒的，揉了揉眼，這才發覺陽光都已經當頂了，趕緊穿了衣服打開門。卻見高挑靚麗的愛琳娜微笑著站在門口，不禁奇怪，她來敲自己的門幹什麼？

愛琳娜微笑著指了指手腕處，然後又指了指嘴，說道：「究，May I have your dinner?」

周宣搞不懂她說什麼，抓了抓頭，有些尷尬。愛琳娜也說不清楚，比比劃劃了一大通。

周宣更不懂了，乾脆指著衛浴間又指著臉，比劃了一洗臉的姿勢，然後說道：「我洗漱下，你到樓下等一會兒，ＯＫ？」

話雖聽不懂，但周宣這個姿勢愛琳娜還是看懂了，點點頭道：「ＯＫ！」然後下樓去了。

周宣一邊洗臉刷牙，一邊想著這外國婆娘找她幹什麼？難不成是昨晚見自己贏了她，今天又想重新來過？胡思亂想了一會兒，洗漱完後，又換了一身衣服，這才下樓。

這時候，時間已經差不多要到十一點了，周宣在樓下廳裏見到掛鐘上的時間時，也不禁有些臉紅。

沃夫兄弟早出門逛街去了，廳裏就只有愛琳娜和傅盈、王玨三個女人。

周宣一下樓，愛琳娜便對傅盈和王玨嘰嘰呱呱說了一通，傅盈笑笑對周宣說道：

「小周，愛琳娜說是要請你吃頓飯，然後跟你請教，你怎麼樣？」

周宣這才明白愛琳娜的意思，傅盈瞧了瞧他又道：

「我等了一大早上，你現在才起床。今天有點事想讓你跟我一起去辦一下，你是跟愛琳娜吃飯呢，還是跟我走一趟？」

周宣趕緊道：「愛琳娜是你們表兄妹請的人，以後大家有的是時間交流，有什麼話也不用急在現在說。我跟你去吧，跟愛琳娜他們在一起，我不自在，她說的鬼話我不明白，我說的話她也聽不明白，不方便！」

傅盈聽周宣把愛琳娜說的話叫做「鬼話」，忍不住微笑，點了點頭，然後對愛琳娜也說了幾句鬼話。

愛琳娜臉上明顯露出失望的表情，但隨後還是很禮貌地彎腰示意了一下。

傅盈從王玨手裏接過一個小包，然後對周宣道：「那我們就出發吧。」

這次傅盈沒有出去搭車，而是從車庫裏開了一輛黑色奧迪A4出來，看來傅盈的個性並不是很張揚。

周宣打開車門坐到傅盈的旁邊，傅盈緩緩開出了社區後，又對周宣道：「請繫好安全帶！」

規矩還真多！周宣趕緊把安全帶拉過身子繫好。

傅盈似乎瞧見了周宣的表情，笑笑道：「交通法則是爲了保障人身安全的，大家都遵守才能安全。」又道：「你知道我在國內對什麼感觸最大嗎？」

周宣當然不知道，偏著頭瞧著傅盈一張俏臉。

「我最大的感觸就是不守交通規則的人太多，橫穿馬路的行人，闖紅燈的司機等等。」

這倒是，不要說別人，周宣自個兒就在紅燈時橫穿馬路好多回。

傅盈嘆息著，「這分明就是拿生命當兒戲，不尊重生命呀！」

「你要辦什麼事？」周宣倒是不想跟她扯這問題。

「我跟你說過，我曾祖父還有兩個月過生日，我想把買來的那塊翡翠做成一個龍鳳擺件。」

傅盈一邊開車一邊說道：

「當然，這得請一個手藝高超的工匠師傅，我們要去見的這個人，就是一個玉器雕刻老師傅，他的技藝沒話說，但他性格很怪，喜歡刁難人，經常出些古怪的問題，如果對了他的胃口，也許他一分錢也不收，要是不對盤，你給多少錢他也不做。」

周宣笑著道：「傅小姐，答問題的事，你找我去那不是找笑話嗎，我能答什麼？」

傅盈搖搖頭說：「找你也不是隨便亂找的，那位工匠師傅是個古玩收藏家，他的身家也根本用不著再替人幹活，所以找他的人，他都會拿幾件古玩出來給人品評，說得對說得好，什麼都好說，說不準，那他就不留情面。我找你，是因爲你說你曾在古玩店工作，時間雖然不長，但你想必還是瞭解一些吧！」

這次傅盈倒真是找對人了，周宣別的不敢說，認個古玩什麼的那還真是難不倒他，左手冰氣一出，還有什麼認不出的？

不過，話不能說在明處！周宣笑笑沒說話，既不說自己懂，也不說自己不懂，傅盈這番孝心也値得自己幫她一把，況且也覺得她給自己這塊翡翠的價錢給得頗高，就當是報答她吧。

傅盈又道：「愛琳娜和沃夫兄弟都是我表哥請回來的潛水高手，我表哥自己也是個好手，等辦完手頭這件事回來，我再慢慢告訴你。可能還要多等幾天，一是人手還不夠，二是準備還不充分，我們訂購的深水特殊潛水服也還沒有到貨，這種潛水服跟普通的不一樣，有些特殊性能，一套就要七萬美金。」

周宣搞不清傅盈究竟要辦什麼事，忍不住問道：「是不是到海裏撈沉船？」

傅盈啞然一笑，搖搖頭，然後又道：「等潛水服回來後，我們還要到海中試驗檢測，再作深水演習，得一切準備好後才能行動，畢竟這件事有很大危險！」

跟傅盈聊著這次任務的事情，周宣無意中往車窗外一瞄，忽然怔住了！這條馬路兩邊的店面絕大多數都是用中文做的招牌，什麼茶館，酒樓，甚至還有武館。

傅盈道：「這裏是紐約的唐人街，我曾祖父同爺爺也是住在唐人街裏，別的地方他們都不去，說是戀鄉情結。」

這倒是，人老了都會這樣想，落葉歸根嘛，就算是他自己，也是很想老家，雖然年紀不大，但心情都是一樣的。這次幫傅盈做完事，一定要回老家看看父母弟妹了。

傅盈在一棟約有十多層的樓房前停了車，樓底層是有個「劉氏茶樓」的招牌，一二樓都是茶樓，傅盈帶著周宣往茶樓櫃檯裡間走，櫃檯裏有個三十多歲的中年男子笑笑說：

「小師妹，你怎麼來了？聽說是去國內了？」

傅盈笑笑點頭：「是啊，昨晚剛回來，二師兄，劉師伯呢？」

二師兄笑指裡間：「還不是老樣子，在裡面。」

「二師兄，你忙吧，那我進去了！」傅盈說著招呼了周宣進到裡間。

這裏面自有天地，穿過幾間標有「茶房」、「器具」、「帳房」等字樣牌子的房間，再過了一個廳。傅盈這時小聲對周宣道：

「到了，這位老師傅叫劉清源，我跟他老人家的親弟弟劉清河師傅學過拳法，剛才那個二師兄就是我師傅的兒子，我們要找的，就是我這位師伯。」

周宣頓時奇怪了：「既然是你的師伯，你幹嘛還要叫我來答什麼題？你找你師伯幫忙不就行了？」

「所以說才叫怪嘛！」傅盈嗔道，「我這劉師伯別說外人，就是他親子女、侄兒侄女找他，不高興，他一樣也不答應。」

周宣心裏嘀咕著，這倒真是個怪人了！

傅盈在內間門前站住了，伸手指輕輕敲了敲門。

裏間裏一個低沉蒼老的聲音傳了出來：「誰？」

「是我，小盈，師伯。」

沉默了一下，那蒼老聲音才道：「進來吧！」

傅盈這才輕輕一推門，吱呀一聲，周宣順著瞧進去，房間裏擺滿了古色古香的木製傢俱，桌子凳子椅子茶几，全都是木製品，沒有一件是時尚的傢俱，或者是合金傢俱。木茶几上擺著一副深色的紫砂茶具，一個盛開水的茶壺倒是鋁製的，壺嘴上仍冒著絲絲熱氣。

茶几邊，坐著一個看起來有六十多歲的老人，頭髮半黑半白，面容有點瘦削，正瞧著傅盈和周宣。

傅盈趕緊走到他面前，笑嘻嘻道：「師伯，我來看您啦！」

劉清源淡淡道：「你這丫頭，我還不知道嗎，有什麼事求我吧，說！」

直接就被揭穿了，傅盈訕訕道：「師伯，您真是火眼金睛，什麼也瞞不過您，我是真有事來求您啦。」

傅盈說著，到茶几前面的木椅子上坐下來，把皮包放到另一邊的桌上，然後拿起小紫砂壺往小杯子裏倒滿茶水，又把杯子端到劉清源面前放下，笑說：

「師伯先喝茶！」

對傅盈，劉清源忍不住微微一笑，端茶喝了：

「你這丫頭，對我還是有孝心的，說吧，什麼事？」

「您也知道，再過兩個月，就是我曾祖父九十八大壽，我這次在國內買到一塊極品翡翠，想請您老人家雕刻成您最擅長的龍鳳擺件來當壽禮！」

傅盈把來意說了個明白，劉清源哼了哼道：「你不知道我已經不替人做這個了嗎？要我答應你也不是不可以，這樣吧！」劉清源指指牆邊木架子上的擺件，說道：「架子上左邊最前頭的三個瓷器，是我剛收回來的明官窯，你去看看，認得出來真僞，你的事我就給你做了！」

傅盈笑吟吟說：「師伯，您又不是不知道我對這個沒什麼認識，可不可以讓我的朋友代我瞧瞧？」

劉清源這才瞧了瞧站在一邊上的周宣，淡淡道：

「要是別人呢，我可不答應，對你這丫頭也就破個例，好吧，就讓你的這小情郎辨一辨！」

周宣跟傅盈幾乎同時開口道：「不是……」

接下來，傅盈望了周宣一眼，無奈地笑了笑說：「你去瞧瞧吧，別給我丟臉哦！」心裏卻在想著，要是周宣也認不出來的話，那就只好撒撒嬌再求師伯。

周宣點點頭往架子邊上走，嘴裏卻是說著：「我盡力吧！」

劉清源是收藏的老行家，以他的經驗來說，現在這個年代，像周宣這樣年紀的年輕人，幾乎是不可能擁有深厚鑑別技術的。

木架子的瓷器倒是不多，另外有些硯臺什麼的，最多的還是玉器，可能與劉清源本身的手藝有關吧。

周宣走到木架左邊最前頭，那三件瓷器就擺在最上一層，一件是青花雲龍紋壽字瓶，一件是釉裏紅菊花紋碗，第三件是釉紅雲龍紋雙耳瓶。

周宣雖然對古瓷器不大懂，有很多知識都是最近這段時間在書本上惡補的，但青花瓷的名頭還是聽說過，這在中國瓷器裏也是最具民族特色瓷器之一。

當然，最讓年輕人注意到古瓷器的，還要歸功於周杰倫的那一首《青花瓷》。其中讓周宣最印象深刻的一句歌詞就是：「你的美一縷飄散去到了我去不到的地方！」這一句無疑最能表現出青花瓷那種很美卻又讓一般人遙不可及的感覺。

周宣瞧了一會兒，這三件瓷器確實很漂亮，當下將三件瓷器一件一件拿到手上看了一陣。當然，左手裏的丹丸冰氣也運了出來。

茶几邊，傅盈有些緊張地瞧著周宣，不知道他到底能不能識別得出，而劉清源則很悠閒，瞧也沒瞧周宣，似乎料到他根本不可能認得出。

周宣把最後一件雙耳瓶放回架子上後，沉吟了一下才道：

「劉老，您這三件瓷器沒有一件是明朝官窯青花瓷！」

傅盈聽得一怔，她雖然不懂這一行，但劉清源是玩了一輩子的古玩器件，又怎麼會不知道？剛剛劉清源還說了這是三件明官窯青花瓷，從他嘴裏說出來還能有假？不過也有些奇怪，既然劉清源是要他來辨認真偽，那又何必自己說出是明官窯？這倒是一個大大的疑點，會不會是劉清源對她玩的障眼法？

周宣這麼一句話，把劉清源也弄得頓時一愣，隨即抬起頭盯著他問道：

「你說什麼？」

「我說，」周宣清清楚楚地說道，「我說您那三件瓷器，沒有一件是明官窯的！」

劉清源霍地一下站了起來，走到木架子邊。

傅盈嚇了一跳，緊張地望著師伯和周宣，卻見劉清源沉聲道：

「那你說說看，你有什麼證據說它不是了？」

周宣把第一件青花雲龍紋壽字瓶拿起來，在劉清源面前慢慢轉了一個圈子，然後說道：

「您瞧，青花陶瓷最鼎盛的時期當數宣德吧，宣德青花以胎土精細，釉汁均淨，造型工整，凝重渾厚，胎質細膩，多細砂底，器型多樣，青花濃豔，紋樣優美而著稱。琢器接口少見，胎體厚重堅致，但您老瞧瞧這個瓶。」

周宣把瓶子捧到燈光明亮處，又道：

「您看這瓶子，胎體有些薄，瓶底砂略粗，還有就是，宣德年間，青花的色料多是用進口的蘇泥勃青料，用國產料的稍次，宣德青花自然暈散，形成濃重的凝聚結晶斑，深入胎骨。您看這青花色彩雖然鮮豔，但明顯便如是塗在表層一般，與色澤深入胎骨的宣德青花區別頗大。」

周宣又把瓶子的底倒轉過來，指著底部的那個印記道：

「第三，宣德彩瓷署有年款，一般爲六字楷書款，也有四個字的，書寫的位置不定，楷書寫『德』字無『心』上一橫，篆書寫『德』字，『心』上都有一橫。您老瞧瞧，這個『宣德年製』四字楷書中的這個『德』字，心上面是有一橫的，按理說，不是應該沒有這一橫嗎？」

傅盈有些發怔，臨時抱一下佛腳，卻沒料到周宣真的是說得頭頭是道，就是不知道說的是真還是假。

她當然不知道，周宣這幾天苦讀書籍，恰好剛看到青花瓷這一欄，就這幾點，差不多都是現囫現賣，若要再補充一句，就可能有露出原形的危險。

周宣把這件瓶子放回架子上，又把那釉紅菊花紋碗拿下來，翻轉過來，碗底上卻又是「大明成化年製」的款識，又道：

「您老再看，這菊花紋碗的款識是明成化年的，『大』字尖圓頭高，『成』字撇硬直到腰，『製』字上大下小，『衣』字一橫不越刀。」

周宣把碗又放回木架，捧起最後那件釉紅雲龍紋雙耳瓶，倒過底部說道：

「您再瞧這件，這款識上卻是『大明隆慶年製』，卻不知隆慶年的款識一般都會是『大明隆慶年造』，而不是製，所以說，我認爲這三件都不是明朝瓷器。」

劉清源眼一亮，拍了拍周宣的肩膀，呵呵笑道：

「小老弟，不錯不錯，像你這個年紀的人，能把瓷器鑽研得這麼透徹的幾近於無。唉，後繼無人，不過，你既瞧出不是明朝瓷器，可否又能看出是哪個年代的產品？」

這在劉清源看起來可是難上加難的問題，但對周宣來說，卻是最簡單的事了。

劉清源本是隨便找這幾件贗品爲難一下傅盈，這些明青花瓷的常識，只要是行業內的一般老手都懂，但拿到行外人就是學問了。周宣能說得出這些，讓劉清源有些意外，卻並不驚訝，但識別贗品的來歷和年分，那可就是大學問了，便是極高深的專家都沒有絕對的把握，打眼失手對行內人來說都是常事。

當然，劉清源也是被周宣說得勾起興致來，倒不是要存心難爲他，傅盈這丫頭的事，他又哪能不辦？

周宣笑了笑，這回是連瓶碗都不用再拿下來做樣子了，開口便說：

「那件雲龍紋壽字瓶是清乾隆十年，釉紅菊花碗卻是明萬曆年的私窯製，雖是贗品，卻還算得上是有幾分價值的東西，最後那件雲龍雙耳瓶呢，呵呵……」說到這裏，周宣笑了笑。

劉清源撫了撫下巴的鬍鬚，眨巴了一下眼睛問：

「這一件，又是什麼年分？」

周宣笑笑說：「去年的！」

這一下，連傅盈都是怔得呆了，劉清源更是訝然呆立，好一會兒才道：「小老弟，你是怎麼瞧出來的？」劉清源盯著周宣又道：「這三件瓷器是我去年購回來的，雖是贗品，但見色質和工藝都算得上上品，也有收藏的價值，一共花了八千美金，那菊花紋碗和雲龍紋壽字瓶我也認出了年分，就那件雲龍紋雙耳瓶有點懷疑，買下來的時候，我一直都確認它是明正德年間燒製的，直到上月有個老友來看到了，有些懷疑，但也不確定，最後找個紐約大學化研室的朋友化驗了一下成分，最後確定是去年燒製的！」

劉清源眼裏都是光，似乎年輕了好幾歲，拉著周宣要去看他另外的收藏。

傅盈咬了咬唇，道：「師伯，我的翡翠呢……」

「別嚷嚷！」劉清源甩了甩手，道：「放桌上，你這丫頭，還當我會真難爲你啊，就是沒有這位小老弟，我還是會給你做，兩個月雖然急了些，趕趕時間還是做得出來，現在不要煩我老頭子，我要跟這位小老弟聊聊！」

劉清源雖然讓周宣瞧其他的東西，卻是有些好奇地又問道：「小老弟，我想再問你一下，你是怎麼判斷出那雲龍紋雙耳瓶是去年燒製的贗品？」

第十九章

家族辛酸史

傅盈眼圈頓時紅了，潸然欲滴，低聲道：
「我知道你潛水的能力比我見到的所有的人都強，
能找回我大曾祖父的希望也最大。我曾祖父今年九十八歲了，
天年將盡，我只是想幫他老人家在世時了結這個心願！」

劉清源在這一行的浸淫也有幾近五十年了，眼力功力絕不是一般行家可以比擬的，通常收藏家最先要學習的便是造假，能造才能知道假貨贗品是怎麼做出來的。

瓷器的僞造手法通常有磨損，剝釉，做色，做土鏽，陳舊等等。所以說，一般手法做出來的贋品是瞞不過劉清源的，但他到底是老一代的行家高手，對於現代利用高科技手段做出來的高仿瓷，劉清源就分辨不出來了。

這一件雲龍紋雙耳瓶就是利用高科技手法做出來的高仿瓷，和新瓷做舊相比，高仿瓷的鑑別因其手法不同而欺騙性更強，鑑別難度也更大。

劉清源在上當後，才專門去瞭解了利用高科技手法做出來的高仿瓷，手法有四種，第一是「老胎新繪」，比較常見的，是利用清代中後期及民國的白胎，在上面繪粉彩等釉上彩，使其價值增倍。

第二種是「老釉新胎」，這是因爲仿造者利用近幾年景德鎮陸陸續續出土的一些過去的釉料，用老的釉水去裝飾新胎。

第三種手法是「舊件新器」，在業內亦稱爲「補貨」。造假者到各地古窯場遺址搜羅大量「垃圾」殘片，然後拼湊成一件完整的贋品。這種方法製造的瓷器，即使科技鑑定專家採用多點取樣的辦法，得到的分析結果也可能是「真品」，最是能夠讓專家老手收藏家上當。

第四種就是「複火」，是指將殘缺的舊器，殘缺部位較小，如器身的沖或器口的磕口等等的殘缺部分修補好，再放入窯中複燒，出窯後完整無缺，價格便提升數倍甚至是數十倍以上。

而劉清源這件雲龍紋雙耳瓶便是用老釉新胎做成的，他上當在這種手法上不出奇，劉清源驚異的是周宣認出贗品不奇怪，認出高仿瓷也不是最讓他吃驚的，讓他吃驚的是，他是如何確定這就是去年燒製的新胎呢？

劉清源自己得到的確定結果，那還是在紐約大學的朋友用科學儀器經過詳細的化驗檢測才知道的，周宣用肉眼又是如何能識別確定的？確實想不到！

「這個……」周宣猶豫了一下，然後才回答道：「您看那件雙耳瓶底部的沿口內側有一個很小的氣眼，眼口裏的顏色和表層的釉料結合生硬，幾乎就像是直接在燒製好的胚胎上塗上去的，這就是跟大窯的區別，通常結合程度越好的，那表示年代越久，這件雙耳外表看起來漂亮，但實際上釉色跟底層胎結合卻不好。」

周宣這個說法勉強能說得過去，劉老頭兒聽得意猶未盡的，欲待再問。

周宣通過這短短的接觸，已經知道這個老頭兒其實是個直爽的性格，喜歡的什麼都好說，不喜歡的，就是你是他親兒子，他也不搭理，摸透了就好說！

「劉老……」周宣攔住了劉清源的話頭，「您看傅盈她那……」

劉清源哼哼著道：「就知道你們只惦記著那事……算了，過來吧！」走回茶几邊坐下後，向傅盈一伸手，道：「拿來！」

傅盈笑吟吟地趕緊把包包打開，從盛翡翠的紅錦盒子裏把翡翠取出來。

俗話說做哪行愛哪行，劉清源眼光一落到這塊翡翠上面便挪不開了，從傅盈手裏接過去，慢慢轉動端詳著，邊看邊嘆道：

「綠陽正濃，水意欲滴。小丫頭，你到哪兒弄到這麼一塊極品翡翠？現今像這麼好質地的寶石綠可難得了，個頭兒也不小，真正難得！」

傅盈指著周宣道：「師伯，這塊翡翠還是這個小周在國內南方一次賭石交易中淘回來的。嘻嘻，師伯，您猜他花了多少錢？」

「哦？」劉清源倒是又有些意外：「小周還精玉石翡翠？說說看，花了多少錢買下來的？」

周宣笑了笑，伸了手將手掌一張開。

「五……五百萬？」

劉清源猶豫了一下才說了這個數字，剛聽傅盈說了是賭石交易中淘回來的，這塊翡翠按市價來說，絕不會低於兩千萬，但如果是毛料原石的話，估計就是五百萬左右吧。

「他只花了五千塊！」傅盈笑嘻嘻說道，這一下把劉清源都唬得呆了一下。

五千塊錢淘到這塊翡翠，那絕對算得上賭石中的一個傳說了。

周宣又道：「劉老別誤會，我可不是很懂這個，也只是運氣好，看那些賭石的人各個都賭得熱鬧，我是跟傅小姐第一次去這種地方，第一次見到賭石，心想著怎麼也要買幾塊石頭玩玩吧，原本也是胡亂買著，專門扔五千塊錢買賭石門票的。呵呵，卻沒想到一下子就撞了大運了，運氣，運氣而已！」

劉清源啞然失笑，還真有這種運氣的傻小子？到架子上拿了支強光小開燈，將光照在翡翠上，綠意頓時更加晶瑩，強光似乎將翡翠穿了個對透，入石數分。

通常對翡翠的好壞分別無外乎地子，種，水頭，色澤等等。翡翠的地子又稱地張、地章、底子。地子的含意很寬泛，除了質地、純淨度等指標外，還含有均勻的意思。翡翠的地子是基礎，翡翠的地子要求純淨無瑕，含有夾雜的地子會顯得不純淨，這種叫做地子「髒」。就像繪畫的宣紙，基礎不好，很難體現出美妙的顏色。

上等的翡翠地子有玻璃地，冰地，水地，其中以玻璃地爲最，略次一等的有蛋青地，鼻涕地，青水地，再次的便是灰水地，紫水地，渾水地，細白地，白沙地，灰沙地，豆青地，紫花地，青花地，白花地，瓷地等等，最差的如糙白地，糙灰地，狗屎地，皮包水等。

翡翠的種是取決於原石本身的質地，所以種也就是指翡翠的質地，質地愈緊密的礦，通常是年代非常久遠的老礦，是以通常把上好的翡翠稱爲老坑種。

最好的種地就是老坑種，其次是玻璃種，再來才是冰種，次一些的水種、豆種、芙蓉種、馬牙種、藕粉種對收藏者來說，就沒有太大的價值。

翡翠的水頭是指透明度，水頭越足透明度越高，質地越細，沒有斑點、不發糠、不發澀的翡翠爲上品，劉清源用手電筒光照著的這塊翡翠，光透進翡翠數分，綠意瑩光，溫潤水澤欲滴，確實是塊極品翡翠。

再看它的色澤，綠而濃，一般來說，翡翠的顏色和水頭之間也有相關性，如果顏色很深，一般水頭也會受到影響，相反，如果水頭很好，則綠色一般會變得更「嬌」或「化」的很開，有時也使顏色變淺。

不過，一塊真正的好玉，論真正價值的話，又以「色」、「種」、「水」、「瑕」、「藝」等五種細分，色種水也就是翡翠的顏色，種和水頭，「瑕」指寶石的石瑕，凡是天然寶石，難免有天然生成的石瑕，石瑕的多寡當然就影響了翡翠的價格，一般普通的翡翠都有肉眼可見，非常明顯的石瑕，只要不是人爲因素而產生的斷裂、瑕疵或紋路，都屬正常現象，一件找不到任何天然石瑕的翡翠，那就是極爲難尋，可遇而不可求的寶物了。

而翡翠真正的價值最後還有一個「藝」字，那麼它的手藝當然占了極重要的因素，但是藝被排在最後一個分級，也不是沒有道理，因爲一件上好的翡翠，一定具備精良的手藝，而一件粗俗的玉石，也絕不可能有好的手藝，因爲採購翡翠原礦的業者，一定具有極爲專業的能力，在剖開這塊原礦後，就決定交給哪個等級的師傅來雕琢，所以看成品翡翠，只要看這件翡翠的雕工如何，差不多就可判斷出它的品質了。

劉清源的手藝那自然是不用考慮的，在紐約唐人街，誰都知道他的雕工技藝，多少富商收藏者欲找他雕一件而不成。劉清源不缺錢，也不為錢，只對人，人合他的口味，一分錢不給他也幹，不合口味者給再多的錢也不答應。

劉清源對傅盈，是打小就看著她長大的，很喜歡這個脾氣倔強的丫頭，今天又無意中又認識了周宣這個年輕人，倒真是一下子就對了他的胃口。

再就是劉清源確實對手中這塊翡翠愛不釋手，一個工匠師傅技藝再高，若是找不到好的寶石翡翠，那也等於沒用，拿了次等的玉雕刻出來，就失了他技藝的價值，所以說，好翡翠對一個技藝高超的工匠師傅是個莫大的誘惑。

劉清源關了手電筒，細細撫摸著翡翠的表層，嘆道：

「我老劉差不多有十年沒見過這麼好質地的翡翠了。好吧，丫頭，你們走吧，兩個月後你來拿貨，中間不許過來騷擾，還有……」

劉清源盯著傅盈道：「我還有個條件，完工後，你得把這小子借給我一星期，咱們得好好聊聊收藏，我老劉頭兒的藏品可不少，難得找個人展示展示！」

傅盈瞄了瞄周宣，微微笑道：「好，只要那時他還沒走，我答應師伯！」

從劉老頭兒一開始的留，又到看了翡翠之後的趕，傅盈和周宣都覺得好笑，劉清源雖然六七十歲了，性格卻是直率得可愛。

回去的路上，傅盈一邊開車一邊說：

「小周，還有幾天的閒暇，你在別墅裏跟沃夫兄弟與愛琳娜一起交流一下，或者我再讓王玨跟你幾天，學學簡單的英語會話。再就是吃飯問題，如果你們願意，我想請一個大廚來做飯，問題是，你們幾個人的口味各不相同，難以協調，後面還會有其他人加入，所以，想來想去還是到外面吃吧，又方便又省事。」

周宣對這些無所謂，沃夫兄弟和愛琳娜也不是不好相處的人，只是傅盈說還會繼續有人加入，到底是什麼事情需要這麼多人？按每人事前五十萬美金的話，那也是一筆很大的金額！

傅盈把車停到一間招牌上寫著「潮菜李」的餐廳邊上，然後對周宣說道：「下去吃點什麼吧，我也好跟你說說這次的任務，讓你明白才放心。」

餐廳不算大，但裝修挺精緻，從服務生到掌櫃，全是說廣東話的中國人，這裏仍然是在唐人街的區域內。

這比在傅家的別墅裏都讓周宣覺得舒服，畢竟身邊這些人說話都是他聽得懂的，來到紐約的孤立感很重，但這裏有種讓周宣覺得倍感親熱的氣息。

老闆是個五十多歲的男子，顯然是認識傅盈的，笑呵呵親自出來招呼：「傅小姐，什麼風把你給吹來了？呵呵，到樓上雅間裏坐吧。」

傅盈點點頭，回答著：「李叔，我去了一趟國內，剛回來，跟朋友來吃飯，朋友也是從國內剛出來的，別的地方吃不習慣！」

老闆李叔在前邊帶路，上了二樓，二樓兩排房間，一共有六間，安排傅盈跟周宣進了左邊的第二間房，打開了空調，又叫一個服務生來沖茶。

傅盈跟周宣在大圓桌子邊坐下，然後就對李叔說：「李叔，您去忙吧，不用陪著我們，我跟我朋友聊聊天，邊聊邊等菜吧。」

李叔笑呵呵應聲去了。女服務生用開水沖了李叔專門拿出來的上好龍井，不過看這些茶具便知道，李叔不是像劉叔那種精懂茶道的專業人士。

女服務生沖好茶後，在倆人面前各放了一杯，然後出了房間。

傅盈輕輕吹了吹茶杯上的熱氣，卻沒有端起來喝，抬頭盯著周宣問：

「小周，說說看，你想我請你大概是做什麼事？猜猜看！」

周宣搖了搖頭，苦笑著說：「我哪裡猜得到，不過按我的想像，會不會是到海裏撈沉船啊藏寶什麼的？」

傅盈輕輕搖了搖頭，兩手握著杯子慢悠悠地轉動著，然後道：「不是的，我先跟你講個故事吧。在……也不是很久以前，解放前幾年吧，」傅盈慢慢講起了故事來。

「有兩兄弟，哥哥三十四歲，弟弟十七歲，哥哥比弟弟大了整整一倍的歲數，兄弟倆的父母在八年前的戰亂中去世了。父母去世的時候，弟弟才九歲，哥哥就帶著弟弟到處闖蕩。

他很愛弟弟，吃要弟弟先吃，穿要弟弟先穿，又當哥哥又當父母般把弟弟帶大。那時候的中國戰火紛飛，到處都在打仗，到處都在死人，哥哥乾脆就帶著弟弟應徵了美國大西洋公司招工到三藩市挖金礦的工人。只是，他倆到了三藩市後才知道受了騙，那裏根本不是挖金礦，而是挖煤礦，而且沒有半分自由。」

周宣聽到這裏，心裏隱隱約約猜到，傅盈說的可能是她家到美國闖蕩的歷史吧，只不過，這跟她這次找人手辦事有什麼關係？

「哥哥從小就愛好練武健身，習得一身武藝，到三藩市知道上當後，就暗中聯絡了一些工人，商量了出逃的計畫。設計好後，便在一個雷雨的夜晚逃走了。計劃逃亡的人一共有四十多個，但最後逃出去的卻只有七個。哥哥死命保住弟弟一齊逃了出來。

爲了躲避追蹤，兄弟倆又搭火車到了紐約。再後來，哥哥給一個大老闆做保鏢。那個大老闆是做國際生意的，專發戰亂財，哥哥跟著他賺了不少家底，後來就在紐約開了一間店。再過幾年，店做得很大了。」

周宣問道：「你說的……是你曾祖父吧？」

傅盈點點頭：「是的，哥哥叫傅玉山，是我大曾祖父，弟弟叫傅玉海，就是我曾祖父，他們生意做大了後，我大曾祖父偶然得到一張藏寶圖。他本來就是喜歡冒險的人，我曾祖父勸也勸不住，但大曾祖父執意要去，曾祖父也沒有辦法，只能讓他去，可就是這一去，大曾祖父就一去不回了！」

周宣恍然大悟：「原來你找我們去的，就是你大曾祖父去的地方？」

這時候，服務生也上了菜，傅盈又道：

「是的，我大曾祖父把我曾祖父從小當寶貝帶大，發財後又給曾祖父娶了老婆，可他自己還是單身，探險後就再也沒有音訊了，這偌大的家產也全都留給了曾祖父。所以曾祖父這麼多年來，一直想方設法要找到我大曾祖父的下落，他說就算是死了，那也要找回屍骨，不然他是死也不瞑目的。」

周宣倒是有些奇怪了，問道：「那你們知道大曾祖父去的地方嗎？要是不知道，肯定沒法找，就算是知道了，這麼多年過去了，一副屍骨怕是難找。」

傅盈緩緩搖了搖頭，說：

「那地方，大曾祖父走的時候跟我曾祖父說了，只是那地方太凶險，花大價錢才能請到人，而且請的人一去就都沒回來。這樣的事經過四五次後，我曾祖父也就沒再請過人，因爲死的人多了，他心裏更難受，也不准我爺爺父親再找人去。但是我爺爺、我父親、我表哥他們都知道，曾祖父心裏最放不下的就是這件事。

我和表哥想，要是能把大曾祖父的遺骸找回來，那就是給曾祖父最好的壽誕禮物。所以，我表哥遊歷世界各地，就是在找潛水高手，爲了這件事，花多少錢都可以。我找你，也是因爲這件事情，今天跟你說明白了，在這件事情上，我和表哥都不能騙人。沃夫兄弟和愛琳娜都清楚知道請他們來的原因，就是要拿這一筆高額報酬！」

周宣望著傅盈俏麗的臉蛋，訝然不解地問道：「既然是這麼危險的事情，那你在國內爲什麼不跟我說明白？」

傅盈眼圈頓時紅了，潸然欲滴，低聲道：「那時我擔心你不答應，因爲我知道你潛水的能力比我見到的所有的人都強，能找回我大曾祖父的希望也最大。我曾祖父今年九十八歲了，人壽已高，天年將盡，我只是想幫他老人家在世時了結這個心願！」

周宣沉默下來，他也很佩服傅盈的孝心，但畢竟是太大太危險的事，再多的錢，那也抵不過生命寶貴。再說，掙幾百萬對現在的他來說也不是難事，如果要拿命換的話，他是不幹的！

沉吟了一會兒，周宣又問：「那地方到底是什麼地方？危險又究竟是什麼危險？」

傅盈悠悠然道：「事實上，那個地方，我和表哥都沒去過，只有我曾祖父和爺爺才知道，因爲太兇險，在最後一次失敗過後就不再提起這事，包括我的父母都不知道。」

周宣就奇怪了，不解地問她：「你和你表哥既然都不知道那地方的地址，那你們就算招到了人又有什麼用？聽你說的話，你曾祖和你爺爺是擔心安全，才不告訴你們那個地址，你們這不是白忙活嗎？」

「這個就不用擔心！」傅盈慢慢說道，「地址不用問曾祖父，問我爺爺，我爺爺的心思，我還不知道嗎，他主要是擔心安全的問題，以前他們去，是因爲設備太差，而現在卻又不同了，高科技的東西是可以彌補很多不足的，只要準備得充分，我爺爺是會同意的。曾祖父就要過九十八歲大壽，他心裏無時不在想這件事情，只要我們準備得夠好，爺爺就會答應的！」

如果只是潛深水那倒還好說，周宣心裏也有個譜，自己潛到深水中不能再潛時，不再繼續就罷了，只是他心裏還有疑問：

「傅小姐，以你家的財力，買一個小型的潛水艇不是大問題吧，機械可是比人的潛水能力高了不知道多少倍啊，這你不會不知道吧？」

傅盈搖搖頭，說：「我當然知道，那地方我們雖然沒去過，但很小的時候，曾祖父就給我們表兄妹講過這故事，ＰＩＴ，你聽說過沒有？」

「ＰＩＴ？」周宣皺眉搖頭，「沒聽說過，你又不是不知道我對英文很那個的！」

傅盈淡淡道：「我沒有笑你的意思，ＰＩＴ就是天坑的意思，天坑你知道吧？」

周宣一怔，道：「我當然知道天坑了，我老家那些地方多著呢，什麼天坑龍洞啊，無底之洞啊，多得很，不過很少有人下去過，四面懸崖峭壁的，聽說下面還有陰河，有龍啊蛟啊什麼的怪物。當然，我也是沒去過，也沒見過這樣的怪物。」

傅盈又道：「當然，那個只傳說，PIT是英文天坑的意思，因爲世界上最有影響、天坑最多的地方就是中國，所以國際學術界在二〇〇五年組織了國際喀斯特天坑考察組，在中國重慶廣西一帶大規模考察後，把『天坑』作爲一個術語，並開始用『tiankeng』的中文拼音通行國際，我們要去的地方也是一個天坑！」

周宣有些發怔，外國的月亮跟中國的月亮也是一樣的吧，那天坑估計跟中國的天坑也沒多大區別，天坑的神秘，那便跟小時候大人嚇唬小孩說的，有著鬼坑一樣的神秘，在周宣的印象中，這種地方除了可怕之外，就沒什麼別的了。

「我大曾祖父去的那個地方，應該是北美南部原始森林中的一個地方。據曾祖父說，那地方很神秘，曾有直升機從那裏飛過被氣流吸進天坑裏。那天坑四面絕壁，面積大約有四五千個平方，深有六百多米，底部是叢林，很多植物都是不曾見過的，在天坑底的最西面，有一個直徑只有兩米來寬的圓形水坑，水坑裏水流很急，也很冷，水溫只有兩到三度，水坑裏層是由西向東的暗流，用中國的話就是『陰河』。」

傅盈說到這裏，覺著口有些渴了，端起茶杯輕輕喝了一口，那茶早冷了。

周宣聽得呆了，好半晌才問：「到天坑也就罷了，不會是要到那個水坑裏的陰河裏去吧？」

傅盈卻是認認真真點了點頭，然後道：

「是的，就是在那個水潭裏，我曾祖父曾經帶人去過四次，請了潛水的高手下去過，可是無論下去多少人都沒有出來過，而下去的人，都是用繩索繫住了才下水的，收回來的只有斷繩頭，因為水潭入口很窄小，只有兩米左右，不可能放下小型潛艇，所以只能以人潛下去。我曾祖父用繩索繫石測過水深的，大約有兩百米左右，但水裏暗流很急，也不確定這個數字。」

周宣到這時候才是真的倒吸了一口涼氣！

這個任務可真是不簡單，外國佬可能是天生膽大一些吧，那沃夫兄弟和愛琳娜明知道是這樣的任務，卻還是一點事沒有的來了，周宣還真是佩服，不過對他來說，就沒這個心情了！

周宣寧願是在深海裡撈沉船也不願意潛陰河，這個區別可大了。海洋雖然更深更大，但危險程度是不會有這種暗河大的，暗河裏全是未知之數，而且現代高科技的機械機器都受地形空間限制而無法使用，這就更增添了一旦出事就無法救援的難處。

這時候，服務生菜也上得差不多了，但周宣已經沒什麼食欲了，想了想，還是對傅盈道：

「傅小姐，我實話告訴你吧，潛水我不反對，就算是深海我都會嘗試一下，但唯獨這天坑中的地下暗流，我是不願意嘗試的。不過，既然已經到了美國，如果你爺爺告訴你們地點，我也願意去那個地方看一看，只是下暗河的事，我可能就不會答應了。你這筆錢我不收，你也知道，就衝著那塊翡翠，我也有幾千萬的身家，錢不是問題，再多的錢也沒有命貴吧！」

周宣說得很直接，但這也是一個人正常的反應。他一開始以爲這事不會太難，又能賺一筆錢所以才來的，沒想到這竟然是個要送命的活兒。現在錢對他來說，已經不是問題了，說他惜命也罷，好不容易突然擁有一隻百戰百勝的黃金手，自己還沒玩夠呢，怎麼能爲了找一具莫名其妙的屍骨就去送命呢。自己現在的身價可是千萬級的，要自己拿命去賭這幾百萬，他怎麼肯幹呢。

傅盈這次卻沒有強求，點了點頭道：「這個自然，你想去看看也可以，答不答應下水那是你們的自由，我們絕不會強迫，也不可能強迫，我現在就跟你說明白，也是希望你們做這件事是自願的。」

傅盈淡淡笑了笑，又道：「不說了，吃飯吧，菜都涼了。」

這一頓飯自然是吃得不怎麼開心。

第二十章

甘拜下風

小野百合子和伊藤師兄妹是練過忍術和閉氣功夫的，
從小就在北海道長大，幾乎是泡在海水裏長大的，
自以為天下間潛水高手再無除其左右了，
卻沒想到這個不起眼的中國小子比他們還厲害！

周宣接下來整整三天都沒有出過昆斯區別墅，餓了就讓王玨幫他叫外賣，自己則整日躲在房間裏鑽研他的古玩知識以及修練丹丸冰氣。

沃夫兄弟倒是每日早上出去，夜很深才回來，也不知道在幹些什麼，當然，周宣是不可能去過問的。而愛琳娜則是在紐約的姑姑家中逗留，晚上回來別墅休息。這也是周宣聽王玨說的，他自己是聽不懂愛琳娜說什麼的。

在第四天的早上八點左右，消失了幾天的李俊傑忽然來到了昆斯區別墅，與他一起來的還有一男一女。愛琳娜今天難得沒有出去，不知道是太早還是怎麼的，沃夫和丹尼爾哥兒倆也待在別墅裏。

跟李俊傑一起來的那一男一女，都是跟他一樣黃皮膚黑眼珠的東方人面孔，那男的看起來大約二十七八歲，女的大約二十三四歲，男的身材不高，但樣子挺剽悍，女的眉目如畫，十分柔弱的樣子。

李俊傑笑著介紹說：「跟你們介紹一下新來的成員，大家互相認識一下，這位是伊藤近二，這位小姐名叫小野百合子。」

李俊傑說完，又用英語說了一遍，隨後瞄著周宣笑笑道：「小周，伊藤先生和百合子小姐是北辰一刀流劍派傳人，是劍術高手，當然，潛水技能也是出神入化，真正的高手，呵呵，你們不妨交流交流！」

周宣本來倒是想跟新來的人握握手，但一聽李俊傑介紹的是日本人，伸出去的手又縮了回來，雖然他談不上什麼國仇家恨的，但對小鬼子是半點好感也沒有，這手，自然是不會跟小鬼子握了。

那個看似柔弱的小野百合子卻是很有禮貌地彎腰鞠了一躬，但伊藤近二顯然很倨傲，淡淡的瞧著周宣和沃夫兄弟、愛琳娜幾個人。

李俊傑沒有去注意這些小節，笑呵呵地說：「改日不如擇日，擇日不如今日，除了伊藤先生師兄妹是才剛到的，沃夫、丹尼爾先生、愛琳娜小姐、小周你們四個人都到了好一些時候，今天趁著天氣也不錯，咱們就到海上轉轉吧。」

沃夫兄弟和愛琳娜自然是沒有反對的意思，來這兒就是要幹這個活，練練也是必要的。

李俊傑上次帶來的那三個黑白手下此刻正在園院外候著，這次除了那兩輛邁巴赫外，還多開了一輛S級的大奔。

沃夫兄弟走在了最前面，先上了一輛邁巴赫，周宣為了避開與鬼子坐一輛車，腳步略快了些，坐進了第二輛車中，跟著他坐進車裏的是愛琳娜和王玨。李俊傑和伊藤師兄妹坐了最後邊那輛大奔。

給周宣他們三個人開車的是那個老黑，別看他長得又高又大很粗獷的樣子，但開車的技術卻是不賴，車速不慢，卻很平穩。

紐約是靠海的城市，紐約港口也是全世界最大的港口之一，在紐約港口東面一英里地方有一家私家遊艇俱樂部，專門用來租泊紐約富豪們的私人遊艇。

李俊傑一行三輛車開進了遊艇俱樂部的停車場，王玨悄悄向周宣介紹說：

「傅家有兩艘遊艇，一艘五層樓的豪華遊艇，一艘十六米的小遊艇，兩艘遊艇的維護開支，每月都得上百萬美元。」

周宣不禁有些咋舌，知道傅盈家是有錢人，但也沒想到是這麼有錢！通常能擁有大型私人遊艇的人，那絕對不是一般的有錢人，在全世界都能用指頭數得出來的。

李俊傑帶著他們一行上了那艘十六米長的小遊艘，有專門的遊艇駕駛師等候著，所有人上了遊艇後，遊艇便發動了，往東南方向的大西洋深處駛去。

除了駕駛艙裏的司機外，上遊艇的一共有十一人，李俊傑、王玨、周宣、沃夫、丹尼爾兄弟、愛琳娜、伊藤近二、小野百合子，還有李俊傑那黑白人三個手下。

遊艇速度很快，大約開出二十海浬外才慢慢減了速，這時看紐約的方向，只有隱隱約約的一條黑線。

黑白鬼佬到遊艇艙裏端了些甜品和紅酒出來，擺到打開的折疊桌上。周宣是不客氣的，拿了甜品糕點就吃，餓著自己肚子的事他可是不幹。沃夫兄弟也拿了就吃，還開了瓶紅酒倒來喝了一杯。

愛琳娜和李俊傑以及伊藤師兄弟妹倒是沒有動手，李俊傑微微示意，黑白手下又搬了六七具潛水服出來，包括一些別的器具。

這些潛水服只是普通的潛水服，並不是傅盈曾經說過的那種超貴高科技的潛水服，跟周宣在沖口見過的普通潛水服是差不多的質地。

李俊傑拿起一支小型鐘錶一樣的表，然後向眾人展示道：「這個請大家戴在腕上，這是水深和壓力錶，可以知道潛了多深的距離和壓力的大小。」

除了周宣，其他幾個人都是潛水好手，對此自然是不陌生的，李俊傑才說，大家就各自脫衣換上潛水服。

愛琳娜和小野百合子卻是到遊艇艙裏換了泳衣後才出來穿上潛水服。周宣雖然潛水閉氣有不俗的功底，但真正穿上潛水衣入水卻是一次也沒有，這時跟著眾人換潛水衣時有些笨手笨腳的。

沃夫兄弟和愛琳娜也是好笑，但卻不是鄙視他，因爲周宣潛水能力比他們更強，這是事實，愛琳娜便過去幫周宣穿戴一切器具。

周宣不禁有些臉紅，一眼又瞥到那鬼子伊藤近二有些不屑的表情，心裏頓時來了火氣，這口氣不爭還不行，若是沃夫兄弟或者愛琳娜，那也就算了，要是在小鬼子面前丟人，那可不行！

此刻，伊藤近二氧氣呼吸器也不套在嘴上，對沃夫兄弟和周宣做了一個徒手的表情，便在遊艇邊向外翻入海中。沃夫兄弟倆人都是怔了怔，隨即也扯開呼吸器，深吸了一口氣跳入海水中。

周宣哼了哼，心裏默默問候了鬼子他娘，自然是也不套呼吸器，跟著躍進海中，愛琳娜和那個小野百合子雖然是女子，可一點也不比幾個下水的男人膽怯，亦是不戴呼吸器而下水。

李俊傑早令駕駛遊艇的師傅停了下來在海面漂浮著。這個海洋區域可不是像周宣在沖口時的海邊上，那裏雖然也是海洋，但去得最深的地方也不過幾十米，而這個地方距是紐約港口數十海浬的大西洋，海水深度周宣自然是不知道。

一下水就覺得好像是到了一個沒有根沒有底的地方，周宣眼見伊藤、沃夫兄弟、愛琳娜、小野百合子和他六個人相距都不遠，伊藤依然是那副輕視而又不屑的表情往下沉著。

周宣瞧了瞧手腕上的表，看看水深只有八米，當下盯著伊藤鬼子，跟著往下沉，看這小鬼子到底徒手能潛多深。

茫茫大西洋可不是傅盈家昆斯區那個別墅裏的游泳池，下潛到二十米左右的時候，丹尼爾便有些支撐不住，再下潛了近十米，兄弟倆人都戴上了呼吸器。

周宣沒有不適的感覺，爲了不出意外，暗中早將丹丸冰氣運轉了數圈，全身舒泰得緊，沒有絲毫憋氣的感覺。

下潛到接近四十米的時候，愛琳娜也支持不住用了呼吸器，周宣卻仍舊盯著小鬼子伊藤，一邊又瞄了瞄手腕上的表，電子數字顯示水深已經達到五十五米。

伊藤本來是一副瞧不起周宣他們幾個人的表情，但到這個時候，見周宣依然徒手跟著下潛，倒也有些吃驚，這時下潛深度幾近六十五米，而下潛時間也超過了兩分鐘，在這樣的深度和壓力下，還能徒手不借助潛水器具而潛兩分鐘以上的，確實不容輕視，立刻便收起了對周宣小瞧的心情。

周宣瞧見小野百合子也終於忍不住戴上了呼吸器，心道：這個鬼子娘們看來一副溫柔纖弱的樣子，憋氣卻是這麼厲害！

周宣這樣想著，小野百合子和伊藤卻更是吃驚，他們師兄妹是練過忍術和閉氣功夫的，從小就在北海道長大，幾乎是泡在海水裏長大的，潛水的功夫再結合練氣術，幾乎都自以爲天下間潛水高手再無除其左右了，卻沒想到這個不起眼的中國小子比他們還厲害！

愛琳娜和沃夫兄弟更是驚訝不已，那次在游泳池測試過後，知道周宣潛水厲害，但無論如何也想不到他會到這種匪夷所思的程度！

這時下潛的水深已經接近七十五米，連戴著呼吸器的沃夫兄弟都感覺到了有點不太自然了。

周宣這時略略感覺到心口有點脹，但還沒到不能承受的地步，兩隻眼睛仍然死盯著伊藤，這裏的亮度和水溫都已經下降得很厲害。

時間已經超過了三分鐘，在周宣的視線中，伊藤終於把呼吸器套在嘴上狠命吸起氧氣來。

周宣雖然也有些氣悶，但還支持得住，把右手中指豎起來朝伊藤亮了一下，不管他聽不聽得懂，聽不聽得到，嘴裏冒著氣泡迸了兩個字出來：「鬼子！」

看到伊藤略顯狼狽的樣子，周宣心裏很爽，吐了兩個字後才把呼吸器戴到口上。

這時已經差不多進入到一百一十米的水深處，海水的壓力已經很大，儘管六個人都背了氧氣筒，但沃夫兄弟和愛琳娜都已不再往下潛。

因為每個人的呼吸頻率不同，加上水深壓力的不同，所消耗的空氣也會不同，通常一瓶氧氣在五到十米深的水中可以持續五十分鐘左右的時間，但若在數十米以上的深水中，那時間就會大大縮短，因為人在一百一十米的深水中，消耗將會迅速增大，氧氣筒維持的時間也不會超過四十分鐘。

再往下潛的話，無論是壓力還是剩餘的氧氣，都是潛水者必須慎重考慮的問題，壓力過大，消耗的體力和氧氣就會加速，若是在深水中將氧氣消耗將盡卻還留在這個區域，那就是很危險的事了。

一般的潛水者都會在氧氣剩餘三分之一的時候返回，而且在深度上也有選擇，不會強行到自己達不到的水域。

周宣戴上氣罩後吸了幾口氣，丹丸冰氣轉動全身，氣悶的感覺一掃而去，再瞧瞧伊藤，那傢伙正在努力平息呼吸，盯了盯周宣，又往下潛去。

周宣此刻也像是吃了威而剛的鬥牛，輸什麼都不能在鬼子面前輸這口氣，何況自己剛剛還贏了半分，就算下潛，也不一定就比小鬼子伊藤差了！

下潛到一百三十米的區域時，身體上的壓力就顯現出來了，小野百合子衝著伊藤直搖手，意思是不要再往下潛。而這時，沃夫兄弟和愛琳娜早已是蹤影不見，這個深度，他們自是不會潛下來的，太危險了。

伊藤向小野百合子擺擺手，示意她不要跟下來，自己仍然下潛。周宣哼了哼，將冰氣緩緩流轉全身，並沒有感覺到太大的不適，也跟著緩緩下潛，這一帶的海水亮度大減，兩人互瞧著便如兩條大魚游弋著。

再往下潛，速度也下降了很多，周宣看了看表，水深已經達到一百六十六米，再瞧瞧伊藤，這小鬼子終於不再下潛，盯著周宣。

從潛水鏡裏看進去，周宣見到伊藤眼裏的詫異和驚奇，心道：小鬼子，還逞強不？見伊藤不敢再下潛，心裏也有幾分得意，索性再下潛一些。

伊藤吃驚不小！他本來對李俊傑介紹的這幾個潛水高手有些不屑，一是因爲知道自己的真正實力，二是對一般靠體力強撐的潛水者瞭解很深，他可是那種靠練氣練就的潛水能力，兩者是不能相比的。

但周宣無疑是讓他大吃一驚，這個黃皮膚的中國人似乎並不是練家子，這從他走路的姿勢和平時的動作就瞧得出來，一個普通人如何能跟他相比？但事實證明，這個周宣絕對比他更強勁，不管是潛水閉氣的能力和經受水壓的能力，都要比他更勝一籌！

在接近一百七十米的水深中，加上剩餘的氧氣也不足三分之一，伊藤也不敢再往下潛，一是氣不夠支持回到海面上，二是壓力過大，再下潛的話，也許內臟就會壓得粉碎。

周宣卻在伊藤的注視下再往下潛，直到消失在他的視線中。伊藤不敢再作停留，奮力向海面上游去。

周宣其實並沒有再下潛多少。但是這個程度的深水光線已經很低，再下潛六七米就看不見了。到這時候，周宣仔細看了看水錶才瞧清楚，水深是一百七十八米。

身體雖然有些不適，但周宣卻明白，要再下潛個十來米是絕對沒有問題的，看來那丹丸冰氣真的是個寶啊，辨識古玩玉器不說，還能強健體質，醫治傷痛！

既然小日本鬼子不敢再潛，自己也贏了這個面子，周宣也就沒有必要再往下潛，擺著雙腳往水面游去。

水面上，丹尼爾最先浮上海面，下潛了三十一分鐘，下潛深度是一百一十一米，沃夫則是一百一十七米，愛琳娜則有一百二十五米。水深顯示表上右下側有個小格子，水深顯示會在潛水者達到的最深點定格，是沒法做假的。

小野百合子是隔了將近六七分鐘才浮上海面，她的最高深度是一百三十七米，這讓沃夫兄弟和愛琳娜都很吃驚，一個表面看來如此柔弱的女孩子竟然比他們幾個都還要厲害！

當然，更厲害的還沒有出來。

遊艇上的眾人也都猜測著，這最後兩個人，到底誰會先浮上海面來？

李俊傑也暗暗吃驚，上次在昆斯區別墅的游泳池裏測驗中，周宣是比沃夫兄弟和愛琳娜強一些，但這伊藤師兄妹的厲害他可是親眼所見，無論如何都料不到周宣竟然還能跟他們持平，至少比小野百合子更強。

不過，終究會是比不過伊藤吧，李俊傑是知道伊藤的厲害的，潛水只是他一個技能，而劍道武術則是他更強的一面，但就憑潛水這一樣，周宣應該還是比不過他，畢竟練氣習武的人是要比普通人強很多的，對周宣，李俊傑知道他是不會武的，這已聽表妹傅盈說過了。

眾人都在期待著最後的分曉，小野百合子更是緊張，平時她跟她師兄也很少潛到一百四十米以下的深度，伊藤師兄的極限大約是在一百六十五米左右。

李俊傑端了一杯紅酒在遊艇欄桿邊慢慢飲了一口，盯著海面出神。

他自己也是一個潛水愛好者，不僅潛水，還有登山，攀岩等等極限運動他都愛好，甚至每一樣都可以算得上很厲害，潛水的極限深度，他自己就可以達到一百四十米，當然，他也知道，這與他從小跟外公練武有關，所以也才更明白伊藤的厲害之處，在他看來，請來了伊藤師兄妹，找曾祖公的事情也就有了更大的希望。

這時王玨叫了一聲：「有水花……出來了！出來了！」

不用她叫喚，大家的眼光早都投在海面上了，遊艇左側的海面上水花動了動，接著冒出一個人來。甩了甩頭上的水花，然後伸手摘下眼罩，眾人都看得清楚，這個人是伊藤近二。

看到露出水面的人竟然不是周宣，而是伊藤近二，最吃驚的人莫過於小野百合子和李俊傑倆人。

小野百合子與伊藤是同門師兄妹，知根知底，對她師兄的能耐清楚得很，見竟然是她師兄先出水，吃驚可不是一丁半點。

李俊傑更是驚訝得不能言語。難道還真是自己看走眼了？沒想到周宣不僅比沃夫兄弟和愛琳娜強，比伊藤師兄妹也要強啊？這結果確實超出他的想像和意料。

伊藤從鋼梯上爬上船後，皺著眉頭沒說話，李俊傑接過他的水深測量表瞧了瞧，上面的數字定格在一百六十六米。沃夫兄弟和愛琳娜都是咋舌不已，這個深度，已是他們不能企及的深度，今天真有點受挫的感覺，竟連那柔柔的日本女子都比他們潛得深！

小野百合子見師兄弟並沒有失水準，比他以前最強紀錄還多了一米，也就舒了一口氣。但問道周宣的下潛深度是多少時，伊藤不知道在想什麼，完全不回答，似乎並沒有聽到百合子的問話。

眾人都在等著周宣出來。他人雖然沒浮上來，但並不是表示他就能潛得比伊藤深，也許是游泳技術差一點，速度慢一些，在深水中，速度有快有慢，那是很正常的事。

又過了四五分鐘仍然沒有動靜，李俊傑有些沉不住氣了！瞧了瞧伊藤，見他沉著臉一聲不響，也不知究竟，便向沃夫兄弟和愛琳娜示意了一下。

三人立即又換了新的氧氣瓶，準備再次下水。也就在這個時候，水面波浪翻動，「嘩啦」一聲，周宣從海水中冒了出來。沃夫兄弟大喜，伸手將周宣拉上艇來。

周宣上了遊艇，摘下眼罩，呵呵笑了笑，道：「剛好，沒氧氣了！」

愛琳娜微笑著幫他取下背上的氧氣瓶，然後又把他手腕上的潛水錶取了下來，一看卻是愣了一下，上面的數字是「一七七」！

一百七十七米！

當愛琳娜把這個數字報出來時，除了臉色陰沉的伊藤外，其他人都是驚得嘴都合不攏，而沃夫兄弟更是把潛水錶搶過去仔細看了一遍，似乎不相信愛琳娜說的話，他們眼珠子盯在潛水錶上時，用手還又拍了拍，但潛水錶上的數字依然定格在「一七七」上，沒有絲毫變動。

李俊傑沒有再去檢查潛水錶，從伊藤的臉色就猜測得到，周宣這成績是真實的。像他那般驕傲的個性，如果能潛得比周宣更深，絕不會是這種表情。

只是李俊傑確實沒料到，周宣的能力竟然是這般超強！自己找了五個高手回來，而表妹傅盈只找了周宣一個，卻是比他請回來的五個人都強。

周宣聽不懂沃夫兄弟和愛琳娜說什麼，但見他們熱烈又開心的表情，也明白他們是真正的高興，在他們之間，不存在多大的競爭，傅盈她們的條件並不是誰的能力強就拿更多的錢，而是大家一起把任務完成。

王玨在旁邊不時爲周宣翻譯，但此時已是無聲勝有聲，語言雖然不同，但動作卻是世界通用的。

在所有人中間，只有伊藤一個人才真正明白周宣的實力，周宣在他眼皮底下揮灑自如地往更深的水下潛去，而在那個時候，他相信周宣的氧氣瓶剩下的氧氣並不比他多，當他露出水面的時候，剩餘的氧氣最多還能支撐兩分鐘，而周宣是在他出水六七分鐘後才返回來。

這其中可以算出，周宣又下潛了十一米。這十一米的難度，伊藤可以想像得到，這就跟登山一樣，到了六千米處，哪怕就是再往前十米，那也一定不行了，人到了體能瓶頸的時候，那就是百尺竿頭，再進一步也難如登天！

這十一米如果是他伊藤的話，別說達不到，就算拚了命能潛下去，那也得費不短的時間，再返回海面的話，至少得多花十五分鐘以上。

十五分鐘的時間，周宣的氧氣還能維持那麼久麼？關鍵是他並沒有花十五分鐘，而只多了六七分鐘，這讓伊藤更難受，這分明就是表示，周宣的體能承受力比他練了十五年的內功更能承受的海水壓力！

周宣難道練過內家勁氣？不大像，而且在那麼深的水域中，那個壓力根本就不是普通的練氣者能夠承受的。從一開始見到周宣他們幾個人的時候，伊藤從他們的說話動作上面看得出，他們幾個人沒有一個是練過內家勁氣的人。

但周宣在水下表現得太出奇了，簡直到了令伊藤無法相信的地步。難道周宣真是個內家罡氣練到了頂點，而達到返璞歸真地步的絕頂高手？

當然伊藤做夢也想不到，這世界上竟然會有離奇的冰氣，而周宣打坐修煉的那呼吸法並不是內家真氣，而是老道士教給他的養生法，這在古時候叫做「煉氣修真法」，與純粹的練武的內家功法卻又是大不相同。當然，這世上到底有沒有成仙的事，那就另談了，至少在周宣的心目中是從沒見過，而且這打坐的呼吸法，老道士也沒從沒給他解釋過什麼。

而更巧的是，周宣在冰氣大爲消耗時，居然就把它跟內息結合了。這種奇怪的丹丸冰氣成了一種古怪而又無人知道的異能，所以伊藤僅從周宣的外表和動作上自然是瞧不出來的！

周宣瞧也沒瞧在一邊有些發怔的伊藤近二，跟愛琳娜和沃夫兄弟開了瓶紅酒喝起來。李俊傑當然也很高興，畢竟擁有這樣的能手讓他欣喜不已。

周宣端了一杯紅酒喝了一小口，味道甜甜的，蠻好喝，主要是跟愛琳娜幾個人語言不通，不然倒是可以說些話，每句話都要王玨來翻譯的話，那也是個麻煩事。

周宣沒料到的是，小野百合子忽然走了過來，認真向他鞠了一躬，然後柔聲道：「周先生，您真的很了不起，我們師兄妹技不如您，甘拜下風，並希望能跟您好好交流一下，請您以後多多指教！」

周宣怔了一下才問道：「你……會說普通話？」

小野百合子細聲回答道：「中文是我的第一外語，我曾在上海留過學。」

小野百合子的普通話說得極爲標準，也極爲流利，比周宣這個略帶鄉音的普通話還要標準得多。

俗話說得好，能者爲尊，這個世界就是靠實力說話的，你的能力比別人強，那就更能得到別人的尊重。在這個時候，遊艇上所有的人都對周宣這個平時看起來有點土氣的中國青年另眼相看了，不管怎麼樣，人家的實力就是比你強，來這裏不就是靠實力說話的麼！

雖然周宣極看不起小日本，但伸手不打笑臉人，基本禮貌還是得講。周宣點了點頭，淡淡道：「指教談不上，交流倒是可以，不過我也就略懂一點皮毛，交流恐怕也是交流不出什麼的。」

百合子嫣然一笑，道：「周先生可真會開玩笑！」

由於傅盈跟李俊傑訂購的特殊潛水服還沒到貨，所以也沒有實質性的測驗，這次的試驗基本上是成功達到了理想目標。李俊傑也很高興，立即將全部人馬拉到唐人街的一間酒吧慶祝。

這其中當然還有爲了周宣的緣故，畢竟周宣是所有人中最出眾的一個，而周宣不懂英文，別的地方也不習慣，所以李俊傑特地找了一間華人老闆的酒吧。一般情況下，李俊傑通常喜歡到曼哈頓或者布魯克林區的外國酒吧狂歡。

李俊傑訂了三張檯子，酒吧的經理也是華人男子，三十來歲，似乎認識李俊傑，對他的稱呼是「表少爺」！看來他與傅家是有親戚關係的，從這幾天的觀察，周宣認識到，傅盈家裏還真不是普通的有錢。

請續看《淘寶黃金手》卷二 天坑探秘

【附錄】

兩岸主要古玩市場・市集地址

台灣古玩市場・市集地址

台北市建國假日玉市：北市仁愛路、濟南路及建國南路高架橋下
台北市光華假日玉市：新生北路與八德路口
台北市三普古董商場：台北市新生南路一段十四號
台北市大都會珠寶古董商場：台北市中山區松江路二九一號B1
新竹市東門市場：新竹市東區中正路一〇六號
台中市立文化中心周遭：英才路、美村路、林森路、公益路、金山路和民生路等地段
台中市第五期重劃區：大隆路、精明一街、精明二街、東興路和大業路等地段
彰化：彰鹿路
高雄市：廣州街、廈門街、七賢三街、中正路、大豐路等

大陸古玩市場‧市集地址

北京古玩城：北京市朝陽區東三環南路廿一號

北京潘家園舊貨市場：北京市朝陽區華威里十八號

上海國際收藏品市場：上海市江西中路四五七號

天津古物市場：天津市南開區東馬路水閣大街三十號

天津古玩城：天津市南開區古文化街

重慶市綜合類收藏品市場：重慶市渝中區較場口八二號

廣東省深圳市古玩城：廣東省深圳市樂園路十三號

廣東省深圳華之萃古玩世界：廣東省深圳市紅嶺路荔景大廈

江蘇省南京夫子廟市場：江蘇省南京市夫子廟東市

江蘇省南京金陵收藏品市場：江蘇省南京市清涼山公園

浙江省杭州市民間收藏品交易市場：浙江省杭州市湖墅南路

浙江省紹興市古玩市場：浙江省紹興市紹興府河街四一號

福建省白鷺洲古玩城：福建省廈門市湖濱中路

福建省泉州市塗門街古玩市場：福建省泉州市狀元街、文化街及鐘樓附近

河南省洛陽市西工古玩市場：河南省洛陽市洛陽中州路

河南省洛陽市潞澤文物古玩市場：河南省洛陽市九都東路一三三號

湖北省武昌市古玩城：湖北省武昌市東湖中南路

四川省成都市文物古玩市場：四川省成都市青華路三六號

遼寧省大連市古玩城：遼寧省大連市港灣街一號

遼寧省瀋陽市古玩城：遼寧省瀋陽市瀋陽故宮附近

黑龍江省哈爾濱市馬家街古玩市場：黑龍江省哈爾濱市南崗區馬家街西頭

吉林省長春市吉發古玩城：吉林省長春市清明街七四號

山東省青島市古玩市場：山東省青島市昌樂路

河北省石家莊市古玩城：河北省石家莊市西大街一號

山西省平遙古物市場：山西省平遙縣明清街

山西省太原南宮收藏品市場：山西省太原市迎澤路

陝西省西安市古玩城：陝西省西安市朱雀大街中段二號

安徽省合肥市城隍廟古玩城：安徽省合肥市城隍廟

甘肅省蘭州古玩城：甘肅省蘭州市白塔山公園

雲南省昆明市古玩城：雲南省昆明市桃園街一一九號

江西省南昌市滕王閣古玩市場：江西省南昌市滕王閣

貴州省貴陽市花鳥古玩市場：貴州省貴陽市陽明路

湖南省長沙市博物館古玩一條街：湖南省長沙市清水塘路

淘寶黃金手 卷一 一鳴驚人

作者：羅曉
出版者：風雲時代出版股份有限公司
出版所：風雲時代出版股份有限公司
地址：105台北市民生東路五段178號7樓之3
風雲書網：http://www.eastbooks.com.tw
官方部落格：http://eastbooks.pixnet.net/blog
Facebook：http://www.facebook.com/h7560949
信箱：h7560949@ms15.hinet.net
郵撥帳號：12043291
服務專線：(02)27560949
傳真專線：(02)27653799
執行主編：朱墨菲
美術編輯：許惠芳

法律顧問：永然法律事務所 李永然律師
北辰著作權事務所 蕭雄淋律師

版權授權：蔡雷平
初版日期：2013年2月
初版二刷：2013年2月20日
ISBN ：978-986-146-949-2

總 經 銷：成信文化事業股份有限公司
地　　址：新北市新店區中正路四維巷二弄2號4樓
電　　話：(02)2219-2080

行政院新聞局局版台業字第3595號 營利事業統一編號22759935

國家圖書館出版品預行編目資料

淘寶黃金手 ／ 羅曉著. -- 初版-- 臺北市：風雲時代，
2012.12 -- 冊；公分

ISBN 978-986-146-949-2（第1冊；平裝）

857.7　　　　101024088